길 위에서 길을 묻는다

길 위에서
길을 묻는다

정현교 소설집

作者의 辯

소설이 fiction (사실이 아닌 상상으로 쓴 이야기나 소설) 인 건 틀림없다. 이에 반대되는 nonfiction(꾸며낸 허구가 아닌 사실을 바탕으로 쓴 산문) 이 있다고 하겠다. 아마도 나는 前者의 소설을 쓰는 사람에 속한다고 본다.

언젠가 중견 詩人 한 사람이 소설을 뻥이라 하고 소설 쓰는 사람을 뻥쟁이라던 말을 나는 지금도 지울 수가 없다. 그것도 공개적 석상이었다. 적어도 詩人이라면 그런 거친 표현보다 좀 더 부드럽고 유려한 詩的 표현이었으면 더 좋지 않았을까 하는 아쉬움을 감추지 못하고 있다. 소설을 쓰는 나를 두고 누가 아무리 뻥쟁이라 말한다 해도 아마 나는 지금의 글 쓰는 작업을 멈추거나 자신에 대해 실망하지는 않을 것 같다.

소설을 쓰는 사람이라면 누구나 소설집 한 권쯤은 꼭 펴내고 싶은 심정일 것이다. 이제 나도 소설집 한 권을 펴내게 되어 기쁘다. 정작 장편은 3권이나 펴내면서도 막상 순수 소설집은 한 권도 내지 못하여 아쉬웠는데 이제 그 아쉬움을 덜게 되어 다행스럽다. 사실 이번 소설집을 내면서도 솔직히 조심스러웠고 한편으로는 설레는 마음 감추지 못하는 심정이었다.

이번에 지은 글은 뜬금없는 뻥이 아닌 좀 더 사실에 접근한 내용들이라 할 수 있다. 중편 "광부 아리랑"은 KBS 태백 방송국에 근무하던 시절 정부의 석탄산업 합리화 정책(1969-1973)에 따른 광산 지역 공동화 현상을 막기 위해 현 카지노 전신의 스몰카지노 개설 당시의 상황을 토대로 표현한 것이며 중편 "꿈꾸는 머구리"는 YTN 강릉 지국장 근무 당시 동해안의 어촌실태를 취재하는 과정에서 그 현장을 통해 얻은 실상을 형상화한 소설이다.

또한 "기억이 種을 잇는다"는 양양 내수면 연구소의 연어 인공 부화 및 회귀율 실태를 연어의 눈으로 연어의 생각으로 표현하려 애쓴 작품이다. 이와 함께 "길 위에서 길을 묻다"는 이 시대 노인들이 겪고 있는 실상을 표현하고자 함이었고 "삼색 장례식"과 "동행의 늪"은 사회 전반의 실상을 구김 없이 표현한 것이며 "꿈꾸는 저항"은 어느 해 겨울 산사에 들어갔다가 폭설에 갇혀 여러 날을 묵으면서 30대 젊은 여인의 혈액암 환자를 지켜보며 우려낸 글이다.

이젠 퇴직하여 더 이상 그런 현장에서 비껴나 있는 마당이니 생생한 item을 접하기도 어렵거니와 남들처럼 유려한 문장을 써낼만한 능력 또한 갖추지 못하여 이번 소설집으로 만족하려 한다. 그래도 한편으로는 평범한 凡人의 욕심은 끝이 없는 것이라니 이 또한 만족의 아쉬움을 전적으로 수용할 수 있을지는 알 수 없는 일이긴 하다.

이 글 읽어주시는 독자님께 진심으로 감사드려야 할 것 같다

지은이 정현교 드림

목 차

동행의 늪

목을 조였다. 손목에 힘을 주어 꾹꾹 눌렀다.

방바닥을 할퀴는 날카로움이 신경을, 거슬려 발버둥 치는 몸통에 올라타고 앉아 무릎으로 양팔을 깔아뭉갰다. 숨이 끊기는 눈길과 마주치는 게 거북해 손바닥으로 눈두덩을 덮어 눌렀다. 그런 내 몸놀림은 사전에 계획된 것처럼 일사불란했다. 결국, 장판지를 할퀴던 날카로움은 멈추었고, 버둥거리던 발길질도 정지되었다. 방안은 무거운 정적으로 되돌아가고 있었다. 시신의 입꼬리에선 게거품이 흐르고 눈은 흰자위로 뒤집혔다. 머리는 산발 되었고 육신은 연체동물처럼 흐느적거리고 있다. 사람 살리라는 비명은 아예 목젖을 넘지 못했다.

축 늘어진 육신을 보는 순간 심장이 벌렁거리고 다리가 후들거려 목을 조이던 손을 얼른 떼고 거친 숨을 몰아쉬었다. 막상 일은 저질렀어도 시신을 어떻게 처리해야 할지 몰라 허둥대고 있었나. 나는 나도 몰래 119번을 돌리고 있었다.

형사가 들이닥쳤다. 형사들은 심장 박동을 확인한나며 아내의 가슴에 손을 넣어 휘젓고 있었다. 눈에 거슬렸지만, 그냥 보고만 있어야 했다. 시신을 뒤척이는 형사의 손끝에선 인정머리라곤 털끝만큼도 찾아볼 수 없었다. 바람막이 옷가지라도 하나 더 걸쳐놓을 걸 하는 아쉬움이 가슴을 적시고 들었다. 손전등으로 동공을 비춰 보던 형사가 고개를 저었다.

-죽었는데 동공이 풀렸어. 맥박도 없구.

가죽점퍼의 형사가 나를 윽박질렀다.

-너지?

-....

입술이 떨어지지 않아 고개를 끄덕여 대답을, 대신했다. 끄덕이던 고개가 멈추기도 전에 내 손목엔 수갑이 덜컥 채워졌다. 형광등 불빛에 반사된 수갑의 섬광이 가슴을 찌르고 들었다. 심장이 콩닥거리고 다리가 후들거렸다. 금방이라도 바닥에 주저앉을 것만, 같아 다리를 더 넓게 벌리고 상체를 벽면에 기대어 몸의 중심을 잡으려 애썼다. 형사가 중얼거리고 있었다.

-혈흔도 없고 외상도 안 보여.

-부검하면 나타날 테지. 약을 먹였을지 모르니 증거를 찾아.

선임 형사가 지시했고 형사들은 안방의 장롱과 화장대를 들쑤시며 난장판을 만들고 있었다. 나는 그게 아니라고 말하려고 했지만, 목소리가 목구멍으로 기어들고 말았다. 형사들은 끝내 증거물을 찾아내지 못했고 맥이 풀린 듯 거실 소파에 퍼질러 앉아 담배를 꼬나문 채 생각에 잠긴 모습들이다. 애초부터 증거물 같은 건 없었으니 아무리 뒤집어도 증거물이 튀어나올 리 만무다.

그때쯤 119 구급대가 들이닥치고 있었다.

-죽었는데 뭐.

형사가 귀찮다는 듯 구급대원에게 발을 던지듯 했다. 구급대원은 형사의 말을 듣는 둥 마는 둥 하며 시신을 들것에 옮기고 있었다. 시신을 싣고 떠나는 구급차의 사이렌이 귓전에서 차츰 멀어지고 있었다. 구급차에 실려 가는 아내의 형상이 괜히 궁금했다. 숨이 끊기긴 했어도 흰자위로 눈을 뒤집은 채 게거품을 내뿜는 소름 돋는 모습만은 아니었으면 하는 바람이었다. 사이렌 소리에 묻혀가는 아내가 다시는 돌아오지 못할 거란 생각이 머릴 스치자, 순간 알 수 없는 허전함이 명치에 웅크리고 들었다.

　-타.

　양팔이 비틀린 채 형사가 떠미는 대로 차에 올랐다. 제압의 입박은 시삭부터 곤혹스러웠다. 평생 이렇게 살아야 할 것이라, 생각하니 눈앞이 캄캄했다. 집 앞 골목은 이웃들로 웅성거렸고 따가운 눈길이 촘촘했다. 차마 고개를 들 수 없어 곁눈질로 정황을 살피고 있었다. 아랫집 할머니와 시장바닥 좌판 아줌마들까지 고개를 빼 들었고 길 건너 정임이네는 꼬맹이까지 데리고 나와 돌아가는 사태를 살피느라 분주했다.

　-말세다 말세여! 세상에 내 눈으로 저런 꼴을 보다니 쯔쯔"

　아랫집 할머니의 탄식이 꿈틀거리는 벌레처럼 차창 틈새로 기어들고 있었다. 내게로 향한 아낙들의 손가락질은 그게 무슨 의미인지 한눈에 짐작하고도 남았다.

　-세상에 마누라 숨통을 제 손으로 끊다니.

　-그러게. 그게 어디 사람 할 짓인가!

　-짐승이지! 짐승!

　-짐승인들 어찌 그러랴. 어쩌다 저런 것들하고 한 동네서 살게 됐는지, 원!

　주민들의 탄식이 하늘을 찌르고 있었다.

-결국, 저 지경이 날 줄 알았어. 여편네도 똑같다니까. 한 치도 안 지려드니 저 꼴이 나는 거지. 어유, 세상이 어떻게 되려구. 저 지경이래. 저 지경이!

내 꼴이 이렇게 까발려진 것은 119 구조대의 사이렌과 형사기동대의 경광등 때문이다. 119 구조대의 사이렌은 떠나가면서도 고막을 찢는 긴 여운을 남겼고 형사기동대 경광등은 명치를 후벼 파듯 여전히 번쩍거리고 있다.

형사기동대 승합차가 어수선한 골목 분위기를 뒤로하며 휘어져 나가고 있었다. 얼른 고개를 돌려 골목 어귀를 눈으로 퍼담았다. 빨간 벽돌의 2층 양옥집, 울타리 너머로 해바라기가 목을 길게 뺀든 채 두리번거리고 정성 들여 가꾼 나팔꽃 넝쿨은 어리둥절한 표정이다. 하나 같이 정든 것들이지만 이제 더는 볼 수 없게 되었다. 여편네들은 신나는 구경거리가 사라지는 게 못내 아쉬운 듯 차가 꼬리를 감출 때까지도 골목을 서성이는 모습이다. 자동차가 골목을 돌아 나가고 있었다. 자동차가 커브를 틀면서 내 몸이 옆자리의 형사를 밀치자, 형사는 주먹으로 내 옆구리를 쥐어박으며 기를 죽이고 든다.

- 이 새끼 중심 똑바로 잡아.

죄인에게는 그런 우연마저도 용납되지 않고 있었다. 영어의 몸으로 살아갈 날들이 아득했다. 문득 아내가 영안실로 옮겨질 것이란 생각에 고개를 떨궜다. 아버님이 돌아가셨을 때 보았던 영안실의 철제 안치실이 차가울 거란 걱정스러움에 괜히 가슴이 미어지고 있었다. 그때. 어두컴컴한 차 안으로 아내의 환영(幻影)이 들이닥치며 나를 휘감는다. 아내의 뱃속에선 꼬르륵거리는 소리가 들렸다. 아내는 뱃살을 빼야 한다며 저녁밥을 일찍 먹는 탓으로, 밤이면 자주 듣던 소리다. 콧마루가 시큰해 눈을 찔끔 감았다.

-어이. 왜 죽였어?

형사가 불쑥 물었다.

-...

딱히 할 말을 찾을 수 없어, 그냥 고개를 숙이고 있었다.

-어차피 불게 될 건데 서두를 게 뭐야.

선임 형사가 후배의 말을 야멸차게 막아버리는 게 야속했고 은근히 고문을, 떠 올리게 만들어 가슴을 짓눌렀다. 마땅히 눈길 둘 곳을 찾지 못해 시선을 차창 밖으로 돌렸다. 형사는 상관치 않았다. 자동차가 시내 중심가의 휘황찬란한 네온사인 서리를 질주하고 있었다. 거리를 활보하는 행인들의 발걸음이 전에 없이 부러웠다. 치맥 집 간판이 침샘을 자극하고 당구장의 네온사인 간판이 유난히 빛나 눈을 뗄 수 없었다.

나는 아내를 죽이고 싶었을 뿐, 꼭 죽일 생각은 아니었다. 허연 허벅지를 드러내고 곯아떨어진 모습만 아니어도 숨통을 조이지는 않았을 것인데. 그동안 허연 저 허벅지로 몇 놈이나 휘감았을까? 하는 시기심에 분통을 억누를 수 없었다. 내겐 어디서 그런 힘이 솟구쳤는지 지금도 이해할 수 없다.

아내는 한 달 전. 내게 쥐어박힌 분을 참지 못해 집을 뛰쳐나갔었다. 그런 아내가 달포 만에 돌아와 허연 허벅지를 드러낸 체 곯아떨어진 꼴은 엉뚱한 상상을 불러일으키기에 충분했다. 아내가 가출하던 날의 부부싸움은 전에 없이 격렬했다. 나는 죽이라고 대들던 아내의 옆구리를 정말 죽일 것처럼 갈겼다. 아내는 처음으로 겁먹은 표정이었고 그날 밤 아내는 다시는 돌아오지 않을 것처럼 바락바락 악을 써대며 뒤도 돌아보지 않고 문을 박차고 나갔나.

우리 부부가 이 지경에 이른 것은 전생 체험 때문이다.

내 전생은 조선조 중반 어느 세도가의 누대 종의 딸이었다. 전생을 체험하던 날. 나는 식은땀을 흘리며 몸을 떨어야 했다. 소녀는 그곳만은 지키려는 듯 손으로 가랑이를 틀어막으며 온몸을 비틀었지만, 소용없었다. 이미 저고리 고름은 뜯긴 데다 치마끈도 반쯤 풀어진 반라의 상태였고 소녀를 덮치고 있던 주인의 옥색 바지도 한쪽 발목에 걸쳐진 채 흐트러져 있었다.

주인은 막무가내로 밀어붙였고 소녀는 주인의 완력을 뿌리치다 엉겁결에 상투를 잡은 게 화근이었다. 주인은 종년이 감히 양반의 상투를 잡았다며 길길이 날뛰었고 소녀는 더는 항거할 수 없었다. 당시 세도가의 양반이라면 그깟 종 한둘쯤의 생사여탈 권도 갖고 있던 시대였다. 소녀의 가랑이는 피로 얼룩졌고 아랫배는 갈라질 것처럼 아렸다. 소녀는 찢긴 영혼을 붙잡느라 허우적거렸다.

그날 이후. 주인의 능욕은 때와 장소를 가리지 않았고 악연은 그쯤에서 끝나지 않았다. 소녀는 열여덟 살의 꽃다운 나이로 주인의 손에 목 졸려 죽임을 당하는 신세였다. 목숨을 내놓아야 했던 내막은 임신이었다. 소녀는 멀리 달아나 혼자 살겠다며 애걸했지만, 그녀의 최후는 헛간의 천장에 매달려 자살한 모습이었다. 철저히 위장된 것이었지만 아무도 살피려 들지 않았다.

전생 체험은 신현철 교수가 주도했다. 고교 동창인 그는 지방 의과대학 정신 신경학 교수로 재직하고 있는 학자이다. 심령학에 심취된 신 교수는 이윽고 최면술을 터득해 환자의 치료 요법으로 활용하고 있었다. 제약회사에 근무하고 있는 나와는 약품 납품 관계로 친구 이상의 친밀한 사이였다. 그가 내게 전생 체험을 권유한 것은 아니다. 전생 체험을 통한 환자 진료를 자주 보게 된 내가 호기심에 자청한 것이었다. 처음엔 반신반의했지만, 세 차례에 걸쳐 반복된 체험을 통해 나도 몰래 전생에 빠져들게 되었다.

이후, 아내와는 툭하면 말이 꼬였다. 전 같으면 자연스레 넘겨지던 아내의 말투가 괜히 신경을, 거슬렸고 심지어 아내의 얼굴에서 섬뜩한 전생의 환영까지 떠오르기에 이르렀다. 전생이 과학적으로 증명된 것도 아니라며 자책도 했지만 그럴수록 전생은 더 깊은 수렁으로 빠져들고 있었다.

신 교수는 전생 체험 대상자 287명 가운데 악연으로 얽힌 부부의 72%가 이혼했거니 시고로 인해 외톨이가 되었으며 사살한 부부노 열다섯 명이라고 발표한 논문을 내게 건넸다. 남편 몰래 거액의 보험에 들고 청부살인을 저지르는 것도, 그이면은 전생의 악연 때문이라는 것이었다. 전생의 악연은 부부간으로 한정되는 것도 아니었다. 자식이 부모를 살해하는 비극적 사례도 전생의 악연이라는, 주장이었다. 학자들은 신 교수의 논문을 터무니없는 박수무당이라 비하했지만, 신 교수의 신념은 확고했다.

-서울 가본 놈보다 안 가본 놈이 이긴다잖아.

-맞아. 그런 말 있어.

아내에게 전생의 업보를 털어놓을까도 생각했었다. 하지만 면전(面前)에 대고 차마 목숨을 앗아간 원수였다고 들이댈 수는 없었다. 어쩌다 잠결에 아내의 손길이 옆구리에 닿기도 하는 날에는 소름 끼치는 지경에 이르렀고 놀라 소스라치는 남편의 모습에 아내는 아내대로 모욕감을 침지 못했다. 불신의 골은 깊이를 잴 수 없을 만큼 깊어만 갔고 하찮은 말다툼이 순식간에 들불처럼 번지기 일쑤였다. 아내의 입에서는 갈라서자는 말이 거침없이 튀어나왔고 다음 날은 "알아서 하라"는 처가 집 끄나풀이 협박성 전화 공세가 때와 장소를 가리지 않았다. 가장의 권위는 집안 어느 곳에도 발붙일 수 없었다. 통념상의 가부장적 보루는 모래성이었고 아이들의 시선에선 적의(敵意)가 뿜어지고 있었다.

그나마 다행인 것은 자식의 처지를 측은히 여긴 어머님의 눈빛이었다. 어머님은 며느리 앞에선 아들을 꾸짖긴 해도 공포탄만 쏘아댈 뿐 직격탄은 절대로 날리지 않았다. 어머님은 아들을 꾸짖을 때마다 입 모양과 눈동자가 서로 어긋나는 비대칭(非對稱)이 되었다. 아무도 그 의미를 눈치채지 못했어도 나만은 그 연유를 충분히 알고 있었다.

언젠가 회사에서 "가정생활 환경 고찰"이라는 주제의 강연을 주최했었다. 초빙된 연사는 성균관 전교였다.

-급여는 반드시 본인 명의 통장으로 입금될 겁니다. 그렇지요?

우리는 "네" 하고 합창하듯 했다.

-통장은 누가 거머쥐고 있습니까? 아내지요?

저마다 고개를 끄덕였다.

-여러분은 재주넘는 곰입니다. 누런 봉투에 월급을 현금으로 넣어 지급하던 시절은 그나마 남편의 권위를 지킬 수 있었습니다. 그러나 급여가 통장으로 입금되는 지금의 세상은 남편이 재주넘는 곰으로 전락한 겁니다. 재주는 남편이 부리고 돈은 여편네가 챙기는 세상이 된 거지요.

그는 아낙이 남편의 월급을 통째 거머쥐고 가정경제를 휘두르는 나라가 우리 말고 또 어디 있는지 말해 보라고 했다. 누군가 미국이 그렇고, 프랑스가 그런 거 아니냐고 말하자 연사는 "천만에"라고 잘랐다. 그런 나라에선 부부가 서로 일하며 가정경제를 상의해 꾸려나가는 것이지, 한 푼도 보태지 않으면서 남편의 월급을 전횡(專橫)하는 건 아니라고 했다. 그는 요즘의 부부싸움이 대부분 아내의 승리로 귀착되는 것은 우리의 굴절된 가정경제 구조 탓이라고 꼬집었다.

-거럼. 그렇지. 족제비도 낯짝이 있어야지!

헛소리가 입 밖으로 튀어나오고 말았다.

-어이. 너 지금 뭐랬어?

-예? 아닌데요.

-이놈 봐라. 쇼하네. 너 지금 정신병자 흉내 내는 거야?

옆자리의 형사가 내 뒤통수를 쥐어박으며 어이없다는 듯 혀를 찼고 처음부터 기를 죽이던 형사는 내 머리를 무릎 사이로 꾹꾹 처박아 바닥만 응시하고 있어야 했다. 난군은 곰을 아내로 맞아들여 한민족을 탄생시켰는데 나는 무슨 팔자기에 재주만 부리는 곰이 되었을꼬?

아내는 가계부를 쓰지 않았다. 연말이면 새 가계부를 몇 권씩 챙겨다 주어도 가계부는 한 줄도 적지 않았다. 쓰임새가 빤한데 가계부는 무슨 얼어 죽을 가계부냐는 거였다. 언젠가 한 번 큰마음 먹고 아내를 다그쳤다.

-그래도 가계부는 써야지!

-왜? 허튼 데라도 썼을까 봐? 볼 테면 봐.

아내는 갈겨 쓴 종이쪽지를 비웃듯 방바닥에 내던졌다. 차마 집어 들고 읽어볼 분위기가 아니어서 재빠르게 눈으로 숫자를 퍼담았다. 액수가 큰 적금이나 곗돈부터 외웠다.

그깟 월급 이디 쓸거나, 있어디 써보든지 말든지 미지!

나는 고개를 끄덕어 동의를 표했다.

-적금은 팔월에 찾고, 계 한구찌는 내년 2월에 타고, 또 다른 한구찌는 6월에 타다구. 보험은 안 넣을 수 없는 거구.

아내는 목에 걸린 가시를 뱉듯 목소리가 날카로웠다. 아내의 설명으로는 대충 1년쯤 허리띠를 졸라매야 한다는 기었다. 하지만 그로부터 1년이

지났어도 아내로부터 목돈을 찾았다는 말은 들을 수 없었다. 남자는 집에 돈이 있는 걸 알면 함부로 탕진하려 든다는 아내 나름의 셈법이 강조되었을 뿐이었다. 나는 아내의 지론에 동의하거나 반대 의사를 표하지 않았다. 어차피 멋대로 굴러가는 살림인걸, 하며 꾹꾹 눌려 삭혔다.

집안 살림에 낙동강 오리알 신세로 전락한 것도 따지고 보면 내게도 잘 못이 있었다. 증권에 투자하면 용돈 정도 챙기는 것은 아무것도 아니라는 선배의 말을 전적으로 믿은 게 화근이었다. 아내 모르는 비자금을 챙겨놓지 않으면 서러운 노후가 기다릴 뿐이라는 말이 가슴을 방망이질했다. 나는 아내에게 용돈을 받지 않을 테니 5백만 원만 달라고 졸라 몽땅 증권에 투자했다. 원금은 달포 만에 반토막 났고 본전이라도 건져 볼 셈으로 신용 융자까지 받았지만, 계좌는 결국 깡통으로 전락하고 말았다. 비밀은 오래 가지 못했다. 아내는 스스로, 자초한 일이기에 월급에서 용돈을 떼어줄 거란 기대는 꿈에도 하지 말라고 못을 박았다.

수사과 취조실은 을씨년스러웠다.

외부와는 완전히 차단된 채 전구라고 할 것도 없는 어두컴컴한 불빛 아래 탁자 하나와 간이의자 두 개가 전부였다. 탁자 위에는 달랑 전화기 한 대가 놓여있을 뿐이어서 사람을 제풀에 겁먹게 만드는 분위기였다.

-공연히 힘 빼지 말자구.

형사의 포고령(布告領)에 고개를 끄떡여 대답을, 대신했다. 이미 자수한 터이니 굳이 감출 것도 감출 까닭도 없었다.

-그때가 몇 시였지?

-퇴근 후입니다.

-몇 시였냐니까!

-저녁 여덟 시쯤일 겁니다.

-어떻게 죽였어?

- . . .

-어떻게 죽였냐구.

내가 머뭇거리자, 형사는 주먹으로 책상을 내리쳤고 내 고개는 자라목처럼 움츠러들었다.

-어차피 불 건데. 그냥 순순히 불어.

가혹한 고문이라도 가할 기세여서 얼른 대답했다.

-예. 잠든 상태에서 목을...

-그래서?

생각을 정리하려고 잠시 뜸을 들이자, 형사는 볼펜으로 내 이마를 사정없이 쿡쿡 찔러댔다. 더 큰 곤욕을 치르기 전에 얼른 대답해야 했다.

-왼손으로 눈을 가리고 오른손으로 목을 눌렀습니다.

-거 보라구. 그렇게 불면 되잖아.

형사는 상황을 재현해 보라며 나를 시멘트 바닥에 무릎을 꿇렸고 나는 엉덩이를 약간 든 채 양손으로 아내의 목을 조이는 시늉을 해 보였다. 형사의 말대로 공연히 힘 빼지 않으려고 되도록 상세히 형용해 보였다. 조사는 새벽 6시까지 계속 이어졌다. 형사는 마지막 조서 기록을 끝맺으며 내게 확고한 대답을 강요했다.

-피익자는 살인을 인정합니까?

-. . .

-인정하냐구-요.

-예-.

형사는 조서에 내가 "예-"하는 대답까지 빠짐없이 받아 적은 다음 인주를 내밀었다. 내가 엄지에 인주를 찍으려 하자 형사는 내 손을 잡아당겨 자기 손가락이나 되는 것처럼 조사기록 여기저기에 꾹꾹 눌러대고 있었다. 가자미눈으로 훔쳐본 조사기록은 진술 내용과는 사뭇 달랐다. 나는 분명 자진신고 했다고 진술했는데 형사가 작성한 기록은 비명을 들은 이웃의 신고로 5분 대기조가 출동하여 격투 끝에 체포한 것으로 꾸며져 있었다. 그냥 넘길 사안이 아니었다.

　-격투라니요! 그런 거 없었는데요.

　형사가 나를 째려보았고 나 역시 물러서지 않을 태세로 마주 보았다.

　-그럼 자수하고 순순히 따라왔다고 고쳐?

　-예.

　-알았어. 그럼. 격투는 빼자구.

　조사가 끝나자, 형사는 나를 유치장으로 들여보냈다. 심신이 피곤했다. 그래도 한편으로는 어차피 불건 다 불었으니, 마음은 홀가분했다. 아내는 내 손에 죽었고 나는 그만한 대가를 치르면 되는 일이었다. 유치장은 쥐 죽은 듯 고요했다.

　느닷없이 현민이가 떠올랐다. 박현민은 회사 동기이다.

　그는 달변(達辯)으로 소문난 친구다. 그의 설득력은 아무도 당해낼 수 없다. 아는 것도 많은 유식한 친구이지만 현민이가 입을 열면 옳은 것은 틀리고 틀린 것은 옳게 뒤바뀔 정도로 녀석은 타고난 설득력을, 지녔다. 언젠가 술자리에서 우리는 여성 상위를 논쟁한 적이 있었다.

　-여성의 핏속에 흐르고 있는 한의 설움이 남자를 멸살시킬 것이야.

　-핏속에 흐르는 한?

　-칠거지악(七去之惡)의 한이라는 거지.

-칠거지악은 뭐고 멸살은 또 뭐야?

-작금의 여인들이 남자를 깔아뭉개는 것은 조선 시대 남정네들이 저지른 적폐(積弊)를 우리가 앙갚음당하고 있는 거라구. 양반네들은 아내를 제멋대로 내칠 일곱 가지 허물을 왕의 칙령으로 공표해 바람을 피우고 싶으면 아예 집안에 첩을 들였고 아들을 못 낳으면 친정으로 쫓아 보내면 그만이었잖아. 아들 못 낳는 게 어디 여자 탓이겠어. 난자(卵子)의 염색체는 24뿐이니, 23과 24 염색체를 동시에 배출하는 남자의 책임이 더 큰 거지. 아들의 염색체는 47이고 딸의 염색체는 48인 거야. 여자의 난자 24 염색체에 남자의 23 염색체가 결합 되면 염색체 합의 47로 아들이고 24가 결합되면 염색체 합의 48로 딸이 되는 것이니, 탓이라면 남자 탓인걸, 그냥 여자에게 뒤집어씌운 거잖아. 어디, 그뿐인가. 고질병이 생겨도 고쳐주기는커녕 그냥 쫓아내 버렸으니, 여인들의 한이 오죽했겠어. 여인들은 그 한의 응어리를, 우성(優性)으로 유전시킨 것이야.

-말도, 안되는 소리. 그게 어떻게 유전될 수 있어?

-유전은 시간과 생물의 의지에 의한 것이거든. 여인들은 고분고분한 인자(因子)는 열성(劣性)으로 눌러 버리고 욱하는 인자를 우성으로 유전시킨 것이야. 우성은 강한 것이니 유전성도 그만큼 강하지 않겠어. 결국, 그게 요즘 남성의 숨통을 틀어막게 된 것이라구. 인권 운동가들은 지금의 세상을 야만에서 문명이 이동이라 떠들어대는데, 동의해야 돼? 말이야 돼?

그는 동의하고 말고를 따지기 전에 하필 왜 우리 세대가 선대의 죗값을 치르게 될게, 뭐냐며 한탄했다. 아버지가 어머니를 하녀 대하듯 윽박지르는 모습을 당연한 것으로 보고 자라온 우리는 여성을 존중해 줄 준비가 돼 있지 못하다는 것이었다. '감히 여자가!'라는 가부장적 편견을 어떻게 하루아침에 떨쳐 버릴 수 있겠느냐는 하소연에 피식- 실소가 흘렀다.

아내도 처음부터 속물이었던 건 아니었다.

아파트를 장만해야 한다며 허리띠를 졸라매고 월급의 절반을 저축하던 때가 있었다. 아이가 초등학교에 입학하자 아이 반의 모자회 간사를 맡은 게 낭패의 시발점이었다. 원색의 옷가지로 장롱을 채우고도 마땅히 입고 나갈 게 없다며 투덜거릴 때부터 너덜거리는 아내의 가슴은 무엇으로도 채울 수 없을 것임을 나는 알아차렸다.

TV에서 경찰의 112 전화가 부부싸움도 동지섣달 무 자르듯 해결해 준다는 뉴스를 본 아내는 어쩌다 말만 꼬여도 112번을 친정집 전화처럼 둘려 댔다. 경찰은 우리 집을 제집 드나들 듯했지만 신고 내용과는 상반된 정황에 경찰은 경찰대로 실망의 빛을 감추지 못하면서도 남편을 고발하겠느냐고 물었다. 그때마다 아내는 이번만은 참겠다며 경찰을 따돌렸다. 대신 내게는 고발하지 않은 배려를 누누이 강조했다.

아내는 경찰이 방문하면 기세가 등등해지고 있었다. 경찰은 아내가 내게 퍼붓는 막말을 빤히, 듣고도 왠지 내게는 언어 폭력으로 고발하지 않겠느냐고 묻지 않아 우리 집을 들락이는 경찰은 왜? 언어 폭력 조항이 삭제된 육법전서를 공부한 사람만 오는지 한심했다.

아내는 남편보다 남편의 그늘이 필요했다. 아내가 진작 가정을 박차고 나갈 수 없었던 건 날이 갈수록 덩치가 커진 계 모임이었다. 계원으로는 성에 차지 않았던 아내는 아예 계모임을 조직해 계주가 되었고 모임도 차츰 늘어나고 있었다. 내 이름의 통장은 매달 수천만 원이 입출금되는 계좌로 둔갑했다. 은행원은 아내에게 깍듯했고 명절엔 선물꾸러미를 챙겨올 정도의 특별계좌로 대접받았다.

계원들은 곗돈을 아내의 이름보다 남편의 이름으로 입금하기를 원했다.

판이 깨졌을 때를 대비해 증거물로 확보해 두려는 묘안이었다. 계원은 계주 남편의 직장과 조상으로부터 물려받은 땅뙈기를 가상담보물로 여기는 한시적 모임이었다. 모임은 잦았고 귀가는 비례적으로 늦어지고 있었다. 아내의 입에선 술 냄새가 짙어졌고 어쩌다 타박이라도 할라치면 아내는 거침없이 계원들의 남편을 들먹였다.

아내의 말만 빌리면 그녀들의 남편은 아무리 늦어도 타박은커녕 사랑으로 죽여준다는 것이었다. 구실도 제대로, 못하는 주제에 닦달은 무슨 닦달이냐는 투였다. 제대로 한번 해 보겠다고 기를 쓰고 달려들기도 했었다. 하지만 일찌감치 기가 죽어버린 심벌은 고개도 들지 못한 채 숨 끊긴 해삼처럼 흐물거렸다. 비웃듯 돌아눕는 아내가 원망스럽기보다 민망함으로 숨죽인 날이 더 많았다. 그때마다 아내는 자식이 동아줄임을 강조했다.

-애들만 없다면 벌써 결판났을 거야. 자식이 뭔지 원.

-, , ,

충분히 알고 있는 사실이다. 자식과 눈덩이처럼 커진 계모임이 우리 가족을 지탱하는 양대 축임을. 자식은 변할 수 없는 보루지만 계 모임은 달랐다. 아내는 곗돈 입금 날짜가 임박할 때마다 사냥꾼에게 쫓기는 사슴처럼 질려 있었다. 새벽부터 전화통에 매달려 계원들에게 사정과 협박을 구사하며 입금을 다그쳤고 그렇게 월부금을 해결한 뒤에야 가슴을 쓸어내리며 긴 한숨을 뿐이었다.

계모임은 항상 뜨거운 감자였다. 아내는 이자를 놓지 않고는 원금을 추려나가기 어렵다며 목돈을 통째 빌려주고 받아 놓은 어음장이 계 장부 갈피를 차곡차곡 채우고 있었다. 빳빳한 어음장은 계가 깨지면 휴지로도 쓸 수 없는 것이었다. 아내는 원금을, 떼일 때면 볼록한 가슴이 통째로 쓸려 내린 것처럼 한숨을 뿜어대다가도 떼인 원금을 벌충해야 한다니 너 큰 세를 조직했다. 팡팡해진 풍선에다 눈알을 부라리며 입김을 불어대는 아슬아슬함으로 우리 집 안방은 항상 바늘방석이었다.

형사계 전화가 요란을 떨고 있었다.

-형사계 최 형삽니다. 응. 김 형사. 나야. 뭐라구? 피해자가 살아났다구? 장난치지 마. 조서 기록 다 꾸몄는데 누구 속 뒤집히는 꼴 보려구 그래. 뭐? 정말이라구? 애당초 기절한 상황이었는데 깨어난 거라구?

그들의 통화는 아내를 두고 주고받는 내용이었다. 엿들으려 한 게 아니라 주변이 조용해 엿듣게 된 것뿐이다. 못 들은 체, 시침을 따고 있었다.

-뭐라구? 남편을 찾는다구? 경찰서로 온대? 이거야 원. 뭐가 어떻게 돌아가는 거야. 귀신에, 홀렸나? 응. 알았어. 응. 응. 어차피 피해자 조사도 다시 꾸며야 하니 그 여자는 김 형사가 책임지고 호송해.

형사는 수화기가 부서지라고 내던지고는 화풀이라도 할 것처럼 구치소에 쪼그리고 있던 나를 끌어냈다. 하지만 형사는 이내 맥이 풀린 듯 담배를 꺼내 문 채 눈길을 허공에 매달고 있었다. 형사가 내뿜은 담배 연기가 내 코끝을 맴돌고 있었다. 심호흡으로 공기를 빨아들이자, 담배 연기는 포물선을 그리며 내 코끝으로 말려들었다. 형사는 개의치 않았다.

-이봐. 죽은 마누라가 온대.

내가 휴-하고 한숨을 내쉬자, 형사는 의외라는 표정이었다.

-지금 오고 있다니까 귀신인지 사람인지 확인해 보라구.

형사의 태도는 부드러웠고 내게 담배까지 권했다. 포승줄에 묶인 손으로 빨아들인 한 모금의 담배 연기는 그동안의 고초를 씻어 내기에 부족함이 없었다. 형사의 배려가 고마웠다. 아내가 살아났다고 해서 유리해질 건 없었다. 다만 죄목이 살인에서 살인 미수로 가벼워질 수는 있겠으나 아내의 독설은 어떻게 감당하는가! 무엇보다 대질신문이 두려웠다. 차라리 이 대로가 훨씬 더 편하리란 생각이었다.

아내가 형사계에 발을 들여놓고 있었다. 고개를 숙인 채 가자미눈으로 아내의 발끝을 훔쳐보고 있었다. 아내가 내 앞에서 걸음을 멈추자, 내 가슴이 벌렁거렸다. 아내는 내 얼굴을 빤히 보며 배시시 미소를 짓고 있었다. 형사의 말대로 귀신인가 싶어 섬뜩했다. 평소 같으면 앞뒤 가릴 것 없이 남편의 멱살을 잡고 살인자라 소리쳐야만 옳다. 그런데도 웃음까지 흘리다니 귀신이 아니고서는 일어날 수 없는 일이었다. 하지만 아내의 태도는 이상하리만큼 차분했다.

아내의 그런 태도가 나를 더욱 긴장시키고 있었다. 옷차림도 단정했다. 전날의 흐트러진 흔적은 어느 곳에서도 찾아볼 수 없었다. 아내의 태도를 살피는 내 눈길이 아내에게 발각될까 싶어 얼른 바닥으로 내리깔았다.

아내는 형사가 권하는 의자를 마다했고 내 등 뒤에 선 채 분위기를 살피는 모습이었다. 아내가 한쪽 손을 내 어깨에 올려놓고 있어 내 몸은 잔뜩 움츠러들었다. 아내의 일거수일투족은 네놈이 목을 조였지만 나는 이렇게 살아있다는 시위로 느껴져 불안감이 커지고 있었다. 피의자에게도 묵비권이 인정되는 세상이다. 구차스럽게 일일이 답변하느니 아예 입을 다물 작정이었다. 아내가 내 어깨를 툭-치며 말을 걸어왔다.

-여보 왜 여기 있어. 집으로 갑시다.

이안이병병해 귀를 의심했다. 목 졸린 충격으로 기억상실증에 걸린 건가? 그게 아니라면 정말 귀신으로 둔갑한 건가? 도무지 갈피를 잡을 수 없었다. 전혀 예상치 못한 생소함에 무장을 해제당하는 느낌이있다. 내 이께에 올려진 아내의 손이 천근만근 무거웠다. 그런 아내의 손이 가늘게 떨리고 있었다. 감정을 추스를 수 없을 때 아내의 손은 그렇게 떨곤 했나. 아내는 지금 긴장하고 있다는 증거다. 아내는 귀신으로 둔갑한 것도, 기억상실 증에 걸린 것도 아니었다. 형사들도 예상치 못한 상황에 잔뜩 긴장된 표정 이었다. 심상치 않은 분위기를 감지한 형사반장이 후배 형사에게 나를 유 치장에 처넣으라고 소리쳤다.

-윤 형사. 피의자 유치장에 집어넣어!

형사반장의 목소리는 다분히 신경질적이었다. 젊은 형사가 나를 잡아 끌었다. 상체가 포승줄에 감긴 채 검정 고무신을 신고 엉거주춤 끌려가는 모습, 아내에게는 정말 보이고 싶지 않았지만, 죄인에게 그런 자존심 같 은 게 용납될 리 만무다. 꼬여진 허리에 잔뜩 힘을 넣었다. 그리고 상체를 쭉 편 채 눈길을 높이 뜨고 발걸음을 떼었다. 따가운 시선에 내가 할 수 있 는 대응은 그것뿐이었다. 첫걸음을 떼고 다음발을 옮기려는 순간 몸이 바 닥으로 고꾸라지고 말았다. 바닥의 너저분한 전선에 발이 걸린 탓이었다. 몸을 새우처럼 꼬부린 채 버둥거렸다. 아내가 몸을 던지듯 나를 덮쳐왔다.

-여보 다치지 않았어? 집으로 가자니까 어딜 가는 거야.

아내의 목청은 높았고 울음까지 묻어나고 있었다. 형사가 아내를 제지 하며 나를 일으켜 세우자, 아내는 발악하듯 형사에게 대들고 있었다.

-이 사람 놓아주세요. 이분은 죄가 없어요.

나는 눈을 질끈 감았고 눈꺼풀 사이로 배어나는 물기를 감추기 위해 이 를 악물었다. 형사는 나를 짐짝처럼 이끌어 유치장에 처넣었다. 시간이 한 나절 넘게 흐른 오후쯤. 유치장에서 다시 불려 나왔을 때는 형사계의 분위 기가 무겁게 경직돼 있었다.

-전혀 그렇지 않다니까요. 죽이려 했다니요. 세상에 제 마누라를 죽이는 남편도 있답니까. 싸운 건 사실입니다. 저 사람이 나를 한 대 쥐어박길래 내가 성질을 못 이겨 까무러쳤을 뿐인데 저 사람이 무슨 죄가 있다고 붙잡

아 놓고 있는 겁니까. 빨리 풀어주세요.

 -이거 봐요. 본인이 다 불었어요.

형사가 조사기록을 아내의 코앞에 흔들어댔고 아내는 아내대로 형사에게 대들듯 따지고 들었다.

 -아니 본인이 아니라는데 생사람 잡는 건 도대체 뭐예요. 그래 형사님 말대로 그렇다 칩시다. 장정이 목을 조여 여자를 죽이려 했다면 적어도 목에 손자국 정도는 남아있어야 하잖아요. 자 보세요. 목에 손자국이라도 있는가 보란 말입니다.

아내는 블라우스 목 단추를 풀어 헤쳤고 형사들은 흘끔거렸다. 아내의 목은 정말 깨끗했다. 손자국 같은 건 어디에서도 찾아볼 수 없었다. 형사가 발끈했다.

 -그럼. 우리가 조작했다는 겁니까? 아줌마 여기 좀 읽어봐요. 본인이 목을 조여 죽였다고 진술했잖아요. 왜? 그리 우겨요. 우기길!

아내 역시 한 치도 물러서지 않았다.

 -위협을 가해 증거도 없이 받아낸 진술을 어떻게 믿어요.

아내는 거칠게 항의하며 울부짖기 시작했다. 이수선한 수사과는 아내의 울음소리로 높았고 너나없이 할 말을 잊고 있었다. 내가 할 수 있는 몸짓은 검정 고무신 끝에 눈길을 얽어매는 것뿐이었다. 아내의 눈두덩은 마스카라가 짓이겨져 숯 검댕을 문질러 놓은 것처럼, 실그러서 있어도 이랑 곳하지 않았다.

“서장님을 만나야겠어요.”

아내는 서장실을 향해 돌진했고 형사들은 황급히 가로막았다. 아내의 안탈은 막무가내였고 조사기록은 서장실과 형사계 사이를 바쁘게 오가는 낌새였다. 다음날, 아내는 담당 형사 앞에서 조서 기록 이곳저곳에 손도장을 찍느라 분주했다. 형사가 내게도 조서 기록을 내밀며 건네는 말투에는 빈정거림이 묻어나고 있었다.

　-피의자도 읽어보고 날인 하셔.

　형사의 책상에는 "기소유예" 인장이 선명한 조사기록이 선풍기 바람에 펄럭거렸고 내 전신을 구렁이처럼 감고 있던 포승줄이 스르르 풀렸다. 자유로움이 온몸으로 전율 되고 있었다. "아-!"하는 탄성이 저절로 새 나왔고 몸은 새털처럼 가벼웠다. 아내가 형사계 사무실을 먼저 나갔고 내가 몇 발짝 뒤를 따르고 있었다. 경찰서 광장의 햇살은 눈부셨다. 광장을 가로지르는 아내의 뒷덜미엔 따가운 햇살이 퍼붓고 있었다. 엉덩이가 롱드레스 밖으로 통째 튕겨 나올 것처럼, 일렁거리는 아내의 뒤를 따라붙을 때쯤, 아내가 말을 흘렸다.

　-목에 파운데이션을 바르고 신 교수를 졸라 정신병 치료진단서를 제출했더니!

　-아니. 그럼!

　눈까풀이 바르르 떨렸다. 몸을 돌려 형사계를 향해 냅다 뛰었다. 타자기 앞에 고개를 묻은 형사가 씨근대는 내게 던지는 말.

　-저 친구 정말 좀 돌긴 했나 봐! 끝.

잭팟(jackpo t)

꽁짓돈부터 갚아야 하지만 지금으로선 어림없다.

꽁짓돈은 이자가 꼬리를 물고 늘어지는 누진제여서 걱정이 이만저만이 아니다. 20일 전. 꽁지에게 빌린 삼백만 원이 그새 이자만 백오십만 원으로 불어나 배보다 배꼽이 더 커지고 있다. 채무 조건이 첫 주는 10%의 선이자를 떼어 주어야 하고, 둘째 주는 20%, 셋째 주부터는 30%씩 갚아나가야 한다.

돈은 지금 살고 있는 오두막을 잡히고 빌린 것이어서, 못 갚게 되는 날에는 길바닥에 나앉게 될 처지이다. 오두막은 도로 확장 공사에 편입된 것이어서, 보상비까지 통째 넘어갈 판이다. 차용증서에 채무자와 채권자의 합의사항이라 명시하고 나는 인감도장을 찍고 꽁지는 사인을 했나.

꽁지는 카지노에서 투전꾼에게 뒷돈을 대주고 높은 이자를 받아 쟁기는 고리대금 업자다. 돈을 빌릴 당시엔 그리 빡빡한 조건도 아니라는 생각이었다. 한방만 터트리면 그 자리에서 되갚을 수도 있을 것이니 투전편에서는 그만한 부담쯤은 감수해야 할 볶이려니 했나. 하지만 돈은 빌릴 때의 갚을 때의 처지는 하늘과 땅만큼이나 생각이 달라진다. 논을 빌리넌 것닐은 꽁지와 서로 가벼운 미소까지 오갔지만 20%의 이자를 갚는 2주엔 스트레스가 쌓였고 이자가 30%인 3주부터는 머리에 쥐가 나는 충격에 휩싸일 지경이었다.

"어이. 이자 계산해 봤어?"

꽁지 놈의 반말이 거슬렸지만, 그냥 참아 넘겼다.

"대박 남 갚을 건데 뭐."

겉으론 느긋한 것처럼 여유를 부리고 있었다.

"이. 씹 새야. 대박 예약해 놨어. 안 터지면."

"…"

꽁지 놈이 탁자 위의 사과를 잭나이프로 푹 찍어 와지끈 씹는다. 놈의 좌우에는 마을 후배 동철이와 얼굴 험악한 또 한 놈이 버티고 있었다. 이미 저질러진 일이니, 해결 방법은 대박을 터트리는 것뿐이다.

얼마 전부터 탄광촌은 카지노에서 잭팟을 터트려 팔자를 고쳤다는 소문이 파다하게 퍼지고 있었다. 태백시의 김용진은 일억 이천만 원을 터트렸고 영월의 정해석도 팔천만 원을 거머쥐었다는 것이다. 수백에서 일이천만 원을 챙긴 사람은 부지기수라는 것. 강원도 정선의 스몰카지노는 한탕을 노리는 꾼들로 발 들여 놓을 틈이 없다는 뉴스가 연일 TV 화면을 장식하고 있었다.

정부의 탄광 산업 합리화 조치로 탄광이 줄줄이 문을 닫게 되면서 공동화 현상까지 빚고 있던 고한읍에는 구경조차 할 수 없던 전당포가 즐비하고 음식점과 단란주점들이 흥청거리고 있다. 좀이 쑤셔 그냥 앉아 있을 수 없었다. 수중의 이십팔만 원을 챙겨 카지노에 발을 들여놓았다. 카지노가 어떤 곳인지 구경도 할 겸 한방 터트릴 셈으로.

카지노 객장은 입구부터 휘황찬란한 네온사인으로 눈이 휘둥그레졌다. 객장 안은 테이블마다 고개를 처박은 꾼들의 엇갈린 환호가 정신을 둘러 빼고 있었다. 생전 처음 보는 블랙 잭. 룰렛. 바카라와 같은 테이블 게임부터 슬롯머신이 즐비했다. 일단 객장을 한 바퀴 둘러본 후. 만만해 보이는 백 원짜리 게임기 하나를 차고앉았다. 테이블 게임은 나름의 규칙 때문에 선뜻 덤벼들 엄두를 낼 수 없었기 때문이다. 어쨌든 대박은 슬롯머신에서 터지는 것이라니 주저할 이유가 없었다.

마음을 가다듬으며 만 원짜리 지폐 한 장을 투입구에 밀어 넣었다. 게임기는 "띵 똥" 하며 모니터에 20점을 띄워주었다. 게임기 버튼을 누르는 게 조심스러웠다. 버튼을 살짝 누르자 게임기는 "띠리릭" 하며 야멸차게 백 원을 삼켜버리고 만다. 신기해 한 번 더 눌렀고 또다시 누르자 이번에는 "티디딕 틱" 하며 모니터에 80점을 띄워 놓았다. 이백 원을 잃고 순식간에 사만 원을 벌었다. "그래 그렇지" 카지노 돈은 임자가 없다더니 틀림없는 말이었다.

사만 원은 탄광 막장에서 한나절이나 곡괭이를 휘둘러야 움켜쥘 수 있는 액수이다. 신났다. 계기판의 점수는 차츰 불어났고 흥분은 고조되었나. 그렇게 치고, 박기를 수 시간. 게임에 빠져 시간이 흐르는 것도 몰랐다. 카지노 영업장에는 벽시계가 걸려있지 않았다. 꾼들의 시간관념을 뭉개기 위해 시계를 걸지 않는다는 것이다. 그렇게 움켜쥔 금액이 이십육만 오천 원. 원금에 이르는 수익을 불린 셈이었다.

배가 고팠다. 휴게실에서 빵과 우유로 배를 채우고 간식으로 팥빵 두 개를 더 챙겨, 다시 영업장으로 들어섰다. 입구의 보안요원은 깍듯했다. 카지노 출입증은 다음 날 새벽 2시. 영업 마감 시간까지 재입장할 수 있어 여유로웠다.

다시 게임기 하나를 차고앉았다. 옆자리의 꾼은 게임기를 머신이라 부르고 있었다. 게임기보다 머신이 좀 더 듣기에 유식해 보여 나도 머신이라 부르기로 했다. 머신에 자신이 생겨 아예 오백 원짜리 머신으로 옮겨 앉았다. 옆자리 머신에는 꾼은 없고 기계만 혼자 돌아가고 있었다. 이상해 살펴본즉 버튼 사이에 이쑤시개를 끼워놓아 자동으로 눌러지게 만들고 꾼은 자리를 뜨고 없었다. 머신은 제멋대로 돈을 삼키며 토하기를 거듭하고 있었다. 세상에는 손도 대지 않고 코를 푼다더니. 카지노에선 이쑤시개가 사람의 손을 대신하고 있어 그 쓰임새가 아주 요긴했다.

머신에 자신이 생기자, 간이 커지고 있었다. 현금 투입구에 넉넉히 오만 원을 쑤셔 넣고 버튼을 눌렀다. 그런데 1회 배팅에 오백 원인 머신이 단번에 천오백 원을 삼키는 게 아닌가. '엇쭈. 오작동? 어디 또 그래 봐라' 하며 다시 버튼을 눌렀는데 역시 그랬다.

당장 뛰어 올라가 사무실을 확- 뒤집어버리려다 일단 화면을 찬찬히 살폈다. 잘못은 내게, 있었다. 배팅액을 사전에 오백 원으로 지정하지 않은 탓이었다. 기계는 정확했고 점검은 옳았다. 참길 잘했다는 생각이었다. 카지노에 대박을 터트리러 온 것이지 깽판 치러 온 게 아니니.

배팅을 다시 오백 원으로 지정하자 머신은 얌전히 오백 원씩 챙겨가고 있었다. 게임은 오전과 달리 내리막이었다. 앞서 따놓은 것도 삼십 분 만에 날아갔고 집에서 챙겨온 종잣돈도 절반이나, 털려 부아가 치밀었다. 투전은 땄다가 잃을 때 더 열 받게 되는 거다. 이유는 앞서 따놓은 것도 모두 제 돈으로 여기기 때문이다. 홧김에 남은 종잣돈을 몽땅 투입구에 밀어 넣고 배팅을 최대 천오백 원으로 올렸다. 투전판에서 배팅은 클수록 거둬들이는 떡고물도 큰 법이다. 결과는 속담처럼 맞아떨어지지 않고 있었다. 배팅액이 큰 만큼 종잣돈은 더 헤펐다. 분통을 억누르고 있을 때 마침 동네 후배 용철이가 지나가고 있었다. 오랜만에 보는 녀석이 가뭄에 단비처럼 반가웠다.

"용철이 오랜만이야. 혹시 돈 가진 거 있어? 씨발 다 털렸거든."

"고스톱도 안 치는 형이 카지노에 오다니 웬일이야. 그런데 얼마나?"

녀석의 대답은 시원했다.

"삼십쯤"

일단 크게 부르고 본 것이었다. 그렇게 빌린 삼십만 원은 밤 10시를 넘기지 못했고 홧김에 다시 빌린 오십만 원도 새벽 2시 카지노가 폐장될 무렵엔 동전 한 닢 없는 빈털터리가 되고 말았다. 머신은 알게 모르게 사람의 밑천을 갉아먹는 구조였다. 카지노는 새벽 2시 어김없이 문을 닫았고 카지노에서 걸어 내려오는 길목의 새벽, 하늘은 노랬다. 잠자리에 누워도 눈이 감기지 않아 한낮이 되기를 기다려 용철에게 전화를 걸었다.

"좀 더 안 될까?"

"또?"

"딱 한 장만."

녀석은 수화기를 반쯤 틀어막은 채 누군가와 상의하는 듯했다.

"먼저 빌린 돈 갚음 삼백까지도 된대."

전날은 제 주머니에서 꺼내주는 것처럼 하더니만 녀석의 태도가 달랐다. 빚진 팔십만 원을 당장 갚을 재주는 없었다.

"치워라 치워."

다급한 마음에 집 앞 편의점 노 씨에게 2할 5푼의 선이자를 떼어 주고 백만 원을 빌렸다. 노 씨는 자기 건물도 도로 확상에 편입돼 내 오두막 보상비의 지급일을 이히 알고 있었다. 카지노로 날려가 안내 집수대에 주민증을 내밀자, 담당자가 손사래를 치고 있었다.

"왜?"

"지역 주민은 매달 두 번째 화요일만 출입할 수 있거든요."

"무슨 개수작이야?"

목소리가 높았다.

"광산촌 주민들의 도박중독을 예방하기 위해 정한 건데요."

"어떤 놈이?"

"4개 시군 대표가요. 우린 따를 뿐입니다."

4개 시군이라면 정선군을 비롯한 영월과 태백, 삼척시를 이르는 말이었다. 광부를 등에 업고 설립된 카지노에 광부가 드나들 수 없다니. 뭐 이따위 경우가 있냐며 분통을 터트리다 보안요원에게 끌려 나가고 말았다. 보안요원의 손아귀는 생각보다 강했다. 그런 꼴이 한심했고 본전이 아른거려 애를 태웠다. 카지노를 마음대로 드나들 수 없다면 대박은커녕 본전도 건지기 어려울 판이다. 곰곰이 생각한 끝에 떠올린 해결책은 주소를 탄광촌 이외 지역으로 옮기는 것이었다.

무작정 진부행 버스에 올랐다. 16년 만에 찾는 고향이었다.

진부는 고환에서 완행버스로도 고작 한 시간 남짓이면 닿는 거리였다. 지난 세월이 주마등처럼 스치고 있었다. 그동안 고향을 찾지 못한 이유는 따로 있었다. 첫 단추가 잘못 끼워진 시점은 고2 때다. 그날 학교에서 돌아왔을 때 아버지는 마당에서 뺀드리에게 패대기를 당하고 있었고 그런 아버지의 이마에선 피가 흐르고 있었다. 그걸 보는 순간 내 눈은 뒤집혔다. 내 손엔 삽자루가 쥐어졌고 삽은 신들린 듯 휘둘러졌다. 뺀드리는 그 자리에 널브러졌고 나는 그날로 경찰에 연행되었다.

뺀드리는 투전판에서 뒷돈을 대주는 고리꾼이었다. 아버지는 투전으로 문전옥답을 날리고도 모자라 우리가 살고 있던 집까지 농협에 잡혀 독촉장이 연신 날아들고 있었다. 투전판을 전전하던 아버지는 한 달에 한두 번쯤 집으로 돌아와 얼굴만 비치고는 연기처럼 사라지곤 했다. 가족의 부양은 엄마의 몫이었다. 식당에서 허드렛일로 자식을 거두고 있던 엄마는 어느 날 아홉 살 터울의 동생을 데리고 가출했다.

아버지는 자식을 감옥으로 보내고도 끝내 투전판에서 손을 씻지 못한 채 결국 농약을 마시고 숨을 거두고 말았다. 소년원으로 사망 통보가 왔지만, 나는 아버지의 장례식 참여를 거부했다. 투전으로 가정을 풍비박산시키 행태를 용납할 수 없었기 때문이다. 그걸 본 나는 투전이라면 지금까지 고스톱도 손대지 않았다.

소년원을 출소해 고향으로 돌아온 나는 외톨이었지만 열여덟 살에 달게 된 별이 버팀목이었다. 패거리를 달고 장터를 휘저을 수 있었던 발판은 교도소에서 달아준 별이었다. 그러나 손바닥만 한, 면 소재지에서 패거리가 비빌만한 언덕은 너무 낮았다. 어느 날 조폭 일제 단속에 얼려걸려 다시는 햇빛을 볼 수 없을 것으로 낙담했지만 경찰서 이송 직전 용케 닭장차에서 튈 수 있었다. 무작정 산속으로 파고들었고 그렇게 고한읍으로 숨어든 게 16년 전이다. 고향은 낯설어도 유일한 피붙이인 삼촌과 연을 이을 수 있었다.

"니가 어쩐 일루?"

삼촌은 냉랭했다.

"이젠 고향으루 돌아올까 해서요."

"이쪽 보군 오줌도 안 싸겠다너니!"

"그땐 그럴 만했지요."

삼촌은 시종일관 경계의 눈빛을 늦추지 않고 있었다.

"이런 촌구석에서 니가, 할 일이 뭐 있겠어."

"그냥 먹거리 농사나 지으며 살까 해서요."

"그러자믄 농토두 있어야 하구. 농막이라두 장만해야 하는데."

삼촌의 옷소매를 식당으로 끌었다. 소주잔을 연거푸 채우며 그동안의 상황을 설명하고 있었다.

"그래도 돈은 좀 모았나보군"

"삼춘도 아시다시피 고등학교두 제대로 못나 온 제가 할 일이 뭐 있겠습니까. 사끼야마나 했지요."

"사끼야마?"

"탄광 막장 광부요."

"그 손가락은 왜 그래?"

"막장에서 잘렸지요."

인지와 중지가 잘린 왼손을 내보이자, 삼촌은 미간을 찌푸렸다.

"이 손가락, 잘라준 대가로 고한읍에 집 한 채 건졌는데 이번에 도로 확장 공사에 편입돼 보상금 좀 받게 됐어요. 돈이란 쥐고 있으면 그냥 녹아버리고 말잖아요."

삼촌은 고개를 끄덕여 동의를 표시하고 있었다. 바로 그때가 주민등록 이전의 필요성을 설파할 시점이었다.

"밭뙈기라도 살라믄 주소가 진부로 돼 있어야 하는데. . ."

"그건 그렇지."

삼촌의 소주잔이 비워지기 무섭게 채우기를 거듭하자 삼촌의 눈빛은 차츰 누그러지고 있었다. 기회는 그때였다.

"고한에 아직 정리할 기 좀 남았거든요. 퇴직금도 그렇구."

사실 막장 광부도 손가락이 잘리면서 끝났고 퇴직금도 오래전 이야기

일 뿐이었다.

"우선 삼촌 밑에 동거인으로 좀 달아놓아야 할 거 같은데요."

거나해진 삼촌은 군소리 없이 면사무소까지 앞장서 주었고 전입신고서
는 읽어볼 생각도 안은 채 동의란에 손도장을 꾹 눌러 주었다. 담당자는 내
가 내민 주민등록증에 주소 변경 사항을 기재한 후. 힐끔 쳐다보고는 돌려
주었다. 주민증 뒷면에 적힌 현주소는 정선군 고한읍에서 평창군 진부면
상진부리로 변경돼 있었다.

객장 입구에서의, 내 몸짓은 의연하고 당당했다. 주소를 확인하는 보안
요원은 통과의례의 문지기에 불과했다. 평소 별 볼 일 없을 것으로만 여겼
던 주민등록증의 위력을 새삼 실감할 수 있었다. 이제 성역은 뚫렸고 점령
만 남았다. 음료수대의 오렌지 주스로 느긋하게 목을 축였다. 객장의 커피
와 음료수는 배가 터지도록 마셔도 제지할 사람은 없다. 목표는 오직 대박.
대박을 터트린 순간을 연상하며 의미심장한 미소를 머금었다.

느긋하게 머신 하나를 차고, 앉았다. 시작은 산뜻하고 여유로웠다. 20점
에서 시작한 승점은 660점까지 치솟고 있었다. 내친김에 머신 하나를 녀
차지했다. 그리고 버튼에 이쑤시개를 꽂아 자동으로 돌아가게 했다. 배팅
도 오백 원에서 천오백 원으로 최대한 높였다. 그것으로도 성에 차지 않아
그동안 어깨너머로 배팅 방법을 익혀둔 바카라 셈심에 고개를 들이밀었
다. 조심스러워 첫 배팅은 오만 원으로 낮췄다. 카지노가 금세 다른 곳으
로 옮겨갈 것도 아닐 테고, 이젠 매일 카지노를 내 집처럼 드나들 수 있으
니 서두를 까닭이 뭔가. 일전에 잃은 본진도 잠시 밑겨둔 깃일 뿐, 인제든
시 서둬들이넌 그만인 것이니. 한결 마음이 느긋했다.

바카라 게임은 뱅커와 플레이어 숭 한 곳을, 선택하는 것이었나. 노 아

니면 모이니 게임 방법은 간단했다. 현금을 칩으로 교환해 만 원짜리 다섯 개를 뱅커에 걸고 카드를 펴는 딜러의 손을 뚫어지게 쏘아보았다. 첫 배팅은 승이었다. 채 1분도 안 돼 오만 원을 벌어들였다. 생각지도 못한 큰돈이었다. 두 번째는 플레이어에, 배팅하고 딜러보다 먼저 끗발을 암산해 또다시 승임을 알아차릴 수 있었다. 어릴 때부터 암산 하나만은 남보다 빨랐다. 고향 학교에 상과가 있었다면 나는 지금쯤 은행의 중견간부 자리 하나쯤 차고, 앉았을 몸이다.

연거푸 승리하자 은근히 욕심이 생겨 배팅을 십만 원으로 올렸다. 칩 열 개를 포개는 게 번거로워 아예 십만 원짜리로 교환해 뱅커와 플레이어 선택을 놓고 고민하다 딜러가 배팅 마감을 선언하려는 순간 플레이어에 칩을 던지듯 했다. 워낙 큰 목돈을 걸어 조마조마했지만 선택은 탁월했다. 그동안 머신에만 매달린 시간이 아까웠다. 배팅은 커질수록 숨이 막혔다. 아슬아슬한 줄타기 끝에 팔십오만 원을 거머쥘 수 있었다.

머신에 걸어둔 삼십삼만 원까지 챙겨 미련 없이 자리를 떴다. 삼겹살에 소주를 삼키는 즐거움은 그동안 쌓인 스트레스를 털어내기에 전혀 부족함이다. "진작 게이머로 진출하는 건데 흐흐." 머신이 삼켜버린 만 원이 아까워 만 원만, 만 원만하다 종잣돈 이십팔만 원을 날린 엊그제가 아련했다.

다음날. 꽁지에게 빌린 팔십만 원을 갚고 그 자리에서 삼백만 원을 빌렸다. 배팅의 정석은 든든한 자금이다. 도로 확장 공사에 편입된 오두막 보상비 지급 이행서까지 담보로 잡히고 선이자 10%를 떼어 주었다. 이주 째는 20%, 삼 주부터는 30%의 이자를 부담하는 조건이었다.

자금은 넉넉하고 운용 기간도 20일의 여유가 생겼다. 카지노를, 출근하듯 드나들고 있었다. 대박이 곧 터질 것만 같아 자릴 비울 수 없었다. 그러나 카지노는 출입이 잦은 만큼 수입은 하향곡선이었다. 일주일에 이르자 자금이 바닥을 드러내기 시작했고 한 달이 넘게 되자 주머니는 거의 빈털터리로 전락하고 말았다. 등락 폭이 큰 테이블 게임을 줄이는 대신 슬롯머신에 목을 매었다. 식사는 빵과 우유로 때우는 노숙자와 같은 생활이었다. 머신으로 대박을 터트리고 바카라는 사이드 배팅으로 생활비를 충당할 계획이었지만 어느 것 하나 마음먹은 대로 풀리지 않아 애를 태웠다.

자금이 달리니 테이블 게임은 강 건너 불 보듯 할 수밖에 없고 머신은 돈 먹는 하마였다. 꽁지에게 빌린 삼백만 원은 이자가 원금을 삼킬 것처럼 불어났고 오두막 보상비 수령은 목전으로 다가오고 있었다. 집을 통째 날리고 길바닥에 나앉을 판이어서 고민은 눈덩이처럼 커지고 있었다. 후배 동철은 여전히 객장을 돌며 차용인에 대한 감시와 수금을 독려하는 모습이었다. 녀석의 눈에 띄지 않으려 애쓰지만, 참매처럼 매서운 놈의 감시망을 벗어나기는 어려웠다.

"형 사장이 좀 보재."

"왜?"

"그 속을 내가 어찌 알겠어."

그 의도가 뻔해 가슴이, 철렁했다. 아무리 빚을 독촉해도 지금으로선 도저히 갚을 수 없는 처지이다. 그저 굴러가는 대로 부딪치는 수밖에 없었다. 로비 구석에서 바지 주머니에 손을 찌르고 삐딱하게 선 꽁지의 뒷모습은 상대에게 위압감을 주려는 몸짓이나. 꽁지의 머리는 히니같이 스포츠형이거나 긴 머리에는 무스를 처바르고 다닌다. 바지도 잉딩찍은 힐렁히고 끝자락은 좁은 검은색을 유니폼처럼 입고 손지갑을 들었다. 카지노 주변에는 그런 꽁시가 활개 치고 그 뒤에는 전당포가 도사리고 있다. 탄광촌에 카지노가 들어서기 전까지는 눈을 씻고 뵈도 찾아볼 수 없던 모습들이다

꽁지 놈이 입에 불고 있던 담배를 퉤-하고 뱉으며 먹살을 잡을 듯 학 다

가셨고 나는 어느새 방어 태세에 돌입해 있었다. 한창때 같았으면 당연히 공격 태세였겠으나 더러워서 눈길을 아래로 깔았다.

"삼 주도 넘은 거 알고 있어?"

고개를 끄덕여 대답을 대신했다.

"어떻게 할 건데?"

"보상비 곧 나오니까."

그렇게 대답하고 돌아서는 발걸음이 무거웠다. 해결 방법은 대박뿐이다. 하지만 대박은 점점 멀어져 가고 있었다. 바카라 게임 뒷전에서 사이드 배팅에 목을 매며, 백 원짜리 배팅에 마지막 푼돈까지 털어 넣고 있는 마당에 그런 목돈은 그림의 떡이었다. 바카라에 배팅한 칩은 속절없이 날아가고 머신에 걸어둔 종잣돈은 광부 시절 구멍가게에서 사다 놓은 봉지 쌀만큼이나, 헤펐다.

카지노가 문을 닫아 집으로 내려오는 새벽하늘은 항상 노랬다. 카지노 진입로를 가로지른 석탄 운반 철교에 목을 매려고 허리띠를 풀기도 했었다. 하지만 철교에 목을 매기엔 허리띠가 너무 짧았다. 그때 목을 맬만한 끄나풀만 있었어도 나는 서슴지 않았을 것이다. 동철이는 아침저녁으로 오두막을 기웃거리고 낯선 얼굴이, 뒤를 쫓는 환상에 밤이면 집을 비우는 날이 잦았다.

"형 밤마다 불이 꺼졌던데 어디서 자는 거야?"

"동가식서가숙(東家食西家宿)하는 거지 뭐."

소년원에서 얻어들은 고사성어다. 녀석은 무슨 뜻인지 알아듣지 못하는 눈치였지만 되묻지 않았다. 대박은 이미 물 건너간 상황이니 해결책은 줄행랑뿐이다. 보상비 찾는 날. 돈을 움켜쥐고 바람처럼 사라지는 것이 최상책이었다. 꽁지에게 보상비 지급 이행서를 넘겼지만, 그건 종이쪽지에 불과하다. 수령자 본인의 주민등록증과 인감도장 없이는 보상비를 수령 할 수 없다. 꽁지 놈도 그쯤은 알고 있을 것이다. 그렇다면 한발 앞서야 한다. 보상금은 묵호로 옮겨가 전세방이라도 하나 얻을 밑천이었다. 오징어 배라도 얻어 타려면 방 한 칸은 얻어 놔야 하는 것이니.

딱 한탕만 튀겨 볼 요량이었는데 그 한탕이 이렇게 진탕이 될 줄은 차마 몰랐다. 비참하게 생을 마감한 아버지의 전철을 밟지 않겠다며 투전만은 철저히 외면하고 살았던 나였다. 인생은 새옹지마라고 했던가! 사람의 앞날은 정말 알다가도 모를 일이다. 잠자리에 들면 도배지 그림이 바카라칩으로 둔갑하고 눈을 감으면 꽁지가 쫓아 오는 흉몽으로 놀란다. 아버지가 한 달에 한두 번 얼굴만 비치고 쫓기듯 집을, 나서던 사정을 이제야 알만 했다.

초저녁엔 찔끔 돈을 따기도 한다. 하지만 한 줌도, 안되는 푼돈으로 만족할 수 없었다. 그마저도 자정을 넘기면서 거덜 나버리기 일쑤였다. 그때마다 좀 더 일찍 자리를 뜨지 못한 것을 후회하지만, 마음먹은 대로 안 되는 건 아버지의 DNA를 내려받은 탓이다. 게임의 승패를 좌우하는 관건은 넉넉한 자금과 시간적 여유인데 나는 충분한 자금도 닉닉한 시간도 움켜쥘 수 없었다. 뒷심이 달리니 적절한 배팅을 할 수 없었고 마감 시간에 쫓기는 마당이어서 심리적 안정감을 유지하기 어려웠다. 영업 마감 시간이 임박할 때마다 나는 서두르며 오기를 부리다 결국 패진의 넝에를 뒤십어쓰게 된 것이다. 시종일관 냉정을 유지하는 머신이 얄밉노록 미웠다.

객장에는 140개의 CCTV가 항상 돌아가고 슬롯머신은 20에서 30개씩 묶어 운용되고 있다. 그런 것들을 저들 유리한 대로 운용한다 해도 이용객은 알 수 없는 일이다.

전날 발급받아 둔 신용카드에서 백만 원을 인출했다.

이제 더는 카지노에 발 들여놓을 일은 없을 터. 서비스 한도액 백오십만 원 가운데 오십만 원은 도피 자금으로 남겨두었다. 보상금 받아 쥐는 즉시 튈 수 있도록 택시를 예약해 둘 도피 자금이다. 이제 탄광의 막장 인생도 카지노 배팅도모든 걸 마감하고 떠나야 할 시점이다.

돈다발을 챙기는 심경은 비장했다. 담담한 자세로 머신 앞에 앉아 만원을 지폐 투입구에 쑤셔 넣고 배팅으로 맞섰다. 동전 삼키는 머신의 소리가 명치를 후비고 들어도 개의치 않았다. 만원은 금세 바닥났고 다시 돈을 꺼내 머신에 쑤셔 넣고 버튼을 내리쳤다. "뚜르륵 틱" 머신이 동전을 삼키다 말고 목구멍에 걸렸던지 30점을 토해 놓는다. 더 세게 후려치자 "뚜르륵 틱 틱" 하며 240점을 추가한다. 심술이 발동해 계기판에 담배 연기를 훅 뿜었다. 연기를 머금은 계기판이 잠시 일렁거리고 있었다.

"짜-아식. 그래 그렇게 흔들리기라도 해야지."

테이블 게임은 딜러와 게이머 간의 묘한 심리전이 수반된다. 기계에 그런 심리적 요인을 주입하면? 감정이 나타날 리 없겠지만, 혼돈 유발은 어떨까? 배팅을 천오백 원에서 순식간에 오백 원으로 확 내렸고 즉각 천 원으로, 그다음은 오백 원에서 다시 천오백 원으로 건너뛰어 버튼을 내리쳤다. 하지만 기계는 비웃듯 했다. '전술이 너무 단순했나?'

그랬다. 조금 전. 담배 연기에 쏘인 머신은 잠깐 일렁거리기도 했다. 그렇다면 온도에는 반응한다는 것이다. 뜨끈한 입김의 연기를 연거푸 머신에 훅훅- 뿜어댔다. 그리고 온몸의 기압을 손끝으로 모았다. 잔뜩 힘이 들어간 손끝이 부르르 떨리고 있었다. 그 손으로 버튼을 사정없이 내리쳤다. 점수판의 숫자가 갑자기 바람개비처럼 치솟기 시작했다. "뚜 뚜 뚜 뚜." 기계음은 북채 되어 가슴을 두들기고 게임기 상단의 원통형 점등이 119 비상등처럼 번쩍이며 핑핑 돌고 있었다.

"어? 어? 크다. 이건 큰 거다."

나도 몰래 손바닥으로 허벅지를 내리치며 엉덩이를 들썩였다. 자리에서 벌떡 일어나 양손으로 의자 받침대를 짚고 다리를 한껏 벌렸다. 영역을 넓게 확보하려는 반사적 몸짓이었다. 계기판에 고정된 눈길은 송골매처럼 예리하고 심장은 피스톤처럼 요동치고 있었다. 계기판은 달아오르는 몸통을 어쩌지 못해 비비 꼬고 있었다. "그래 그렇게 돌아라." 머신이 돌고 카지노가 돌고 세상도 돌아버리라고. 마음속으로 외쳐댔다. 갑자기 주변이 웅성거렸다. 대박을 눈치챈 꾼들이 우르르 몰려들고 들고 있었다.

"어? 어? 잭팟이다. 잭팟."

"엄청 크다. 이건 정말 큰 거네."

용수철처럼 치솟는 점수에 몰려든 꾼들은 혀를 내둘렀고 저마다 부러움의 탄성을 터트리고 있었다. 그때 객장 담당자가 빠른 걸음으로 다가오고 있었다.

"숫자가 확정될 때까지 머신에 손대지 마세요."

직원이 영역을 확보해 주어 고마웠다. 치솟은 숫자는 일천을 넘너니 이천, 삼천, 오천. 칠천을 오르고도 멈출 기미가 없다. 숫자를 주시하는 눈이 어지러워 더 이상 읽기를 포기해야 할 때쯤 계기판을 달구던 숫자는 284,732,250에서 멈췄다.

"최종 금액은 284,732,250 만원입니다. 축하드립니다."

모두가 흥분하고 있었지만 딱 한 사람 담당자만은 지극히 사무적이었다. 쏟아지는 부러움은 환희로 증폭되고 내 어깨는 한없이 넓었다. 마주치는 부러움이 시선도 자기 몫을 가로챘다는 어쭙잖은 원망의 눈길도 부담스러워지고 있을 때, 동철이가 허겁지겁 달려오고 있었다.

"아- 형. 형."

녀석은 형을 연발할 뿐 뒷말을 잇지 못하고 있었다.

"나가자."

"예. 형님."

동철의 목소리는 경외의 정중함이 묻어났고 쏟아지는 부러움과 이유 없는 민망함으로 혼자 걸어 나가기엔 어쩐지 부담스러웠는데 녀석이 달려와 주어 고마웠다. 녀석의 태도는 깍듯했다. 한 발짝 뒤에서 출구 방향을 가리키는 녀석의 손짓에선 예의가 묻어났고 내게로 쏠린 꾼들의 부러움은 화사한 스포트라이트 불빛에 물들고 있었다.

꽁지와의 채권, 채무는 이미 시시했다.

"형도. 인전 그런 거 손 떼요. 백이믄 백, 다 깨지는 거잖아요."

"백이문 백, 다는 아니지. 흐흐"

잠시 침묵이 흐르고 있을 때 머뭇거리던 녀석이 조심스레 입을 떼었다.

"돈놀이는 어때요? 이자가 3부잖아요. 1억이면 한 달에 3백이요."

녀석은 삼백만 원을 용돈처럼 말하고 있었다. "골목이나, 휘젓고 다니는 놈이" 하면서도 녀석의 제안을 딱 자르지는 않았다. 탄광촌의 채무 이자는 2부인데 그보다 높고 약정도 짧으니, 카지노 이잣돈 놀이는 구미가 당기는 사업이었다. 화약 장사가 남는 게 많다고는 하지만 그래도 돈놀이는 원금을, 떼일 수 있는 위험한 사업이다.

"내가 한 방 쏠 테니 나가자."

간판만 쳐다보며 지나쳤던 한우 고깃집에 발을 들였다. 고기 접시가 포개졌고 소주병이 줄을 이어도 개의치 않았다. 세상이 내 손안에 있고 녀석은 오랜 지우였다.

"형 2차는 내가 쏠게요."

둘은 어두운 골목길을 어깨동무로 휘저었다. 고한읍 골목은 어쩐지 좁았다.

"형님. 여기가 내 단골이요."

"어머. 전무님. 발 끊은 줄 알았는데"

꽁지 돌만이가 술집에서는 전무로 통했다.

"동철이가 전무야?"

"형님도 참. 사장이 그냥 붙여준 거요. 듣기 좋으라구 부르는 거지요. 형님은 이제 사상이잖아요. 내가 사장님이라 부를게요."

녀석의 넉살 하나만은 명품이었다. 진탕 마셨다. 술값을 염두에 두지 않고 마시기는 처음이었다. 아침에 깨어 보니, 기억이 아물거렸고 속은 갈퀴로 긁어낼 것처럼 쓰렸다. 머리맡에는 사십팔만 원의 계산서가 뒹굴고 침대 옆에는 전날 밤 시중을 들던 파트너가 새우처럼 꼬부린 채 코를 골고 있었다. 그때 전화벨이 울렸다.

"사장님 해장해야지요."

녀석은 스스럼없이 나를 사장이라 불렀고 쓰린 속은 해장술로 다스렸다. 녀석은 그 자리에서 돈 풀 자리를 내비쳤다.

"VIP가 삼천 쓰겠다는데 사장님이 내게 3부로 빌려줌 좋구요. 직접 하시겠다 수금은 책임저 준 기니께. 해보시끼요."

치음부디 3천은 니무 근 돈 이었나.

"일단 천으로 하지."

"그럼. 내가 천할 테니 사장님이 이천 히세요."

2천만 원을 내주었다. 녀석은 1주일분 이자 2십만 원을 떼어 놓고 서둘러 자리를 일어서고 있었다. 일주일 뒤 원금은 깨끗하게 수금되었고 수고

비로 십만 원을 쥐여주자, 녀석은, 밥이나 사라며 끝까지 사양했다. 녀석은 다른 VIP에게 삼천만 원을 전해야 한다며 자리를 뜨려 했다. 거액의 이자가 눈앞에 어른거렸다.

"내가 줄까?"

"나로선 편하니 좋긴 한데요."

"그런데?"

"사장이 알면 벼락 떨어지지요."

녀석은 5일 후. 원금을 들고 왔고 2천만 원이 더 필요하다기에 군소리 없이 내어주었다. 이자는 먼저 떼고 내주었다. 3주 후. 원금을 받아온 녀석에게 2십만 원을 쥐여주었지만, 녀석은 별로 고마워하는 눈치가 아니었다. 그래도 돈은 앉아서 빌려주고 서서 받는다는 말이 있는데 카지노판의 돈놀이는 기한이 짧고 통이 컸다. 그 후. 녀석은 열흘이나 연락을 끊고 있어 전화를 걸었다.

"왜 조용해?"

"수금하러 서울 갔다 오느라 바빴어요"

"서울까지?"

"육천짜리니 어쩌겠어요."

녀석이 정작 큰 건 나를 따돌리고 있었다. 서운한 감정은 억눌렀다. 그후 녀석은 또 감감무소식이었다.

"전화 좀 하고 살자."

"형 나 우리 사장한테 벼락 맞았어."

"왜?"

"형이랑, 거래 한 기 샜어."

"새다니?"

"응. 짬 봐가며 다시 연락할게요."

녀석은 전화를 사정없이 끊어버리고 만다. 마음이 조급한 쪽은 이쪽이었다. 수고비를 좀 더 챙겨줄 걸 그랬나? 하는 마음으로 저녁때쯤 다시 수화기를 들었다.

"고기나 먹을까?"

"내일 일찍 수원 가야 해요."

"딱 한 잔만."

그렇게 만났다. 사장에게 들켰다는 녀석의 설명은 앞뒤가 맞지 않았지만, 그냥 들어 넘겼다. 말투에선 섭섭함이 묻어나고 있었고 존대어는 어느새 반토막이었다. '사업이란 게 다 그런 거지.' 하는 마음으로 삭히며 침묵했다. 자주 반응하면 틈을 보이게 되는 것이니.

"형. 있잖아. VVIP는 하나만 잘 잡아도 억 단위고 수금도 칼이야. 그땐 정말 좋은 기회였는데. 우리 사장도 그땐 자금이 달렸거든. 지금도 육천 쓰겠다는 VIP가 있긴 한데."

"그래? 그거 내가 줄게.

"그럼 그래요. 형. 수원 갔다 와서 연락드릴게요."

다음날. 녀석은 급히 투자할 곳이 있다며 느닷없이 팔천만 원을 3부, 이자로 빌려 달라고 졸랐다. 주제를 모르는 한심한 놈이었다. 제 부모도 내놓은 놈은 뭘 믿고 거금을 빌리는가. 녀석은 내 돈으로 뭔가 실속 빌어 크게 챙기겠다는 심보다. 수화기를 든 채 대답하지 않고 우물쭈물했다. 그러지 녀석은 이자를 5부까지 붙여주겠다고 제안했다. 녀석이 뭔가 괜찮은 걸 챙기고 있는 것 같았다.

"그게 뭔데?"

"그건 나중이고요. 이자 아님, 이익금 분배도 좋아요. 3/7제로."

"형이 3이고 내가 7이믄."

"뭔지나 알아야 투자하든가 말든가 하지. "

"전당포에 잡혀있는 중고차요.

전당포에는 카지노에서 털린 꾼들이 차를 잡히고도 못 찾아가는 게 많다는 거였다. 자금을 회전해야 하는 전당포가 잡아놓은 차를 헐값에 매각하는데 그걸 사들여 되팔겠다는 것이었다. 솔깃했다, 문제는 비율이었다.

"그런 거라면 자금이 먼전데. 3대7은, 안되지.

"에이 참. 그럼 5대5로 해요."   못 들은 체하자, 녀석은 5대5를 꼭 지켜야 한다고 다짐받듯 했다. 문구점에서 소형 상황판을 사다 놓고 팔천만원 출금을 적었다. 상황판은 쳐다보기만 해도 든든했다. 그런 후. 녀석은 3주가 되어도 감감무소식이었다. 상황판에 미수라 적고 이자율 30%를 추가했다. 다음날. 연락을 끊고 있던 녀석이 전화를 걸어와 내심 반가웠다.

"형. 돈 좀 더 안 될까?"

"너 지금 제정신이야."

"중고차는 석 대를 팔았어요. 이삼일 내로 돈은 해결할 거니까 걱정 매달아요. 이건 조무래기인데 내일 서울 올라가는 대로 송금해 주겠대요."

목돈 수금을 앞둔 터라 그쯤은 받아들여 할 것 같았다.

"얼마나?"

"천오백요. 선이자 떼고 보내줘요."

녀석은 그 후. 또 감감무소식이었다. 전화를 걸어도 전화는 꺼져있었다. 불똥이 튀도록 전화를 걸어도 허사였다. 카지노로 달려가 객장을 돌고 있던 녀석의 멱을 틀어쥐었다.

"이 새끼 너 이리 와."

"형 사장이 눈치채고 꼼짝 못 하도록 감시하고 있어. 돈 받으러 서울로 오라는데, 갈 수 있어야지. 나도 미치겠다니까요. 먼저 6천 쓴 VIP는 지금 속초서 골프 중이래. 그리로 오라는데 형이 속초 좀 갔다 올래요? 형 시간 많잖아."

"인마. 얼굴도 모르는 놈을 어떻게 찾아."

"얼굴 아는 우리 노 전무 붙여줄게요. 그는 원래 노 전무 거래처거든."

녀석의 허리띠를 움켜쥐며 무조건 같이 가야 한다고 우겼다.

"알았어요. 갈 테니 이거 좀 놔요"

"너 내 성질 알지!"

녀석은 내가 별이 몇이라는 것도 알고 있다.

"에이. 왜 그래요. 노 전무 오늘 비번이니 차 몰고 오라고 할게요. 밥이나 사주고 기름값 좀 보태 주믄 될 거요.

녀석은 어딘가에 전화를 걸었고 한참 후. 노 전무가 차를 몰고 왔지만, 그는 처음 보는 얼굴이었다. 눈길로 인사를 대신하며 출발을 재촉했다.

"늦지 않게 돌아오려면 지금 떠나야 해."

위험이 수반되는 사업일수록 신속성이 생명이다.

"형. 태백을 거쳐 동해 고속도로 타는 기 삐를 거야."

동철이 코스를 정했고 운전은 노 전무 몫이었다. 노 전무의 운전은 상당히 거칠었다. 태백시를 넘는 두문동 고갯마루에 오를 즈음 차가 열을 받는다며 노 전무가 차를 세웠다. 그는 보닛을 올리고 뒤로 늘아가 드링크를 열이 뭔가 찾는 듯 부스럭거렸고 뒤이어 동철도 후비로 돌아가고 있었다. 수금에 신경을 곤두세우느라 개의치 않았다. VIP 놈의 목을 비틀어서라도 돈을 받아낼 작정으로 야구 방망이라도 하나 챙겨올 걸 하고 있을 때, 뒷좌석 문이 홱 열리며 삼날이 목을 찌르고 들었다. 반대쪽 문을 박치고 뛰려는 순간 뒤통수에 야구 방망이기 기격 되었다.

한참 후. 어렴풋이 정신을 되찾긴 했지만, 입과 손목이 테이프로 동여매진 채 도로변 구렁텅이로 질질 끌려가고 있었다. 몸은 흐느적거리고 정신은 몽롱했다. '묻어 버려' 놈들의 지껄임이 고막을 파고들었고 반쯤 감긴 눈가에 아버지의 얼굴이 어른거렸다. 끝.

꿈꾸는 저항

"탁탁탁-타다-탁"

산사의 목탁 소리가 삼라만상의 새벽잠을 깨우는 시각. 여인의 오체투지(五體投地)가 법당의 고요를 거스르고 있다. 바닥에 무릎을 꿇고 엎드린 채 팔꿈치를 눕혀 그 위에 이마를 붙이는 오체투지는, 닫혀 있는 마음을 여는 몸짓이며 부처님에게 다가가기 위한 가장 낮은 자세이다.

오대산 자락의 산사. 한 여인이 오체투지에 몰입하고 있다. 여인의 일과는 오체투지로 시작해 오체투지로 끝난다. 여인은 석 달째 108배에 도전하고 있다. 오체투지에 임하는 여인의 자세는 히말라야를 등정하는 산악인만큼이나 결연하다. 여인이 오체투지를 시작할 당시엔 오십 배에 이르기도 전에 법당 바닥에 널브러지곤 했다. 요즘은 이든 배에 이르기도 한다. 지금까지 여인의 오체투지 최고 기록은 여든세 배이다.

절할 때마다 톡 불거진 여인의 광대뼈가 털모자 사이로 삐쭉거리고 손등의 뼈마디는 문산처럼 촘촘하다. 한눈에도 깊은 병마에 시달리고 있음을 진작게 한다. 나이는 삼십 대 중반쯤으로 예상되지만, 여인이 입고 있는 힐렁한 회색 보살 바지가 그 짐작을 민망게 만든다. '시 악 시 악.' 오체투지의 옷깃 스치는 소리가 법당의 고요를 가르고 여인의 몰아쉬는 숨소리가 듣는 이의 가슴을 조이게 만든다.

법당은 냉기로 꽁꽁 얼어붙었다. 여인은 녹색 털모자로 머리를 감쌌고 전신은 방한복으로 무장했다. 두툼한 목도리는 아나콘다가 똬리를 튼 것처럼 목을 칭칭 감고 있다. 냉기도 질세라 여인의 손등과 발바닥을 따갑게 공략하고 있다. 법당의 촛불은 꺼져가는 불꽃을 붙잡느라 안간힘을 쏟고 타다남은 향은 재를 고깔로 뒤집어쓴 채 한기를 피하고 있다. 부처님도 체면을 차릴만한 상황이 아니라는 듯 잔뜩 웅크린 모습이다.

계향 정향 혜향 해탈 향.' 예불을 집전하는 비구니의 목소리는 자로 잰 듯 절제되었다. 맛도 멋도 느낄 수 없는 건조한 음색이다. 오뚝한 콧날과 하얀 이마는 백자처럼 시리다. 예불을 외는 스님의 입술에선 뽀얀 입김이 피어오르고 있다. 입김은 스님의 입 언저리를 애무하다 말고 부처님의 눈길이 민망했던지 얼른 흔적을 감춰 버리고 만다.

'탁탁 탁- 타닥타닥 탁' 꾸벅이던 촛불이 고요를 갈라치는 목탁 소리에 화들짝 놀라는 모습이다. 부처님은 그 모양새가 안쓰러운 듯 지그시 눈을 감는다. 입꼬리를 당겨 올리고 반쯤 감은 눈, 시종일관 웃어야 할지 참아야 할지를 망설이는 부처님의 내면은 무엇일까?

법당은 두 여인의 염원으로 팽배해 있다. 부처님께 병을 낫게 해달라고 매달리는 여인과 석가모니의 딸로 다가가지 못해 안달인 비구니의 절절함으로. 여인의 손에 감긴 108 염주는 한번 절할 때마다 하나씩 넘겨지고 있다. 염주를 세는 여인의 엄지는 알과 알 사이를 직각으로 갈라놓는다. 여인의 엄지는 지금 예순둘과 예순셋 사이에 꽂혀있다. 산사에 들어올 당시 여인의 건강은 바닥이었다. 법당을 오르는 계단도 난간을 짚어야 겨우 한 칸씩 오를 수 있었다. 하지만 지금은 그냥 오를 만큼 건강이 호전된 상태다. 여인은 그것을 부처님의 가피로 믿고 있다.

콜록콜록 콜록. 여인의 기침이 도지고 있었다. 언제부터인가 기침은 여인의 동반자가 되었다. 밭은기침은 끄르륵거리는 대장간의 쇳물 끓는 소리를 내며 그녀의 숨통을 조이고 든다. 여인은 걷잡을 수 없는 기침으로 기절한 적도 있었다.

'댕 때댕 때댕 땡' 스님의 손에 쥐어진 요령이 신들린 듯 춤추고 스님은 요령 소리에 맞춰 참회문을 독송하고 있다. '옴 바아라 도비야 훔. 옴 바아라 도비야 훔.' 여인은 스님이 참회문을 독송할 때가 항상 곤혹스럽다. 인도의 고대 산스크리트어인 기도문을 따라 읽기가 어려워서다. 얼마 전. 여인은 스님에게 참회문의 뜻을 물었다.

"옴 바아라 도비야 훔"은 무슨 뜻이에요?

"성어(聖語)는 해석하지 않습니다."

왜냐고 묻고 싶었지만, 금단의 영역을 넘는 것 같아, 입을 다물었다. 한글세대인 여인은 순우리말로 풀이된 경전이 나왔으면 좋겠다는 생각이다. 물론 한글 번역판이 나와 있긴 하다. 금강경이나 화엄경도 한글로 번역돼 있지만, 그것도 원문에 토를 달았을 뿐, 우리말로 해석된 게 아니어서 이해하기 어렵기는 마찬가지이다. 여인은 "지심귀명례 마니당 등광불 시십기밍네 혜시고널"과 같은 참회문은 스님의 독송을 따라 읽는 싯노 비거워, 비벅거린다.

여인은 그때마다 참회할 시점에도 참회할 겨를이 없어, 참회하지 못한다며 투덜거린다. 스님도 여인이 참회문을 독송할 때마다 입만 벙긋거리고 있음을 알고 있을 테지만 왜 따라 읽지 않느냐고 묻지 않았다. 여인은 그게 고마우면서도 여차히면 둘리댈 핑계를 준비해 놓고 있다. 앵무새처

럼 따라 읽는 것보다, 스님의 독송이 훨씬 더 가슴을 깊게 파고든다고 말
할 참이다.

여인의 108배가 어느덧 여든을 넘기고 있었다. 여든둘 여든셋. 콜록콜
록 콜록. 또다시 기침이 도지고 있었다. 기침은 보통 빠르게 (Moderato)
에서 매우 빠르게 (Presto)로 바뀌었다. 템포는 바이엘을 연습하는 딸의
피아노 위에 올려진 박자 측정기처럼 한 치의 틈도 없다. 박자 측정기에 맞
춰 건반을 누르는 아이의 손놀림은 언제나 곤혹스러움에 떨고 있었다. 기
침은 아주 빠르고 급하게 (Prestissimo)로 급전되고 있었다. 여인의 어깨
는 대장간의 풀무처럼 헐떡거린다. 누더기가 되었을 허파가 통째 쏟아져
나올 것 같아, 듣는 이의 가슴을 옥죄고 든다. 여인의 밭은기침은 육신의
한계를 경고하는 신호이다.

여인이 법당 바닥에 엎드린 채 좀처럼 일어날 기미가 없다. 오늘의 오체
투지는 거기까지인가 싶을 때. 여인의 입술에서 가늘게 떨리는 아주 느리
고 무거운(Lento) 형식의 "선생님"이란 말이 흘러나오고 있었다. 여인의
눈두덩은 굵은 이슬이 맺혔고 흐려진 초점은 깊은 아쉬움으로 흠씬 하다.
여인이 간절하게 부른 선생님은 여고 시절 그녀를 지도한 체육 선생님이
다. 여인은 여고 시절 중거리 육상 선수였다. 여인의 육상실력은 전국대회
를 연이어 휩쓸 정도였다. 선생은 장래가 촉망되는 학생을 열성적으로 지
도했고 학생의 기록은 날로 향상되고 있었다.

그녀에게로 향한 체육계의 관심 또한 높았다. 학교는 대외홍보에 열을
올렸고 학생들은 열광했다. 전국의 육상 관계자들도 그녀의 국가대표 발
탁을 논의하기까지 했었다. 그러나 그녀의 상승세는 거기까지였다. 선생
의 열성적 지도는 되레 둘 사이를 곤혹스럽게 만드는 꼬투리였다. 둘은 그

렇고 그런 사이라는 소문에서 끝내 선생의 아이까지 배었다는 악성루머가 날개를 달았다.

결국, 학교 측은 교무회의를 열어 선생에게 정직 처분을 내렸고 선생은 학생을 보호해야 한다며 사표를 던졌다. 그녀 또한 자퇴를 강요당해 학교를 떠날 수밖에 없었다. 그 와중에 두 사람 사이는 소식이 완전히 끊겨 버렸지만, 그녀의 선생님 그리는 마음은 지금도 그때 그대로다. 건강이 나빠지면서 선생님에게로 향한 그리움은 날로 더 깊어져 여인은 자신도 모르게 "선생님"을 흘리게 된 것이었다.

"때뎅 때대 뎅. 때뎅" 여인은 스님의 요령 소리에 성신을 되찾는 모습이다. 여인은 멈추었던 오체투지를 다시 이어가고 있다. 여든아홉, 아흔, 아흔하나. 콜록콜록 콜록. '으-으윽' 목젖은 결국 신음을 밀어 올렸고 흐느적거리던 육신은 썩은 나뭇등걸처럼 픽- 쓰러지고 만다. 법당은 여인의 컥-하는 낮고 짧은 단말마를 삼키고는 아무 일도 없다는 듯 시침을 따고 있었다. 나동그라진 여인의 육신은 캔버스의 데생처럼 얄팍하다. 눈동자는 흰자위로 뒤덮였고 입술에선 게거품이 뿜어지고 있다. 이따금 가늘게 떨리는 딸꾹질로 여인이 아직 살아 있음을 증명할 뿐 차라리 죽은 모습이다. 여인의 입술 틈새로 누런 가래가 괴괴히 흐르고 있다.

여인은 누군가 부르는 소리에 돌아보니 순간 깜깜한 동굴 속으로 빠져들고 말았다. 몸은 상상을 초월하는 속도에 이끌려 정신을 차릴 수 없있다. '획-획-'하는 소리만 들릴 뿐 어디로 끌려가는지 분간할 수도 없었다. 다만 아득함에 휩싸였을 뿐 아무것두 생각할 겨를이 없었다.

얼마의 시간이 흘렀을까? 여인은 양지바른 동산에 반듯하게 누웠고 눈부신 햇살이 그녀의 전신을 휘감고 있다. 주변은 이름 모를 새들의 지지

귐이 하모니를 이루고 계곡의 청량한 시냇물은 바닥을, 훤히 들여낼 정도로 맑고 푸르다. 새들의 합창은 아미타불을 성호(聖號) 하는 것이었고 능선은 오색찬란한 무지개가 피어오르고 있다. 아름드리 수목은 저마다 신비한 빛을 뿜고 물속의 금빛 고기들은 물보라를 일으키며 폭포를 타고 오르느라 요란스럽다. 여인은 경이로움에 도취 되어 넋을 잃은 채 멍하니 바라보고만 있을 따름이다. 여인은 문득 말로만 듣던 도솔천이 아닐까 싶어 두리번거리고 있었다.

그때. 법당에서 자신을 불러낸 목소리가 서방정토라고 귀띔해 주었다. 그는 자신을 서방 법사라 소개하고 서방정토는 지구에서 백오십 광년 떨어진 곳이라고 설명했다. 백오십 광년은 일 초에 지구를 일곱 바퀴 반을 도는, 빛의 속도로 백오십 년이 걸리는 어마어마한 거리다. 그 먼 거리를 찰나에 도착할 수 있었다니 정말 놀라웠다.

서방정토에 대한 법사의 설명은 들을수록 신비스러웠다. 사바세계는 많은 것을 갖고자 하나, 얻지 못하는 고통이 있지만, 극락은 무엇이든 얻을 수 있으며 쓰고 또 써도 끝이 없다고 했다. 대궐 같은 집을 생각하면 그런 집이 생기고 화려한 옷을 생각하면 온몸에 비단옷을 휘감을 수 있다는 것이었다. 또한, 산해진미를 떠올리면 어김없이 그런 음식상이 차려져 얼마든지 배불리 먹을 수 있다고 했다. 한순간의 왕생 발원으로 도달한 곳은 오직 낙(樂)만 있고 고(苦)가 없는 세상이었다.

"혈액암을 낫게 해주세요."

"혈액암이라고 했느냐?"

"제 몸속을 휘젓고 다니거든요."

"그 몸엔 이미 그런 건 다 소멸하였느니라. 네가 그렇게 생각하는 순간 씻은 듯 사라졌으니, 이제는 아무리 뛰어도 숨이 차지 않을 것이며 기침으로 인해 가슴이 찢어지는 고통도 없을 것이야."

법사의 설명을 듣는 순간 여인은 힘이 솟구쳤고 달리고 싶은 충동을 억제할 수 없었다. 때마침 여인의 앞에는 사백 미터 트랙이 펼쳐져 있었다. 앞뒤 가릴 것 없이 뛰고 달렸다. 그동안 얼마나 뛰고 싶었는지 모른다. 트랙을 한 바퀴를 돌고 두 바퀴를 돌아도 숨이 차지 않았다. 거머리처럼 달라붙어 가슴을 할퀴던 기침은 씻은 듯 사라졌고 앙상한 다리는 어느새 선수 시절의 탄탄한 근육질로 돌아가 있었다. 젖무덤을 떠받치고 있는 허리는 잘록했고 터질 듯 빵빵한 엉덩이는 탐스러웠다. 여인은 사바세계에서 이루지 못한 국가대표 육상 선수의 한을 풀기라도 하듯 머리카락을 휘날리고 있었다.

"휘익- 휘리 릭"

난데없는 호루라기 소리였다.

"양은숙, 상체가 뒤로 젖혀졌잖아. 앞으로 더 굽혀야지."

'아니. 선생님이(?)' 여고 시절 체육 선생님의 목소리다. 그동안 얼마나 듣고 싶었는가! 그녀가 그토록 존경하고 상상 이상으로 좋아했던 사람. 어느 날 홀연히 사라져버린 방철진 선생님이었다. 신생은 입에 호루라기를 문 채 라커룸에서 걸어 나오고 있었다. 여인은 선생님을 향해 몸을 던졌고 선생은 여인을 덥석 받아 안았다.

"선생님."

"그래 은숙이."

그녀의 심장은 콩 볶듯 했고 선생님의 체취가 전신으로 전율 되고 있었다.

"왜? 자취를 감췄어요?"

가슴에 맺힌 힌의 투정이있다.

"은숙일, 보호하려고."

"보호요?"

"응. 선생은 제자를 아껴야 하니까."

대학 시절 육상 선수였던 선생은 그녀를 국가대표 중거리 선수로 키울 작정으로 혼신의, 노력을 기울였다. 선생은 그녀를 통해 자신이 이루지 못한 한을 풀고 육상의 불모지인 이 땅에 이정표를 세우겠다는 각오였다. 그녀는 그런 선생을 따르며 흠모했고, 흠모는 나락으로 추락하는 요인이었다. 루머는 입에 담기조차 민망했고 소문은 학부모에게까지 널리 퍼져 교장실엔 망신스럽다는 진정서가 쇄도했다. 그로 인해 선생은 교단을 떠나야 했고 그녀 역시 육상 국가대표의 꿈마저 접을 수밖에 없었다.

"선생님 여긴 어떻게요?"

"교통사고로."

가족으로부터 배척당한 선생은 밤낮 술로 세월을 보내다가 폭풍우가 몰아지던 날 밤, 정동진 헌화로 한복판을 미친 듯이 달리다 택시에 치였다고 했다. 귀공자 타입의 선생은 모든 여학생의 선망이었다. 그녀가 그런 선생님의 사랑을 독차지했으니 들끓는 시기심 또한 당연한, 것이었다.

선생은 항상 입에 호루라기를, 물고 있었다. 선수들을 불러 모을 때나 스피드가 떨어질 때는 가차 없이 선생의 호루라기가 고막을 파고들었다. 선수들은 그 소리에 지레 놀라곤 했지만, 그녀는 달랐다. 선생의 호루라기는 자신을 선생님에게로 다가오라는 신호처럼 들려 가슴을 휘젓는 도깨비방망이였다. 동료 선수들은 선생님의 채근에 마지못해 뛰었지만, 그녀는 사랑의 채찍으로 느껴져 더욱 열심히 훈련할 수 있는 촉매제였다.

그녀가 국가대표 재목으로 우뚝 서게 된 것도 선생의 기대를 저버릴 수 없었던 투혼의 산물이었다. 하지만 선생과 제자여서 달아오르는 감정은 항상 억눌러야 했다. 보고 싶어도 보고 싶다고 말할 수 없었고 가슴이 벅차 올라도 혼자 냉가슴을 쓸어내려야 했다. 그녀는 그래도 그때가 제일 행복 했던 순간이었다. 여인은 재회의 기쁨을 진한 눈물로 섞으며 선생의 가슴 에 얼굴을 묻고 다시는 헤어지지 않을 거라며 다짐하고 또 다졌다.

다시 눈을 떴을 때는 소독 냄새가 코를 찌르는 응급실이었다.

응급실은 의료진의 다급한 발걸음과 환자들의 신음이 뒤엉켜 혼미한 정 신을 둘러 빼고 있었다. 결코, 돌아오고 싶지 않은 사바세계. 그것도 응급 실 한구석에 팽개쳐진 봄눙이가 한없이 원망스러웠다. 팔뚝엔 링거가 대 롱거리고 콧잔등은 산소호흡기가 씌워진 모습에 여인은 진저리 치고 있었 다. 전신은 병상에 동여매진 것처럼 철석 달라붙어 꼼짝할 수 없다. 다시 서방정토로 돌아갈 수만 있다면 무슨 일이든 못할게, 없다는 생각이었다.

여인의 파리한 얼굴엔 스님의 걱정스러운 시선이 꽂혀있었다. 여인은 법당에서 당황한 스님이 자신에게 손을 내미는 모습만 어렴풋이 떠오를 뿐 응급실까지 오게 된 정황을 기억하지 못한다. 그녀는 자초지종을 스님 에게 눈빛으로 물었다. 스님은 무거운 어두로 여인을 타이르고 있다.

"몸도 성치 않은데 왜 그리 108배에 집착하는 거예요. 108배만이 소원 을 이루는 건 아니지요. 넘침은 모자람만도 못하거든요."

오체투기는 자신이 살아 있음을 증명하고자 하는 마음의 징이라 강변하 고 싶었지만, 그냥 삼켰다. 스님의 당부는 멈추지 않고 있었다.

"부처님은 마음속에 있는 거예요."

여인은 눈을 감았고 스님은 여인의 눈 등에 대고 계속 말을 잇고 있었다.

"몸을 학대하지 말고 마음을 편안히 하세요."

스님의 당부는 고막을 피고들지 못했다. 이승에 다시 던저진 한스러움에 귀를 막고 싶을, 따름이었다. 서방정토에서 선생님을 사랑하고 사랑받으며 영원히 머물기로 다짐한 약속은 물거품이 된 채 신음으로 귀가 따가운 응급실에 팽개쳐진 신세가 야속했다. 마음 같아선 당장 혀를 깨물어 선생님에게로 달려가고 싶다. 그러나 자살로 목숨을 끊었다가는 선생님 계신 곳으로는 절대로 갈 수 없다.

서방정토는 이승에서의 생활 태도에 따라 품계가 달라진다. 스스로 깨닫고 계율을 실천한 성자(聖子)는 상품상생(上品上生)으로, 번뇌에 얽매여 생사를 초월하지 못한 범부(凡夫)는 중품상생으로 왕생(往生)하게 된다. 또한 악업(惡業)을 저지른 자와 자살한 자는 업장(業障)으로 분류되어 하품상생으로 떨어지게 되어 있다. 서방정토는 한번 왕생하면 다른 품계로 옮겨갈 수 없다. 선생님은 중품상생으로 왕생해 있었다. 여인은 선생님이 계신 중품상생으로 왕생해야만 한다. 여인에게 중품상생이 아닌 서방정토는 아무런 의미가 없다.

서방정토에서 트랙을 누비던 자신의, 모습이 눈에 선했다. 아무리 달려도 숨이 차지 않았고 기침도 없었다. 선생님은 활기차게 달리는 제자의 모습에 감탄했으며, 여인은 그런 자신이 신났고 탄탄한 허벅지가 자랑스러웠다. 슬며시 허벅지에 손을 넣어 살을 잡아당겨 보았다. 살가죽이 고무줄처럼 늘어나고 있었다. 이런 몸뚱이에 영혼을 기대고 있는 자신이 참으로 비루하고 비참했다.

서방정토는 죽어야만 갈 수 있는 곳이다. 그렇다면 죽어야 한다. 서방정토엔 선생님이 계시고 혈액암 같은 건 얼씬하지 못하는 곳이었다. 그곳으로 갈 수 있는 길은 오직 죽음이다. 사람들은 죽는 것도 사는 것도 모두 신의 뜻이라고 말한다. 죽기로 작정한 여인은 죽어야만 하는 운명을 신에게만 맡겨둘 수 없다는 생각이다. 살기 위해 버둥거리며 부처님께 살려달라고 애걸하던 지난날이 민망하고 부끄러웠다.

육신을 학대하지 말라던 스님의 당부가 뇌리를 스쳤다. '그래 그거다.' 죽음에 이를 때까지 육신을 학대하는 것. 스님은 과도한 오체투지는 육신을 학대하는 것이라 했다. 답은 명확했다. 업장과 같은 신의 뜻을 거스르지 않고 죽어야만 하는 여인은 오체투지만이 선생님에게로 다가갈 수 있는 유일한 길이라는 판단이었다.

이제 여인의 목표는 확고해졌다. 여인의 목표는 죽음에 이를 때까지 오체투지로 육신을 학대하는 것이다. 오체투지는 이제 살기 위한 염원이 아니라 삶에 대한, 저항이어야 한다. 오체투지는 이미 사선의 경계를 밟아본 실증된 종목이다. 일차 목표는 108배. 그것으로 부족하면 천팔십 배도 마다할 까닭이 없다. 육신 학대로 죽음에 이를 수만 있다면 무엇인들 못 할까!

육신 학대의 구체적 전략이 필요할 것 같았다. 오체투지는 스님과 신도에게 깊은 불심으로 투영될 수 있을 터. 오체투지는 그거야말로 꿩 먹고 알도 먹는 일거양득이라 할 수 있었다. 전략은 그것을 백분 이용하는 것이었다. 삶에 대한 저항은 이제 멈출 수도 멈춰서도 안 될 절체절명의 과제가 되었다. 여인의 입가엔 의미심장한 미소가 흐르고 있었다.

스님이 '가족에게 연락을'이니며 말을 흘리고 있었나.

치료비를 걱정하는 것 같아 "카드 여기 있어요." 하고 얼른 카드를 내밀었다. 여인에게는 가족이라야 달랑 언니뿐이다. 언니는 동생을 끔찍이 여기고 있지만, 회사에 다니는 남편과 중, 고등학생의 두 자녀에게, 읽내여 하루가 빠듯한 나날이다. 설사 언니에게 시간적 여유가 있다고 해도 응급실로 불러들일 수는 없는 일이었다.

아버지는 자신이 첫돌도 되기 전에 세상을 떠나 기억에도 없고 엄마는 딸의 고교 자퇴 충격에 술과 담배를 입에 달고 살다 일흔을 넘기지 못했다. 엄마는 눈을 감기 전, 18평형 연립주택과 천육백만 원이 입금된 통장을 딸에게 손에 쥐여 주고 세상을 떠났다. 그동안 엄마의 유산으로 연명한 목숨이 못내 죄스럽다. 저승에서 다시 만나면 백배 사죄드리고 용서를 빌어야 할 일이다.

산사에는 사흘 만에 돌아올 수 있었다.
"이젠 괜찮아?"
"예 괜찮아요."
"핼쑥해졌구먼."
절집 식구들이 반겨주어 고마웠다.
"공양주 보살님 죄송해요."
"그래도 그만하길 다행이지."
산사의 처사님은 어느새 요사채 아궁이에 장작을 지펴놓았고 공양주 보살은 따끈한 쑥국에 두부찜까지 부쳐놓았다. 너나없이 외로운 절집 식구들의 따사로움이었다.
"저는 공양주 보살님을 보면 돌아가신 엄마가 떠올라요."
"엄살 보살이 없으니, 절이 텅 빈 것 같더라니까."
여인은 산사에서 엄살 보살로 통한다. 주지 스님이 겉보기엔 멀쩡한데 아프다고 꾀병을 부리는 것이라며 지어준 별명이다. 처음엔 산사가 불편하고 거북했다. 새벽에 일어나 밤 9시 잠자리에 들어야 하는 정해진 일상이 그랬고, 절 밥은 모래알 씹는 느낌이었다. 멧돼지와 같은 배곯은 들짐승이 출몰해 사람을 해친다는 말에 해가 떨어지기 무섭게 방문을 닫아걸었다. 어쩌다 문밖에서 바스락 소리만 들려도 전신에 소름이 돋아 이불을 뒤집어쓰고 바들거렸다. 언니가 자신을 산사에 두고 돌아갈 때는 조용히 죽어버리라는 것으로 여겨 얼마나 울었는지 모른다.

"두-웅 두-웅 둥." 산사의 범종이 삼라만상의 잠을 깨우는 시각. 스님은 범종 앞을 이리저리 오가며 종을 치고 있다. 그 모습이 환영(幻影)으로 다가와 움찔했다. 스님의 가사(袈裟)가 어둠에 묻혀 뽀얀 얼굴만 보였던 탓이었다. 그래도 그런 모습들이 산사를, 신비롭고 신성하게 만드는 까닭이다. 스물여덟 번의 새벽 타종은 설사 에밀레종이 아니어도 심금을 울리기에 부족함이 없다.

삶의 저항은 새벽 예불을 시작으로 본격 착수되었다. 오체투지에 돌입하고 있는 여인의 몸짓은 어느 때보다 차분하다. 부처님에게 병을 낫게 해 달라고 애걸하며 매달리던 모습은 어디에서도 찾아볼 수 없다. 낫기도 어려운 병을 낫게 해 달라고 졸라댈 때마다 부처님의 마음은 또 얼마나 무거웠을까? 저마다 복을 달라고 안달하는 인간들의 군상에 하루도 마음 편할 날이 없을 부처님이시다. 여인은 108배를 이루세 되면 마지막 배에선 쏙 부처님의 안녕을 따로 기원해 드릴 거라고 마음을 먹었다.

오체투지가 일흔을 넘기고 있었다. 일흔여섯 일흔일곱. 콜록콜록. 기침이 말동히고 숨이 자기 시작했다. 나른셋 나른넷. 콜록콜록. 오체부지의 속도는 기침이 잦을수록 비례해 느려지고 있었다. 바닥을 딛고 일어설 때는 휘청거리고 엎드릴 때는 흐느적거리면서도 염주를 넘기는 엄지의 각도만은 일정하다. 오체투지는 이흔을 넘이 이느덧 백배에 이르고 있있다. 백둘 백셋. 여인의 몸놀림은 슬로비디오를 연싱게 하고 있다. 징신은 혼미해 이지럽고 육신은 비틀거려 더는 걸할 수노 없을 시경에 이르고 있었다.

"탁탁 타닥 탁 탁." 고막을 파고든 스님의 목탁 소리에 여인은 혼미하던 정신을 되찾는 모습이다. 백다섯 백여섯. 몸을 일으키는 여인의 입술에선 땅이 꺼질 듯한 신음이 새 나오고 있었다. 남은 염주는 이제 단 두 개. 여인의 엄지는 이미 백일곱 번째 염주를 넘겨 놓고 있었다. 백일곱 배를 끝내고 일어서는 여인의 육신은 밑동이 잘린 통나무처럼 휘청거려 쓰러질까 걱정스럽다.

어긋난 초점 사이로 기울어진 불상이, 곤두박질치고 스러진 촛불이 법당을 불태울 것만 같은 두려움에 여인의 심장이 벌렁거린다. 여인은 흐트러진 동공에 초점을 맞추느라 눈을 비벼대지만, 부처가 돌고 법당이 돌고 세상이 도는 바람에 중심을 잡을 수 없었던지 아예 바닥에 엎드려 버린다. 여인의 108배는 이제 딱 한배만 남겨두고 있다. 하지만 여인은 죽은 듯 꼼짝하지 않고 있다.

"휘-익 휘리릭- 획-"선생님의 호루라기 소리다. 놀란 여인이 마지막 백여덟 번째 염주를 넘기며 양손을 법당 바닥에 젖혀 펴고 쓰러지듯 이마를 붙인다. 여인의 짧고 낮은 신음은 고요가 삼켰고 가녀린 몸통은 식은땀으로 흥건하다. 여인은 드디어 108 정상에 올랐다. 도저히 오를 수 없을 것만 같았던 아득한 고지였다. 여인은 108고지를 점령한 사실에 스스로 놀라며 감격하는 모습이다. 양 볼은 눈물로 흠씬 하다. 여인은 108배에선 부처님의 평안을 따로 기원하리라던 다짐은 까마득히 잊은 채 하염없이 눈물만 쏟고 있다.

"때대 댕 때대 댕 때댕" 요령 소리가 능선을 향해 달음질치고 산사의 진돗개 용녀가 허공의 소리를 쫓으며 짖어대고 있다. 반쯤 감은 여인의 눈빛은 알 수 없는 실망스러움으로 물들었다. 여인은 108배를 이루면 꿈꾸는 저항이 완성될 줄 알았다. 당연히 극락길에 올라 선생님의 품에 안길 수 있을 것으로 믿었다. 하지만 여인에게는 달라진 게 하나도 없다. 그냥 그 자리여서 서럽고 허망했다.

상대 선수의 강펀치를 맞고 네 번이나 쓰러졌다 다섯 번째 다시 일어나 세계 챔피언을 쓰러트린 권투선수의 투혼도, 죽음을 각오하고 세계의 지붕을 향해 도전한 젊은 여성 산악인의 히말라야 등정 또한 아득함을 정복한 승리였다. 그들은 그래서 세상에 이름을 남겼지만, 여인은 그냥 그대로인 게 한스럽고 서럽다. '댕-댕-댕-' 예불 마감을 알리는 징 소리에 여인은 비로써 혼란스러움에서 정신을 되찾고 있다.

"그래도 첫 단추는, 꿰어진 거지."

중얼거리는 여인의 얼굴에 가느다란 미소가 흐르고 있었다. 히말라야의 에베레스트를 정복하는 것도 베이스캠프를 확보한 다음에 공략할 수 있듯 서방정토 역시 단번에 도달할 수 있는 곳은 아니었다. 108배는 서방정토로 향하는 길목일 뿐 에베레스트 정상은 천80배이다. 108배가 베이스캠프라면 천팔십 배야말로 해발 8,848m의 에베레스트 정상에 해당하는 것이다. 이제 목표는 천팔십 배로 정해졌다.

삶의 저항은 더욱 투철한 정신력이 필요했다. 전국체전에서 두 번이나 우승을 차지한 것도 피나는 연습의 결과였듯 더 높고 더 큰 목표는 더욱, 철저한 준비와 투철한 도전정신이 요구되는 것이다. 이제 목표는 확고해졌으니, 실행만 남있을 뿐이다.

문제는 산사에서 천팔십 배를 실행하다 기절해도 스님이나 신도들에게 들키지 말아야 한다. 되살아나는 악순환의 고리는 반드시 끊어내야만 목표를 이룰 수 있게 되는 것이다. 실효적 지향은 시간의 선택이 중요했다. 산사의 일괴 중 스님과 신도들의 움직임이 뜸한 시간은 저녁 예불이 끝나는 7시 이후이다. 그렇다면 한낮의 오체투지는 스님과 신도들에게 불심을 내보이는 수준에 그칠 것이며 본격적인 도전은 저녁 예불이 끝난 이후여야 한다. 낮은 훈련 상황, 밤은 실제 상황이다.

여인으로선 천팔십 배 달성은 불가능한 목표이다. 여인도 알고 있다. 그 때문에 천팔십 배는 더할 나위 없는 저항의 목표인 것. 여인은 불가능 속의 불씨를 찾겠다는 것이다. '꺼진 불도 다시 보자'라는 불조심 표어는 잿더미 속의 불씨가 집을 태우고 산을 태울 수 있는 저력을 숨기고 있다는 의미를 강조한 것이다. 천년의 사찰을 잿더미로 만든 양양 산불은 꺼진 불이 되살아난 탓이었다.

나폴레옹은 자신의 사전에는 불가능은 없다고 장담했다. 하지만 그는 워털루 전투에서 무릎을 꿇었다. 그의 패배는 불가능을 딛고 일어서겠다는 야심의 포로가 된 때문이다. 선생님이 운동선수도 공부를, 해야 한다며 선물한 국어사전에 불가능은 "가능하지 않음"이라 표기돼 있었다. 사전에 그런 낱말이 등재된 걸 보면 불가능은 현실적으로 존재한다는 의미이다. 여인은 불변의 진리를 부정한 나폴레옹과 달리 불가능 속에 방치된 가능성을 찾는 것이었다.

도전은 시작부터 기대치에 부응하고 있었다. 천팔십 배는 첫날부터 자신을 기절시켰고, 다음날도 그다음 날도 그 수준에 이를 수 있었다. 여인은 칠흑처럼 어두운 법당에 쓰러져 허우적거리는 자신을 의식할 때마다 그대로 죽기를 정말 간절히 염원했다. 하지만 끝내 뜻을 이룰 순 없었다. 남들은 한강에 뛰어내리고 자동차 속에 번개탄을 피워 잘도 죽는다는데 스스로 죽음을 결정할 수 없는 운명이 야속했다.

병원에서 말기 혈액암을 판정받던 날,

여인은 삼십 대에 죽기엔 너무 억울했다. 민족시인 윤동주는 삼십 대에 요절했어도 불세출의'서시'를 남겼다. 남길 것이 없는 자신은 남들 만큼 살기라도 해야 한다고 우기고 싶었다. 석가모니는 모든 것을 비우라고 했다, 그렇게 비울 수 있었던 것도, 석가모니여서 가능한 일이었고 욕망을 부둥켜안고 놓지 못하는 중생에게 무조건적 비움은 죽는 것만큼이나 두렵고 힘든 일이다. 더욱이 청춘의 죽음은 감당할 수 없을 만큼 가혹한 형벌이다. 의사는 치료를 포기하겠다는 말 대신 마음의 안정이 필요하다고 말꼬리를 흐렸다. 여인은 당신이 이 지경이어도 마음의 안정을 찾을 수 있겠느냐며 그 얼굴에 침을 뱉고 싶었다.

애초부터 살겠다고 산사를 찾은 건 아니었다. 남들에게 초췌한 모습을 감추고 싶었고 죽더라도 남몰래 죽겠다는 각오였다. 산사에 처음 들어왔을 땐 죽음에 대한 공포에서 벗어나기 위해 부처님 앞에 엎드려 마음 다듬기를 거듭했다. 그럴수록 죽는 게 무서웠고 머릿속은 혼란의 도가니였다. 살고 싶은 건지, 죽고 싶은 건지를 가늠할 수 없었다. 살고 싶다가도 죽고 싶었고 죽겠다고 아등거리다가도 절절히 살고 싶었기 때문이다.

새벽 예불에선 부처님께 살려 달라고 애걸하다가도 서녁엔 숙고 싶은 충동을 어쩌지 못해 가슴팍을 할퀴었다. 항암 주사로 머리카락이 빠져 버린 민머리가 거울에 비쳤을 땐 정말 죽어버리겠다며 요사채 창틀에 목을 매었고 면도긴고 팔목 동맥을 피기도 했다. 하시만 창틀은 너무 낮았고 동맥은 살 속으로 잘도 숨어버렸다. 그내바나 요사재의 낮은 창틀이 원망스러웠고 살 속으로 요리조리 숨어든 동맥을 많이도 탓했다.

내가 살아 있다는 사실을 남들에게 기억시기고자 힐 땐 지인들에게 부작위로 전화를 걸어 댔다. 나는 여전히 이렇게 살아 있다고 각인시기고자 한이었다. 타인의 기억에서 사라지면 살아 있어노 살아 있는 게 아닌, 것이다. 절대 고독의 공간에 처박힌 여인은 타인의 기억에서 사라지는 게 두려웠다. 여인은 "은숙이구나" 하는 수화기 저쪽의 목소리에 안도할 수 있었고 얼마나 더 살 수 있는지를 가늠해 보려는 "지금은 좀 어때?"하는 물음에는 정나미가 떨어져도 기억 작업만은 일단 성공한 셈이라 여겼다.

그들과의 통화 시간을 연장하고자 할 때는 산사의 진돗개 용녀까지 들추었다. 열네 살배기 백구 용녀는 비탈밭을 일구던 주지 스님이 통나무에 치어 사경을 헤매고 있을 때 산사로 달려와 다급하게 짖어대는 몸짓으로 스님을 구해낸 충견이다. 용녀가 노루를 물어 죽이는 용맹성은 통화 도중 "얘 중요한 전화 들어오고 있다"라는 저쪽의 핑계를 차단하는 장치였다.

육신 학대로 몸은 항상 피곤하고 눈꺼풀이 무거웠다. 전에는 밤이 무서웠지만, 지금은 전혀 아니다. 곰이나 멧돼지와 같은 맹수가 달려든다 해도 겁날 것이 없고 한밤에 뼈와 살이 발라지는 해탈을 꿈꾸어도 두렵지 않다. 그런 밤이면 선생님을 꿈꾸는 남모를 즐거움이 있기 때문이다. 선생님이 육상 자세를 교정해 줄 때는 짜릿한 느낌에 온몸이 오그라드는 지경에 이른다. 선생님이 왼손을 아랫배에 대고 오른손으로 뒷덜미를 눌러 상체를 구부려주며 육상 자세를 교정해 줄 때는 심장이 터질 것만 같다. 선생님의 숨소리가 고막을 휘젓고 따끔거리는 수염이 귓바퀴를 스칠 때는 전신이 불꽃을 튀기는 부싯돌이 되어버린다. 보폭을 좀 더 넓게 벌리라며 좁혀진 무릎과 허벅지 사이를 손으로 툭툭 칠 때는 전신이 녹아내리고 만다.

"이제 알았지."

"예. 선생님."

"은숙인 선생님의 꿈이며, 이 나라의 희망이야."

꿈꾸는 밤은 선생님에게로 다가가지 못해 안달한다. 사람들은 툭하면 죽지 못해 산다는 말을 입에 달고 산다. 여인도 전에는 그랬다. 하지만 지금은 전혀 아니다. 고달픈 삶에 이끌려 죽지 못해 사는 게 아니라 죽기 위한 의지를 불태우고 있는 삶이다.

"엄살 보살이 108배를 했다며?"

주지 스님이 차를 내려주며 건네는 말이다. 주지 스님은 신도들에게 의미를 부여하고자 할 때는 손수 차를 내려주곤 한다. 여인에게는 산사에 들어오던 첫날과 응급실에서 돌아오던 날에 이어 이번이 세 번째이다.

"거봐 처음부터 엄살이라 하지 않았어. 이제는 요사채에 틀어박혀 있지만 말고 산책도 좀 해. 뒷산을 오르는 임도(林道)가 걷는 데는 그만이야."

듣고 보니 산을 오르는 것도 최상의 육신 학대일 수 있었다. 그렇다. 바로 그것이다. 멀쩡한 사람에겐 등산이 운동이지만 환자에겐 독약일 수 있으니 그만한 육신 학대 방법이 또 어디 있을까 싶었다. 왜 진작 그런 생각을 하지 못했을꼬. 인간이 만물의 영장이 될 수 있었던 것은 생각에서 비롯된 것이거늘. 로댕의 생각하는 사람이 불후의 명작이 된 소재가 바로 생각하는 것이었다.

"정말 그래야 하겠네요. 거긴 멧돼지와 같은 야생동물은 안 나오나요?"

"출몰할 때도 있지."

"사람을 해치진 않나요?"

"새끼를 보호하거나 먹이다툼과 같은 일만 없으면 공격하지는 않아. 그런데 그건 왜 물어?"

"참고하려고요."

점심 공양을 끝내기 무섭게 산에 올랐나. 오내산 북내로 이어지는 임도는 인적을 찾아볼 수 없고 길 양쪽은 굴참나무로 우거진 숲이었다. 숨이 차도 쉬지 않았고 걸음의 속도를 높이려고도 애썼다. 산행은 그야말로 육신 학대의 첨경이라 할 수 있었다. 산행코스는 한 시간 안팎. 기침이 극한으로 도졌고 가쁜 숨이 하늘을 찔러도 길바닥에 쪼그리고 앉아 가슴으로 받아내며 걸음을 재촉했다.

길가엔 도토리가 널려 있었다. 언니에게 보내줄 셈으로 눈에 띄는 대로 주워 모았다. 언니는 보릿고개 시절 도토리로 허기를 채우던 때를 생각하며 도토리묵을 즐겨 먹는다. 땅바닥에 떨어진 도토리는 습기를 머금고 있어 좀 더 말릴 생각으로 내려오는 길목에 펼쳐놓고 돌아왔다.

다음날 산에 올랐을 때는 모아둔 도토리가 흔적도 없이 사라지고 없었다. 주변은 흙을 파헤친 자국들로 어지러웠다. 신경을 곤두세운 채 주변을 살피다 부스럭거리는 소리에 돌아보니 다람쥐가 입안 가득 도토리를 물고 있었다. 녀석의 양 볼은 터져나갈 듯했고, 내가 주어 놓은 도토리가 제 것 인양 땅에 묻느라 분주했다. 그 모습이 귀엽고 얄미워 주머니 속 땅콩 부스러기를 던져주자, 녀석은 깡충거리며 반겼다. 색다른 정겨움의 발견이었다.

다음 날은 주머니가 불룩하도록 땅콩을 챙겨 산에 올랐다. 전날의 고소함이 소문으로 퍼졌던지 다람쥐는 일곱 마리로 늘었고 녀석들과 어울리는 즐거움에 시간의 흐름도 잊고 있었다. 다람쥐는 땅콩을 받아먹느라 손바닥까지 올라올 정도로 친숙해져 있었다. 녀석들은 여인의 뼈마디 앙상한 손을 탓하지 않았고 톡 불거진 광대뼈를 이상히 여기지도 않았다. 여인은 다가오는 녀석들로 즐거웠고 녀석들은 땅콩의 고소함에 도취해 있었다.

그다음 날은 처소에 챙겨두었던 땅콩과 호두를 봉지째 들고 올라가 다람쥐와 어울리는 즐거움에빠져 있었다. 바로 그때. 거구의 멧돼지가 여인을 향해 돌진하며 호두 봉지를 낚아챘고 뒤따르던 또 한 놈은 여인의 앙상한 옆구리를 밟고 넘으며 땅콩 봉지를 가로채 다름질 치고 있었다.

눈 깜짝할 사이에 벌어진 일이었다. 여인의 입에선 컥-하는 단말마가 터졌을 뿐 애초부터 저항의 몸짓은 없었다. 멧돼지에게 물린 여인의 손목은 너덜거렸고 발굽에 밟혀 부러진 갈비뼈가 숨통을 틀어막았다. 손목에선 피가 철철 흐르고 여인의 눈은 허옇게 뒤집혔다. 핏속에 녹아 있던 영혼이 스멀스멀 기어 나와 아지랑이로 피어오르고 있다. 서방정토를 향해 너울너울. 끝

三色 장례식

새벽을 가르는 전화벨이 전에 없이 길고 다급했다.

"예. 여보세요."

"나다. 조금 전 아버님이 돌아가셨다."

전화는 큰형님이었다. 큰형님의 목소리는 낮고 무거웠다.

전화는 거기서 끊겨버리고 만다. 할 말이 끝나기 무섭게 전화를 끊어버리는 큰형님의 통화방식은 아버님을 빼닮았다. 닮은 듯 아닌 듯 닮은 습득의 부전자전이다. 아버님은 아직 딸순에도 이르지 못하셨는데 결국. 사실 아버님의 운명은 이미 예견되었다. 작은형 집에서 돌아오실 때 이미 아버님은 위암 3기였다. 우리 삼 형제가 여러 차례 수술을 권했지만, 아버님은 끝까지 몸에 칼을 대는 걸 거부하셨다. 보약이라도 민재 더 지어드릴 걸 하는 아쉬움이 가슴을 치고 들었다. 이런저런 핑계로 미룬 탓이었다. 후회는 되돌릴 수 없을 때 절감하게 된다는 말이 새삼스럽다.

행차를 서둘렀다. 강릉에서 승용차로 큰댁에 도착한 시각은 오전 11시쯤.

나와 눈이 마주친 큰형님의 첫 일성은 임종이었다. 아버님이 장례를 꼭 유교식으로 치르라고 당부하셨다는 말이었다. 나는 그냥 "네"하고 짧게 답했다. 큰형님은 그런 투의 내 대답이 맘에 들지 않았던지 다시 들으란 듯 "임종을 지킨 자식이야말로." 그렇다. 임종은 자식의 마지막 도리이다. 그러지 못한 건 죄스럽다. 하지만 외지에 나가 사는 마당이라 하염없이 병상을 지킬 수도 없는 노릇이니 어쩌는가!

빈소엔 조촉(弔燭)이 밝혀졌고 대문은 상중(喪中) 초롱이 내걸렸다. 대청마루의 녹음기는 스님의 금강경을 쉼 없이 토하고 간간이 담장을 넘는 곡소리가 무거운 상중 분위기를 마을로 전하고 있었다. 마을은 친인척들의 발걸음으로 분주하고 낯선 발길을 쫓는 개 짖는 소리로 귀가 따갑다.

마을 이름은 서지 뜰이고 우리 집 택호는 진사댁이다. 서지 뜰은 황 씨 집성촌이며 우리 집은 황 씨 문중의 종가이다. 종가의 택호가 진사댁으로 불리는 것은 고조께서 초시(初試)에 합격한 연유이다. 서지 뜰은 강원도와 경상북도의 경계 지역이다. 마을은 산으로 둘러싸여 외부와 동떨어져 있다. 행정구역은 삼척시지만 버스로 두 시간도 넘는 거리여서, 노선버스라야 하루 두 차례 왕복 운행되는 게 전부이다.

그것도 폭설이 쏟아지기라도 하면 버스는 일주일이든 열흘이든 구경조차 하기 어렵다. 시장은 삼척보다 울진이 더 가깝지만 울진은 시장 규모가 작은 데다 용품들도 단조로워 장바구니를 채우기가 마땅치 않다. 서지뜰 부녀자들은 집안에 큰일이 내달을 때마다 삼척까지 갈 수 없게 되면 떡이든 과줄이든 제사음식을 일일이 손으로 만들어 쓴다.

"둘째는 언제 온 대냐?

"교인들과 버스로 내려오고 있다니 좀 늦겠지요."

작은형이 연락해 준 대로 별생각 없이 대답했다.

"교인들은 왜 온대?"

달리 설명할 말을 찾지 못해 멈칫하고 있었다. 큰형님의 목소리에선 살짝 짜증이 묻어났고 얼굴에는 언짢은 표정이 비치고 있었다. 잠시 생각에 잠겼던 큰형님은 길선 삼촌에게 입관을 재촉하고 있었다.

"삼촌, 입관을 시작하세요."

작은댁 길선 삼촌은 궂은일을 도맡아 처리하는 문중의 큰 일꾼이다.

"둘째가 도착하면 치르지 왜?"

길선 삼촌이 의외라는 듯 되짚었다.

"간소하게 지르라는 아버님의 당부니까 그냥 시행하세요."

큰형님은 아버님의 임종을 들먹이며 이의를 달 수 없게 했다. 아버님의 임종은 큰형님만 알고 있다. 길선 삼촌은 고개를 갸우뚱하면서도 어쩔 수 없다는 듯 입관을 진행하고 있었다. 입관은 상주가 모두 참여한 가운데 망자의 사망 다음 날 시행하는 게 상례이다. 외지에 나가 있는 자녀들이 한자리에 모일 수 있는 시간적 여유와 시신의 생물학적 부활의 경우를 대비한 절차이기 때문이다. 입관은 자녀들이 부모님의 모습을 마지막으로 볼 수 있는 장례 순서이다. 그런데도 큰형님은 입관을 서두르고 있는 거다. 그것도 평생 유림을 자처하며 살아오신 분이.

시신을 씻기고 삼베 염의(殮衣)를 입히는 길선 삼촌의 손놀림은 익숙했다. 아버님의 시신이 입관될 때는 정말 마지막이라는 생각에 쏟아지는 눈물을 주체할 수 없었다. 칠성판에 있힌 아버님의 시신은 뼈만 앙상했다. 결코, 짧지 않았던 투병의 고통을 육신으로 드러내시는 것 같아 가슴이 무너져 내렸다. 큰형님은 시종일관 냉랭했다. 자식에게는 임종도 중요하시만, 입관만은 꼭 함께했으면 좋겠다는 생각이 들었다. 입관에 참여하지 못한 작은형이 서운할 거란 생각이었다. 그때, 작은영의 핸드폰 벨이 울리고 있었다.

"네. 접니다."

"여기 송이재야. 삼십 분 후엔 도착할 거다."

"예 조심해 오세요."

작은형은'교인이 삼십 명이야 삼십 명'이라며 조문객 수를 강조했다. 접대 준비에 차질이 없도록 하라는 당부로 여겨 큰형님에게 귀띔하고 곧바로 어머님께 그런 사실을 전했다. 큰형님은 무덤덤했지만, 어머님의 반응은 즉각적이었다. '둘째가 들이닥칠 거라니 어서 상차림을 서두르게. 조문객이 삼십 명이래. 삼십 명.'이라며 아낙들을 채근하고 있었다.

작은형 일행의 버스가 도착하자 한 무리의 조문객이 쏟아져 나오고 있었다. 그들 앞에서 작은형 내외가 터져 나오는 울음을 움켜쥐며 빈소를 오르고 있었다. 조문객은 하나같이 검은 상복 차림이었다. 남자는 서너 명이고 여자가 대부분이다. 버스 옆면은 교회 이름이 붙어 있고 그 중앙에 십자가가 그려져 있는 걸 보면 교회 전용 버스인 모양이다. 대문을 들어서는 교인들은 저마다 "주여. 주여"를 외며 두 손을 모아 가벼운 목례로 조의를, 표하고 있었다.

동네 사람들은 교인들의 그런 몸짓이 사뭇 이색적이어서 낯선 표정이다. 아낙들은 교인의 일거수일투족을 살피느라 고개를 빼면서도 전을, 붙이는 손놀림만은 여전히 바삐 움직이고 있었다. 아낙들은 교인을 외계인 보듯 하고 남정네들의 시선에선 뒤섞일 수 없는 이질감이 묻어나고 있었다.

"예수쟁이들은 다 저런 검정 한복을 입나 봐."

"우리와 다를 게 없네. 뭐. 우리도 초상집 갈 땐 검정 옷 입잖아."

가족이 오랜만에 한자리에 모이자, 빈소는 울음바다를 이룬다. 틀에 박힌 곡소리가 아닌 북받치는 서러움이다. 녹음기에서 흘러나오는 금강경이 가족의 울음과 뒤섞여 상중의 분위기는 한층 처연하다. 녹음기는 대청마루에 놓였고 아침부터 줄곧 돌고 있다. "수리수리 마하 수리 수수 리 사바하" 스님의 음색은 낮으면서도 굵고, 안정되었다.

금강경은 진사 댁의 막중대사를 공표하듯 부엌을 휘돌아 대문 밖으로 줄달음치고 있다. 서지 뜰 사람들은 장례식에는 꼭 금강경 녹음테이프를 튼다. 녹음기나 테이프가 없는 집에선 종가댁에서 빌려다 튼다. 그렇다고 그들 모두 금강경의 깊은 속뜻을 이해하고 있는 건 아니다. 마을에서 그 행간의 숨은 뜻을 아는 이는 큰형님뿐이다. 금강경은 불자에게는 정신적 안정을, 망자에게는 혼백을 극락으로 인도하는 영적 고리로 해석되는 경전이다.

교인들이 사랑채에 마련된 빈소에 둘러앉았다.

빈소는 삼십 명이 둘러앉아도 좁지 않을 만큼 넉넉한 편이다. 비록 가세는 쇠락했어도 가택 규모만은 여전히 진사댁의 위엄을 유지하고 있어서이다. 진사댁은 안채와 사랑채, 대청마루, 건넌방, 행랑채 그리고 부엌으로 나뉘진 ㅁ자형 기와집이다.

"둘째가 부천 교회에서 큰 직분을 맡고 있다디니."

"클 때부터 영리했잖아."

아낙들의 수군거림이 대청마루를 넘나들고 빈소를 훔쳐보는 눈길들이 예사롭지 않다. 예배가 시작되자 큰형님은 빈소를 나외 대청마루로 비켜버린다. 교인들은 상주의 그런 경우가 처음은 아니라는 듯 괘념치 않는 눈치이다. 목사가 주도하는 입교 예배는 신앙고백으로 시작되고 있나.

"그대가 선하게 대하여도 그대가 나쁘게 대하여도 그래도 좋은 것은 그대가 하나님의 자녀이기 때문입니다."

예배 분위기는 무겁고 정중했다.

"하늘에 계신 우리 아버지, 아버지의 이름을 거룩하게 하시며 아버지의 나라에 오게 하시어 아버지의 뜻이 하늘에서 내려와 땅에서도 이루어지게 하소서."

신앙고백으로 시작된 예배는 사도신경으로 이어지고 있었다. 아이들은 생경한 예배 모습을 구경하느라 저마다 깨금발로 문고리에 매달렸고 부엌의 아낙들은 듣는 듯 아닌 듯 은근히 귀를 기울이는 모습이다. 목사의 목소리가 차츰 높아지고 있었다. 녹음기의 높은 볼륨 때문인 듯했다. 스님의 금강경 녹음과 목사의 예배 소리가 뒤엉켜 마당에서는 말소리를 분간키 어려웠다. 부처님 말씀이 하나님 말씀 되고 하나님 말씀이 부처님 말씀으로 뒤엉킨 탓이다.

녹음기 볼륨을 조금 낮췄으면 어떨까 싶어 큰형님의 눈치를 살폈다. 하지만 입술을 꾹 다문 큰형님의 표정에선 그럴 의도도, 그럴 까닭도 없다는 완고함이 묻어나고 있었다. 그렇다고 내가 나설 수는 없는 노릇이다. 그런 것들이 자칫 황 씨 종가의 금기를 거스를 수도 있는 일이기 때문이다. 큰형님은 황씨 가문의 대들보이다. 특별히 문서로 정해진 것은 없지만 문중 어른들의 마음속에 낙인된 불문율이다. 성장기에는 큰형님의 기세가 절대적이었다. 옳고 그름의 문제는 상관없었다. 가차 없는 서열 체계에 지배된 인습이었다. 지금도 내가 큰형님에 대한 호칭을 깍듯이 하는 까닭이 거기에 있다. 아버님의 불호령보다 어머님의 호된 다그침이 더 따가웠다.

언젠가 작은형이 큰형님에게 대든 적이 있었다. 작은형은 그 일로 삼일이나 광에 갇혀야 했다. 작은형은 갇힌, 동안 밥을 굶어야 했고 무조건 잘

못했다고 빌고서야 광에서 풀려날 수 있었다. 황씨 가문의 32대 종손에게 맞선 대가는 가혹했다. 시비의 발단은 작은형이 베어놓은 소먹이 풀을 큰형님이 가로챈 탓이었다. 큰형님은 갖고자 하는 것은 뭐든 자기 것으로 여겼고 언제나 독선적이었다. 부모님이 계신 자리에선 더욱 당당했다.

　나는 큰형님과의 터울이 아홉 살이나 벌어져 감히 말대답조차 할 수 없었고 세상은 절대 공정하지 않다는 사실을 일찌감치 깨달아 작은형과 같은 곤욕을 치른 적은 없다. 성장기의 무분별한 인식은 어른이 되어도 크게 달라지지 않는다. 될성싶은 나무는 떡잎부터 알아본다는 속담은 아무리 따져봐도 틀린 구석이 없는 것 같다.

　나는 지금도 참는 데는 이골이 나 있다. 우유부단해서가 아니라 참으면 모든 게 순탄해지는 걸 알고 있어서다. 유교가 인(認)을 근본으로 하는 종교라지만 참는 것만큼은 내가, 유교를 숭상하는 큰형님보다 한 수 위이다. 이 시점에서 내가 처신해야 할 태도는 중용을, 이행하는 것이었다. 주자(朱子)는 중용의 중(中)은 치우치지 않는 것이며 용(庸)은 떳떳한 것이라 했다. 결코 비굴해서가 아닌 떳떳함으로.

　형제간의 억압된 질서는 부모님 생전까지만 지킬 작정이다. 아내가 큰댁에 너무 굽실거린다며 못마땅해하고 있어서다. 명절을 치르고 나면 큰댁에서의 소소한 일들로 아내와 꼭 한바탕 다투게 된다. 아내는 가장의 종속적 저자세는 아이들에게도 영향을 미치게 된다며 힘 밀은 아버 싫다는 주장이다.

　예배는 성가 합창으로 이어지고 있었다. 집례자가 찬송가 290장의 '괴로운 인생길 가는 길을' 정하고 선창하자 교인 모두가 따라 부르기 시작힌다. '괴로운 인생길 가는 몸이 평안히 쉬일 곳 이주없네. 걱정과 고생이 어디는 없으리. 돌아갈 내 고향 하늘나라' 상갓집에 곡소리가 아닌 찬송가 합창 소리가 높다. 믿음은 무조건 마음을 여는 것이라 했다. 저들은 세상을 창조하신 하나님을 믿으며 그 말씀을 이행하는 신자들이다. 교인들은 빈소 밖의 분위기를 아는지 모르는지 성가의 마지막 4절까지 알뜰히 합창하고 있었다. 1절만 부르고 줄였으면 하는 마음 간절했지만, 나의 바람 같은 건 안중에도 없다.

금강경 녹음테이프 속, 스님의 목청은 일정하다. 성가와 금강경이 서로 비비 꼬여 허공을 찌르고 있는 모양새다. 성가와 불경은 음절 간의 속도와 현격한 고저장단으로 인해 애초부터 어울릴 수 없는 음색이었다. "춘향전"과 이탈리아의 가곡"오. 솔레미오"가 시작부터 엇나가는 것처럼.

대청마루에 나선 큰형님은 연신 담배 연기를 뿜어댄다. 연기 속에는 뒤틀린 심기가 꾸역꾸역 피어오르고 있다. 지켜보는 사람들은 마치 자신이 무슨 잘못이나 저지른 것처럼 상주의 눈치를 살피느라 가자미 눈들이다. 맏상제가 언제 빈소에 뛰어들어 예수쟁이들을 끌어낼까 하는 조바심으로 가슴을 졸이는 모습이다. 무겁고 차분해야 할 상갓집이 시한폭탄이 터질 것처럼 조마조마한 분위기이다. 나설 수도 그렇다고 외면할 수도 없는 처지가 당혹스럽다. 동네 어른을 대접하느라 조심스레 받아 마신 소주가 전두엽을 자극하고 안주로 삼킨 튀김이 뱃속에서 곤두서있다. 목사의 목소리가 더욱 높아졌다.

"하나님 아버지 불쌍한 저들을 용서하시고 그 죄를 사하여 주십시오."

목사는 '불쌍한 저들'에 힘을 주었고 나는 그 대목에서 가슴이 벌렁거렸다. 친지들이 뭐가 불쌍하고 우라질 용서는 또 무슨 용서냐며 시비를 걸면 어쩔까 싶어 조마거렸다. 다행히 그냥 넘어가고 있었다. 금강경 녹음 소리에 목사의 기도문이 빈소 밖으로 또렷이 전달되지 못한 것이, 되레 친지들의 시비를 잠재운 것 같아, 천만다행이었다.

느닷없이 작은형이 빈소에서 나와 녹음기를 훅 꺼버렸다. 손놀림은 다분히 신경질적이었다. 큰형님의 표정이 무말랭이처럼 일그러지고 있었다. 쏘아보는 눈초리가 송골매처럼 매섭다. 담배를 꼬나든 손이 바르르 떨리고 있었다. 내가 취할 수 있는 태도는 발을 동동거리는 것뿐이었다. 제발 충돌 사태로 번지지 않기만을 빌었다. 빈소에 아버님을 모셔놓고 상주끼리 치고받는다면 그 또한 얼마나 해괴한 일인가!

작은형은 아무 일도 없다는 듯 빈소로 들어가 버렸다. 큰형님의 눈초리를 못 본 것인지 보고도 못 본 체하는 것인지 알 수 없지만, 차라리 그게 다행스러웠다. 큰형님의 손끝에서 제풀에 타버린 담뱃재가 사시나무 떨듯 한다. 큰형님은 문중 어른들 앞에서 구겨진 모멸감을 그렇게 표현하고 있었다. 형제간의 종교가 달라도 이처럼 일촉즉발의 긴장감으로 치닫기는 처음이다.

큰형님은 유교이고 작은형은 기독교, 나는 불교 신자로 형제의 종교가 삼인 삼색이다. 큰형님의 유교는 윤리와 도덕성을 기반으로 조상을 숭배하는 것이고 내가 믿는 불교는 자비와 비움이며 작은형의 기독교는 사랑과 믿음을 바탕에 두고 있다. 아버님은 지금 유, 불교와 기독교의 장례식을 한꺼번에 치르고 있으니, 어쩜 천당과 극락을 마음대로 골라잡을 수 있는 게 아닐까? 섬마 그럴 수야 있을까마는 그럴 수 있으면 또 얼마나 좋을까.

큰형님이 꿩 대신 닭 쫓듯 나를 볼리세우며 다그치고 있다.

"녹음기 다시 틀어."

승복은 작은형의 반발을, 거절은 큰형님이 자존심을 구기는 것이었다. 이럴 수도, 저럴 수도 없는 막다른 골목길이어서 정말 난감했다. 어느 쪽의 반발도 내가 감당하기는 버거운 벽이다. 짧은 순간 많은 것을 생각했다.

타의에 의한 결정보다 자의에 의한 판단이 더 어려웠다. 고심 끝에 녹음기 볼륨을 살짝 낮추고 버튼을 눌러 다시 켰다. 예배에는 방해되지 않을 만큼, 대신 밖에서는 어느 곳에서도 금강경을 들을 수 있을 정도로 조정한 중용의 실현이었다. 중용은 적중했다. 큰형님은 더 이상 상관치 않았고 작은형의 반발도 촉발되지 않은 절묘함이었다. 중용지도는 화합의 지표였다.

장례 분위기를 이처럼 어긋나게 만들고 있는 데는 작은형의 잘못도 크다. 작은형은 교인을 대동해 세를 과시하고 있다. 문중 어른들께 자신을 인식시키려는 저의를 이해하지 못하는 건 아니다. 하지만 그건 열등감의 발로이며 욕망 때문에, 고통을 붙잡고 미련 때문에, 그 끈을 놓지 못하는 어리석음이다. 기독교 신자를 예수쟁이로 비하하는 동네에서 나고 자란 형이다. 그런 작은형이 기독교식 장례를 밀어붙이는 걸 옳다고만 할 일은 아닌, 것이다.

불교는 자비로움으로 자신을 낮추라고 하는데 성경엔 그런 가르침이 없는가? 그럴 리가 없다. 골로세서 3장 15절은 긍휼의 자비와 겸손의 온유함을 사랑으로 더하라고 가르치고 있다. 작은형이 설마 나 외엔 어떤 신도 믿지 마라. 벌을 가하리라. 내가, 이 세상을 창조했고 나를 닮은 사람을 만들었다는 분노의 하나님 말씀을 추종하는 건 아닐 테지.

성가 합창이 서지 뜰을 들썩이고 있었다. 금강경의 볼륨을 낮춘 탓에, 성가 합창은 그만큼 더 높고 우렁찼다. 성가 합창은 서지 뜰 이장님이 군청의 공지 사항을, 확성기를 통해 전달하는 것만큼이나 요란하다. 서지 뜰이란 게 말 그대로 앞뜰과 뒤뜰 정도여서 조금만 목청을 높여도 동네가 쩌렁거리는 마당인데 삼십 명의 성가 합창이니 오죽이나 할까.

마치 탄자니아 세렝게티 들판의 사자가 소변으로 영역을 표시하듯 교인들은 찬송가로 공간의 영역을 확보하려 들고, 서지 뜰 사람들은 스님의 금강경 독송을 통해 기존의 영역을 고수하려는 형국이다.

아낙들은 찬송가 합창이 마뜩잖은 듯 귀를 후비며 움찔거리고 대문 밖에서 상여를 매고 있는 남정네들은 '초상집에서 금강경을 틀어야지 찬송가는 무슨.' 하며 쏘아붙이는 소리가 사납다. 종친의 반응은 비아냥거림, 일색이다.

"아니. 곡소리가 높아야 할 초상집에서 웬 찬송가래?"

"종손댁이 언제부터 예수를 믿었대?"

"설미."

마을 어른들의 불쾌지수가 높았다.

"아빠. 할렐루야가 뭐야?"

"몰러. 교횔 가봤어야 말이지"

아이들은 입술을 삐죽이고 어른들은 쭈뼛거리는 머리카락을 헤집는다. 찬송가를 듣는 것만으로도 사자(死者)의 영혼이 구천으로 떠돌 것이라는 걱정스러움에 사로잡힌 모습이다. 촌사람들일수록 익숙한 것에만 호응하고 낯선 것에는 거부감을 드러내는 성향이 크다. 교인들은 하나님의 자식을 천당으로 보내야 할 책무를 다하고 있고, 아닌 사람들은 대주의 영혼이 극락으로 오르지 못할까, 걱정스럽다.

한때 서지 뜰에도 교회가 들어설 것이라는 소문이 퍼뎠었다. 먼 소새지역 교회 신자들이 서지 뜰을 드나들며 신교활동을 벌였지만, 주민들은 교회가 들어서면 큰 횡액이라도 들것처럼 기를 쓰며 반대했다. 큰형님은 반대 세력의 배후 조종자로 지목돼, 면 소재지 교인들과는 지금도 눈을 맞추지 못하고 있다. 그래두 큰형님은 자신이, 뜻을 존중하는 주민들이 있어 뒤가 든든하다. 동네 사람들은 집안의 대소사를 큰형님의 해딥으로 지켜가는 마당이니, 종손댁 장손의 눈치를 살필 수밖에 없고, 굳이 모나게 살지 않으려는 게 시골 인심이다.

요즘도 교회에서는 방학 때나 크리스마스를 전후해 서지 뜰 아이들에게 사탕이나 학용품을 선물하며 선교활동을 벌이곤 한다. 미니버스로 태워 가고 데려다주겠다는 제안에 아이들은 버스 타는 재미에 솔깃하지만 결국 제 부모의 눈치를 보느라 선물만 똑 따먹고 입을 닦아 버려 선교활동은 매번 흐지부지되고 있다.

노을이 물들 무렵 조문객이 찾아들고 있었다. 조문객은 대부분 큰형님의 손님이었다. 큰형님의 얼굴에선 화색이 돌았고 목소리에선 잔뜩 힘이 들어가 있었다. '기도횐가 뭔가 당장 걷어치우라고 해' 큰형님은 나를 명령하듯 몰아세웠다. 조문객들에게 장손의 위엄을 보이려는 의도임을 알아챈 나는 군말 없이 '예'라고 대답했지만 정작 작은형에게 전한 말은'예배가 언제 끝나요.'라고 묻는 수준이었고 작은형은 내 말을 듣는 둥 마는 둥 했다.

나는 빈소에 들어갔다 그만 까무러칠뻔했다. 어머님이 교인들 틈에서 예배를 올리고 있었다. 나는 내 눈을 의심했다 어머님의 그런 모습에 내 몸은 망부석처럼 굳었고 머릿속은 하얗게 질려 버렸다. 어머님 무릎엔 예배 식순이 가지런히 얹혔고 손에는 찬송가까지 들려 있었다. 상상조차 할 수 없는 광경에 나는 몸 둘 바를 몰랐다. 작은형이 안채로 들어가 어머님을 졸랐는가? 그렇다고 들어주실까? 아닐 것이다. 그것이 아니라면 억지로 끌려 나온 인질? 천만에! 어머님은 자릴 박차고 일어설 분이다. 그런 모두가 현실과 너무 동떨어지는 것이어서 더욱 놀라웠다. 어머님은 목사님의 예배에 순한 양처럼 따르고 있었다. 멀리서 찾아온 교인들의 성의를 의식한 것으로만, 이해하기엔 어딘지 부족해 보였고 기독교식 장례를 용납

하시는 건 더더욱 아닐 것이어서 혼란스러웠다. 어머님의 시선을 피해 쫓기듯 빈소를 나왔다.

어머님은 강직한 결단력을 지니셨다. 집안의 크고 작은 일이 있을 때마다 성격이 여리신 아버님은 주저하셨지만, 어머님은 단호하셨다. 큰형님의 대학 진학도 어머님의 결정이었다. 문중을 이끌어야 할 종손은 누구나 우러러볼 수 있어야 한다며 큰형님의 대학 진학을 밀어붙였다. 어머님의 그 발상은 가족의 생계를 위협하는 것이었다.

당시 우리 집은 택호만 번지르르할 뿐 땅뙈기라곤 텃밭과 다랑논 몇 마지기가 전부였다. 큰형님의 대학 진학은 농사를 지을 것도 별로 없는 농토를 하나씩 처분하는 것이었다. 증조 대까지 서지 뜰 농경지는 거의 우리 소유였고 가곡면 일대의 논밭도 절반이 우리 것이었다고 한다. 당시 서지 뜰 사람들은 우리 집 땅을 밟지 않고는 한 발짝도 뗄 수 없었다고 했다. 그 많은 자산을 할아버지께서 날리셨다는 것이다. 일제 강점기의 독립 자금을 대느라 처분하셨다는 설과 투전판을 전전하다 알뜰히 날리셨다는 두 가지 소문이 전해지고 있다. 어느 것이든 만석꾼 집안이 하루아침에 쪼그라들어 우리는 진사 택호만 붙잡고 있을 뿐 인으로는 궁핍이 씨들고 있던 때였다.

자식을 한꺼번에 가르칠 형편이 못 되었던 부모님은 큰형님을 대학에 보내느라 작은형을 중학교 졸업으로 눌러 앉혔다. 작은형은 그때 매우시 못한 응어리를 지금도 몸에 칭칭 감고 산다. 고교진학의 꿈을 포기하지 못한 작은형은 송아지를 황소로 키웠지만, 작은형이 애써 기른 황소는 그때마다 큰형님의 대학 우골탑으로 차압되고 말았다. 작은형은 큰형님과의 빚은 터울을 한탄했다. 나 역시 고등학교 진학의 길이 막힐 뻔했으나 중고등학교 내내 장학생으로 선발되었고 대학은 월부책 장사로 어렵사리 졸업상을 움켜쥘 수 있었다.

어머님은 종부의 위엄도 팽개친 채 남의 집 농사일도 마다하지 않았다. 낮에는 누에를 치고 밤에는 삼베를 짰다. 장남을 그렇게 대학까지 졸업시켰지만, 정작 큰형님은 고향으로 돌아와 그냥 눌러앉고 말았다. 우리는 큰형님이 서울에서 자리를 잡아 기울어진 집안을 일으켜 세우기를 바랐다. 하지만 기대는 헛된 꿈으로 흩어지고 말았다.

참다못한 작은형은 어느 날, 연기처럼 사라졌고 어머님은 작은형에 대한 근심 걱정으로 가슴이 헤집어져 너덜거렸다. 이웃들에게는 서울에 좋은 일자리가 생겨 올라갔다고 둘러대면서도 정작 우리 가족은 작은형의 소재를 삼 년이나 모르고 살았다.

작은형은 내가 고등학교를 졸업할 즈음 연락했다. 어머님은 그제야 냉가슴을 쓸어내리며 안도하셨다. 나는 그길로 상경해 작은형을 따라다니며 낮에는 월부책을 팔고 새벽에는 신문을 돌리며 야간 대학에 적을 둘 수 있었다. 큰형님의 대학 졸업장은 금쪽같은 땅문서와 맞바꾼 것이라면 내 것은 진한 땀의 결정체이다.

작은형은 월부책 장사에 특별한 재능을 발휘했다. 빌딩 속 회사들은 잡상인 출입을 막았지만, 작은형은 용케 드나들었다. 서울역 앞의 D그룹 빌딩도 내 집 드나들 듯했다. 앞문을 막으면 뒷문을 비집고 들었고 그것도 안 되면 회사의 부장 이름을 알아내 가짜 명함까지 만들어 청원 경찰에게 들이대며 통과했다.

"뭐래?"

큰형님이 빈소에 들어갔다 온 내게 의중을 떠보는 것이었다. 대답은 '곧 끝낼 거래요'라고 둘러대는 것이었다. 어머님의 예배는 차마 입에 올릴 수 없어 함구했다. 조문객이 점점 늘어나자, 큰형님의 조급함은 바람개비 돌 듯 서두르고 있었다. 큰형님은 나를 닦달했고 내게 매달리듯 따라 나온 작 은형을 윽박질렀다.

"지금 뭐 하는 거야. 엉?"

큰형님의 목소리에는 잔뜩 힘이 들어가 있었다. 처음 보는 모습이다.

"아깐 위로 예배였고 지금은 입관 예배잖아요."

"입관 예밴 무슨, 얼어 죽을."

"우리 교회 장례 순서니"

작은형은 천연덕스럽게 받아지고 큰형님은 소급했다.

"넌. 저 문상객들이 안 보여?"

"형만 체면이 있고 내 체면은 없는 거요."

작은형은 찬바람일 듯 쏘아붙이고는 빈소로 들어가 버린다. 큰형님이 작은형의 뒷덜미를 낚아채면 어쩌나 조마조마했지만, 다행히 그런 불상 사는 일어나지 않았다. 큰형님은 닭 쫓던 개 지붕 쳐다보듯 멍하니 바라 보고만 있었다.

종교는 형제애도 외면할 수 있다. 기독교는 이웃을 사랑하라고 가르 치고 불교는 자비와 비움을 실천하라 하셨다. 유교는 삼강오륜을 덕목으 로 부모를 공경하고 가족 간의 우애를 강조하며 조상을 숭배하는 것인데 그런 가르침대로라면 우리 형제는 서로 부딪힐 이유가 없다. 하지만 우린 이미 봉합되기 어려울 만큼 벌어진 틈을 드리네고 있었다. 왜일까? 우리는 서로 성서의 해석을 놓고 듣고 싶은 것만 듣고, 믿고 싶은 것만 믿는 외골 수의 무지함을 고집하고 있다.

조문의 줄은 점점 길어지고 있었다. 면장을 비롯한 우체국장과 농협 조 합장에서부터 그 뒤로 이장들이 따라붙었다. 조문객의 면면으로 볼 때 근형님의 중량감을 충분히, 알만했다. 예배는 여전히 진행 중이고 큰형님의 얼굴은 이미 붉으락푸르락하고 있다. 빈소를 넘겨다보는 조문객의 눈길이 조소와 지루함으로 엇갈리고 있었다. 괜히 그들의 눈길에 뒷덜미가 따갑고 민망했다. 위로 예배가 삼십 분이었으니 입관 예배 또한 그쯤 될 일이었다. 빈소를 들락이는 내 발걸음은 천근만근 무거웠고 붙박이처럼 빈소를 차지하고 있는 교인들이 야속했다.

큰형님은 기관장들을 마당의 상머리에 앉히고 술잔을 권하며 시간을 끌어 보려 애쓰고 나는 나대로 친지와 동네 어른을 접대하느라 곤혹스러웠다. 분위기는 터지기 직전의 고무풍선처럼 팽팽했다. 살짝 금만 그어도 터져버릴 것만 같은 아슬아슬한 불편부당함은 결국 오래가지 못했다. 큰형님이 빈소에 뛰어들었고 작은형이 허리춤을 잡힌 채 마당으로 끌어내졌다.

"그만하라고 했잖아."

"예배가 끝나야지요."

"이 자식이 그래도."

큰형님은 작은형을 멍석 위에 팽개치듯 밀쳤고 작은형은 바닥에 쓰러졌다. 결국 터질 게 터지고 말았다. 눈앞이 캄캄하고 아찔했다. 비척거리던 작은형이 벌떡 일어나며 큰형님의 허리춤을 잡으려 하자, 내가 재빠르게 몸을 던져 그 틈을 가로막고 나섰다. 나는 내 몸이 그렇게 재빠르리라곤 미처 생각지 못했다. 그런 내가 놀라웠다.

그때 마침 예배를 끝낸 교인들이 우르르 쏟아져 나오고 있었다. 큰형님이 엉거주춤 교인들을 바라보고 있었고 교인들은 맏상제에게 정중히 목례를 드리며 마당에 펼쳐놓은 멍석에 자리를 잡기 시작했다. 정말 천만다행이었다. 나는 그들에게 가벼운 눈인사로 예를 표했다. 아버님을 위해 정성

스레 예배를 올려준 노고에 대한 답례였다. 교인들은 단순히 체면치레로 예까지 따라나선 게 아니었다. 멀리 경기도 부천에서 강원도 산골까지 한 걸음에 달려온 것은 믿음의 힘으로 교우를 천당에 모시기 위함이었다. 그들은 하나님을 믿지 않는 사람은 지옥으로 떨어진다고 믿는 사람들이다.

한편, 미뤄지고 있던 기관장의 조문이 시작되었고 멍석자리는 조문객을 접대하는 분위기로 흥건했다. 자연스레 술잔이 돌려지고 교인들은 그들대로 모여 앉아 차린 음식으로 허기를 채우는 모습이었다. 시종일관 팽팽하던 분위기는 아침 안개처럼 사라지고 화합의 분위기가 무르익어가고 있을 때였다.

누군가 '대원군이 되살아 나와야 저딴 예수쟁이들을 확 쓸어버릴 것인데.'라고 하는 큰 소리가 들리고 있었다. 좌정은 금세 싸해지는 분위기로 돌변했고 일촉즉발의 험악한 순간으로 치닫고 있었다. 누군가 싶어 얼른 살폈다. 셋째 작은댁 삼촌이었다. 그는 문중 모임 때마다 고성이 오가게 만드는 장본인이다.

흥선대원군이 누구인가. 팔천여 명의 천주교도들을 잡아들여 고문하며 목숨을 빼앗은 것도 모자라, 외국인 선교사들까지 치형한 무자비한 기독교 박해자였다. 그런 그가 되살아나와 교인을 쓸어버려야 한다니. 반발은 즉각적일, 수밖에 없었다.

"무식한 촌놈은 어시."

교인들 자리에서 누군가 비아냥거렸고 삼촌도 맞받아쳤나.

"조상에 절도 올리지 않는 상것들이"

금기의 선을 짓밟는 언행이었다. 교인이 삼촌의 목덜미를 휘어잡았고 삼촌은 그의 손목에 매달려 대롱거리고 있었다. 살벌한 분위기는 금세 큰 패싸움으로 번질 기세였다. 작은형이 동료 교인을 들이밀었고 나와 큰형님이 삼촌을 눌러 앉히려는 순간, 어머님이 대청마루에 나와 호통치고 있었다.

"남의 상갓집에서 지금 뭣들 하는 짓이오. "

어머님은 '남의 상갓집'을 강조했고 요동치던 분위기는 단 한마디의 호통으로 찬물을 끼얹은 듯 수그러들고 있었다. 세상은 변했어도 종갓집 종부(宗婦)의 위세만은 여전했다. 어머니가 아니었으면 싸움판으로 번질뻔했었다. 가뜩이나 출렁거리던 분위기로 망신살이 뻗친 마당에 패싸움으로까지 번졌다면 무슨 면목으로 얼굴을 들 수 있을까 싶었는데 다행스러웠다.

밤이 깊어지고서야 조문객들은 돌아갔고 교인들도 작은형의 안내로 미리 잡아놓은 숙소로 떠났다. 요동치던 상갓집은 그제야 서지 뜰 본래의 모습을 되찾고 있었다. 밤이 이슥할 즈음 작은형이 돌아오자, 큰형님은 기다렸다는 듯 작은형을 술상 머리로 불러 앉히며 분통을 터트렸다.

"아버님이 무슨 예수쟁이냐. 엉?"

"그럼요. 아버님은 우리 교회 신잡니다."

"뭐 신자?"

큰형님은 입을 다물지 못했고 가족들은 어안이 벙벙했다. 작은형은 큰형님이 따져 묻길 바란 것처럼 생각할 틈도 없이 "그럼요"라고 대답했고 그다음은 실로 충격적이었다.

"아버님은 우리 교회에서 세례까지 받은 기독교 신자라고요. 여기 세례패도 가져왔잖아요."

큰형님이 세례 패를 빼앗듯 방바닥에 팽개치자, 분을 참지 못한 작은형은 주먹을 불끈 쥔 채 몸을 부르르 떨고 있었다. 눈에선 불꽃이 튀었고 끓어오르는 숨소리가 거칠었다. 일촉즉발의 순간이었다.

"이놈들 잘한다. 애비 빈소에서."

어머니가 방바닥을 내리치며 소리쳤다.

"죄송합니다."

둘은 동시에 무릎을 꿇었고 가족 모두 그 뒤를 따랐다. 어머님의 볼에선 눈물이 흘렀으며 긴 한숨이 뿜어지고 있었다. 곧이어 어머님은 한탄을 쏟아내기 시작했다.

"이젠 진사댁도 종손댁도 없다. 그런 건 아버지 대에서 다 끝났다."

"그게 무슨 소리입니까?"

큰형님이 뇌물었다.

"큰 애비야. 내 말 잘 듣거라. 아버지는 예수쟁이가 맞다."

순간 빈소는 숨죽은 듯 정적이 감돌았고 정적은 작은형이 깨트렸다.

"아버님은 꼭 천당으로 모셔야 합니다."

큰형님이 작은형의 말을 가로막으며 윽박질렀다.

"예수만 믿음 천당 가냐? 천당이 있기나 해. 아버님은 극락으로 가셔야지."

"있지요. 천당은 하나님 나리리구요."

"그만하래두."

어머님이 둘을 눌러 앉히며 다음 말을 이었다.

"다들 듣거라. 광일성 이른의 세례명은 베드로나. 세례 증서도 내가 따로 챙겨놓고 있다. 아버지는 제대로 가르치시 못한 둘째에게 항상 씻을 수 없는 죄를 지셨다고 하셨다. 죽기 전에 그 죄만은 꼭 갚고 가야 한다고 입버릇처럼 되뇌면서도 아무 것도 해줄 게 없어 안다깝다며 힌딘하셨다. 둘째는 병세가 깊은 아비를 일 년도 넘게 모시며 병치레도 마다하지 않았다. 아버지는 그것이 고미워 하나님을 믿으라는 둘째의 권유를 뿌리칠 수 없었다고 했다. 그것만이라도 들어줘야 할 것 같아 세례까지 받았다고 하셨다. 돈이 드는 것도, 혼을 빼주는 것도 아닌 것을, 어찌 안 된다고 할 수 있었겠느냐며 절절한 심경을, 털어놓으셨다. 내가 예배에 참여한 것도 그런 연유였다. 더 이상 조상님 뵐 면목이 없다. 뿌리치지 못한 허물은 모두 에미가 짊어지고 가겠다."

큰형수는 고개를 떨구며 눈물을 훔쳤고 작은형수는 어머님의 손을 부여잡은 채 하염없이 목 놓아 울고 있었다.

"어머님 저희의 과욕이 지나쳤습니다."

"아니다. 너희들이 무슨 죄냐. 부모 잘못 만난 탓이지."

어머님은 가족들에게 또박또박 당부하셨다.

"형제간의 우애를 깨지 마라. 첫째와 셋째는 둘째를 이해하며 살아야 하고 둘째는 형을 받들고 동생을 사랑으로 대하여라."

작은형이 흐느끼며 바닥에 엎드렸고 큰형님은 자신의, 잘못이 크다며 가슴을 치며 오열하는 가족의 흐느낌이 담을 넘고 있다. 끝.

길 위에서 길을 묻다.

펜스를 타고 넘느라 얼마나 힘들었던지 전신이 흐느적거렸다.

옆구리는 결리고 무릎은 맥이 풀려 걸음을 떼기도 어려웠다. 그런 상황에서도 발걸음만은 결코 늦출 수 없었다. 무조건 앞만 보고 달리고 있었다. 누군가 금방이라도 뒤쫓아 올 것만 같아 내내 가슴이 콩닥거렸다. 한참 후. 쭉 뻗은 국도에 다다르고서야 가쁜 숨을 몰아쉴 수 있었다. 다행히 그때까지 뒤를 쫓는 추격자는 없었다. 하지만 요양원 펜스에 담요를 걸쳐놓은 채 그냥 도망쳐 나온 게 영 마음이 켕긴다. 추적의 빌미를 흘려 놓았으니, 꼬리가 밟히는 건 시간문제다.

이번 탈출에도 실패하면 정말 끝장이라는 생각이었다. 요양원 진입로 바닥은 온통 진흙탕이었고 시뮥힌 인개도 ㅜ 비너 앞노 분간하기, 어려웠다. 진흙탕에선 어렵게 챙겨 온 인라인스케이트도 아무 소용이 없었다. 그냥 양손에 든 채 걸음을 재촉하고 있었다. 진입로는 승용차 한 대가 통과할 정도로 좁았구 길 양편은 잡초가 우거저 뱀이라도 기어 나올 것처럼 음습했다. 새벽이슬이 바짓가랑이를 녹녹히게 적셔도 신경 쓸 서틀이 없었다. 쫓기는 발걸음은 중중기렸디.

요양원이 시야에서 차츰 멀어지고 있었다. 옥수수와 감자밭으로 둘러싸인 요양원은 아침 안개로 가두어져 있었다. 바람결에 쏴-쏴- 거리는 옥수수 잎새는 을씨년스러웠다. '저런 곳에 갇혔었다니.' 울컥 분노가 치밀었다. '이것들 나가기만 해봐라 가만두나 봐.' 한두 번 작정하고 다짐한 게 아니었다. 일단 요양원을 벗어났다는 쾌감에 묘한 해방감으로 들떠 있었다. 저승 문턱에서 되살아나온 느낌이라고나 할까?

나는 노인 요양병원에서 2년. 요양원에서도 1년2개 월이나 갇혔었다.

나는 갇혔던 날짜를 정확히 헤아리기 위해 매일 머리카락 한 올씩 엮어 모아 놓고 있다. 언젠가 필요할 때가 오면 반드시 증표로 제시할 작정이다. 그걸 볼 때마다 나는 깊은 한숨과 눈물을 짓게 된다.

요양병원이나 요양원은 노인을 진료하거나 돌보는 것이 아니라 일방적으로 가두는 곳이었다. 환자를 치료해야 할 요양병원이 치료는커녕 노인을 범죄인으로 취급해 차라리 감옥으로 보내졌으면 좋겠다는 생각이었다. 요양원도 틀에 박힌 일과가 숨이 턱턱, 막힐 지경이었다. 정해진 시간에 밥을 먹어야 하고 반찬이 싱거워도 입맛에 맞출 수 없고 TV도 마음대로 골라볼 수 없다. 좁디좁은 요양실은 네 명의 환자가 복작거렸고 밤마다 저승사자 부르는 신음으로 잠을 이룰 수 없다. 오죽하면 옆자리의 귀머거리 할망구가 얼마나 부러웠는지 모른다.

요양병원이 지옥이라면 요양원은 감옥이다. 요양병원은 강력한 통제 체제로 환자를 외부와 차단하고 요양원은 얼기설기 꼬인 규제로 가두어 놓고 있다. 요양병원의 통제 체제가 환자를 들볶으며 압박하는 곳이라면, 요양원의 규제는 몸에 맞지 않는 옷을 억지로 입혀 놓은 것처럼 불편했다. 요양병원의 통제는 환자를 수용하고 관리하기 위함이고, 요양원은 안전을 도모한다는 구실이지만, 실상은 둘 다 노인을 가두는 것이어서 환자의 불만은 극에 달하고 있는, 실정이다.

그나마 요양원의 규제는 요양병원의 통제에 비해 느슨한 편이다. 아무리 그래도 요양원을 둘러싸고 있는 펜스가 노인에게는 교도소의 높은 시멘트벽과 다를 게 없고 정해진 식사 시간도, 식판에 담겨 나오는 너절한 음식도, 정형화된 일상도 모두 따르지 않으면 안 되는 것들이었다.

자유는 누려본 사람만 알 수 있다. 영화 빠삐용에서 자유는 주어지는 것이 아니라 쟁취하는 것이라 했다. 나는 영화 빠삐용을 세 번이나 다시 보았다. "빠삐용"은 프랑스령 기아나 교도소에 11년간 수감 돼 있으면서 열여덟 차례나 탈출을 시도했지만, 그때마다 붙잡히고 말았다. 검거될 때마다 빠삐용에게는 극한의 형벌이 내려졌지만, 그는 끝끝내 탈출을 포기하지 않았다. 영화의 마지막 장면은 상어 떼 우글거리는 바다에 달랑 코코넛 열매 자루를 던져놓고 뛰어드는 빠삐용의 결단은 그야말로 감동적이었으며 영광의 탈출이었다. 반면 바다에 뛰어내릴 용기를 내지 못한 절친 "드가"는 끝내 기아나 교도소에서 영어의 몸으로 생을 마감할 수밖에 없었다. 자유는 그렇게 쟁취하는 것이었다. 나는 요양원으로 이송되던 첫날부터 탈출을 노리며 모두가 잠든 한밤에 펜스 넘는 연습을 했고 인라인스케이트 타는 기술을 익히느라 전신에 멍을 뒤집어써야 했다.

이번 탈출은 오직 자유를 쟁취하기 위한 것이다.

가고 싶은 곳, 마음대로 갈 수 있고, 먹고 싶은 것 입맛대로 골라 먹는 여유로움, 마음껏 누릴 수 있으리란 믿음 하나로 탈출을 준비했고 이제 그 길목에 서 있다.

여명이 걷힐 때쯤에야 쭉 뻗은 국도에 도달할 수 있었다. 그제야 조금 마음이 놓였다. 도로 끝에는 분명 내가 돌아갈 집이 있고 이웃사촌들을 만나 마음껏 여유로움을 누릴 수 있을 것으로 믿고 있다. 국도는 새벽에도 자동차들이 쌩쌩 달리고 있었다. 인라인스케이트가 진가를 발휘할 시점이었지만, 자동차들로 인해 도로에 들어설 엄두를 낼 수 없었다. 두리번거리다 바다 쪽으로 이어진 도로가 눈에 띄어 얼른 달려가 그 초입에 발을 들여놓았다. 그곳은 해안으로 연결된 길이었고 오가는 차량도 뜸해 몸을 숨기며 달아나기엔 안성맞춤이었다. 이때다 싶어 얼른 신발을 벗고 인라인스케이트로 바꿔 신었다. 한시라도 빨리 추격자들을 따돌리기 위함이었다.

인라인스케이트는 몸의 중심을 잡는 게 중요하고 출발보다 멈춤이 더 까다로운 이동 기구다. 속력을 내려면 몸의 중심을 잡고 발끝에 체중을 실어, 지치는 요령을 익혀야 한다. 이때가 바로 요양원에 갇혀 있을 당시 애써 습득한 실력을 발휘할 시점이었다. 왼발에 체중을 싣고 오른발을 내디디며 힘껏 지치자, 몸이 화살처럼 내달리고 있었다. 출발은 아주 순조로웠다.

"어? 어? 그런데 어느 쪽으로 가야 하지?"

막상 출발은 했어도 어느 방향으로 달려야 할지 몰라 망설여졌다. 내가 갈 곳은 북쪽의 강릉이지만, 어느 쪽이 북쪽이고 어느 쪽이 남쪽인지를 분간할 수 없었다. "아뿔싸 나침반!" 요양원 탈출에 나침반까지 필요하리란 생각은 미처 하지 못했다. 나침반을 확보하지 못한 불편은 의외로 컸다. 길은 있어도 가야 할 길을 분간할 수 없어 길 위에서 허둥대야 하는 신세였다. 문제는 모로 가도 집으로 돌아갈 수 있는 게 아니었다. 이가 없으면 잇몸으로 씹어 삼킬 상황도 못 되어 당황스러웠다. 탈출은 겨우 첫발을 뗀 마당인데 시작부터 길 위에서 갈 길을 정하지 못해 헤매고 있으니 참으로 암담했다.

내가 갇혔던 요양원의 위치는 옥계면이었다. 방향만 파악되면 전혀 문제 될 게 없었지만 그게 그렇게 간단치 않아 애를 태웠다. 해안도로 초입의 이곳도 분명 남편과 몇 번 지나쳤을 곳이었다. 하지만 왠지 사방이 어설펐다. 나를 이렇게 길치로 만든 건 남편의 책임이 크다. 생전의 남편은 내가 차에 오를 때마다 얌전히 앉아 있으라고만 했고 나는 거부감 없이 따랐었다. 그런 남편은 어디든 나를 잘 데려다주어 굳이 방향 같은걸, 신경 쓸 필요가 없었다. 새삼 남편의 그늘이 아쉬웠다. 하긴 남편이 살아있었다면 이렇게 어쭙잖은 치매 환자로 몰려 요양병원에 구금되는 곤욕을 치르지는 않았을 일이나.

설사 치매인들 어떠하랴. 알뜰히 돌봐줄 남편이 있는데 그게 무슨 상관일까. 국민적 평균 수명을 다하지 못하고 세상을 뜬 남편이 야속했다. 남편은 온몸을 기대어도 든든한 사람이었다. 이미 떠나간 사람을 두고 아쉬워한들 이제 무슨 소용인가.

길 위에서 허둥대고 있을 즈음, 바다에선 일출이 시작되고 있었다.

해변으로 좀 더 다가가 해가 떠오르기를 기다렸다. 해가 뜨는 곳이 분명 동쪽일 것이니 아침 해와 맞닥뜨린 내 가슴의 왼쪽이 북쪽이고 오른쪽이 남쪽일 터. 이제 가야 할 길은 손바닥 보듯 확연했다. 방향 설정에 의심의 여지가 없게 되자 한결 마음이 놓였다. 해가 떠오르기를 기다리며 가슴을 활짝 편 채 반듯한 자세를 취하고 있었다. 일출 시선의 바다는 불타듯 벌겋게 달아올랐고 아침 해는 바다가 펼쳐놓은 카펫을 딛고 불쑥 일어서고 있었다. 그 얼굴에선 바닷물이 후드득 떨어지고 있었다. 아침 해는 일출을 서두르느라 세수만 하고 미처 수건으로 얼굴을 닦지 못한 것 같았다.

해변에서 맞이하는 아침 해는 찬란했고 붉게 물든 바다는 황홀경을 연출하고 있었다. 일출은 그야말로 감동적이었다. 일출의 황홀경에 빠져 나도 몰래 어릴 때 부르던 동요를 흥얼거리고 있었다. "아침 바다 갈매기는 금빛을 싣고 고기잡이배들은 노래를 싣고 희망에 찬 아침 바다 노 저어가요." 동요는 그쯤에서 멈춰지고 말았다. 목구멍의 따가움이 솟구치며 눈물이 핑- 돌아 더는 부를 수 없었다. "아침 바다"는 오래전 교통사고로 세상을 뜬 딸이 즐겨 부르던 노래였다. 눈에 넣어도, 아프지 않을 딸 이었다. 지영이가 학교 앞 건널목에서 오토바이에, 치어 숨졌을 때 나는 온 세상을 다 잃은 것 같았다.

그때. 친정엄마가 눈앞에 어른거렸다. '못다 부른 동요는 엄마에게 불러 드려야지.' 하고 마음먹었다. 엄마는 육남매의 막내인 나를 끔찍이도 아끼며 사랑했다. 엄마는 6.25 전쟁 당시 포탄이 비 오듯 쏟아지는 와중에서도 꼭 나만 껴안고 방공호로 뛰어들곤 하셨다. 가족들로부터 면박을, 당하고도 엄마는 그다음에도 역시 그랬다. 나의, 고등학교 진학도 엄마의 고집으로 성사되었다. 사십여 가구가 모여 사는 도시 변두리 농촌에서 우리 집은 딸을 고등학교에 진학시킨 별난 집으로 소문나, 있었다.

요양원 탈출은 이번이 세 번째이다. 첫 번은 펜스를 넘다 발목을 다쳐 병원 신세를 져야 했고 두 번째는 요양보호사의 승용차 트렁크에 숨어들었다가 이틀이나 갇히는 곤욕을 치러야 했다. 승용차 트렁크 속에서는 자력으로 열고 나올 수 없다는 걸 몰랐던 탓이었다. 그 이후로도 나는 틈틈이 탈출의 기회를 엿보고 있었다. 요양보호사들은 나를 "담비"라 놀렸다. 언제 어떻게 돌변해 사람을 놀라게 할지 모른다는 것이었다. 나는 그 별명에 대해 반대도 수긍도 하지 않았다. 하지만 함께 요양 중인 할망구들은 나를 살쾡이라 불러댔다.

두 번의 실패는 사전 준비도 없이 무조건 집으로 돌아가야 한다는 초조함을 앞세운 무모함이었다. 요양원은 높이 1.8미터의 펜스가 둘러싸고 있고 곳곳에서 CCTV가 눈알을 번득인다. 그 정도의 감시망에 탈출을 포기할 내가 아니었다.

할망구들은 그런 내게 괜한 분란을 일으켜 요양원의 분위기를 망친다며 나무랐고 중증 치매 환자로 몰아세웠다. 아니라고 우기면 우길수록 쏘아대는 분위기는 사나웠다. 다리가 부러져도 정신을 못 차리고 차 트렁크 속으로 기어드는 게 어디 제정신이냐는 것이었다. 고약한 분위기를 잠재워보려 유독 되바라지게 헐뜯던 경득 할망구의 머리끄덩이를 잡아챘다. 하지만 되레 페대기를 당하고 말았으니 그런 시비는, 아니함만 못했다.

두 번의 탈출 실패를 통해 절실히 깨달은 것은 장비의 필요성이었다. 탈출 장비는 가볍고 부피가 작으면서 용도는 다양한 것이어야 했다. 특히 신속하게 이동할 수 있는 개인형 장비가 필요했다. 그런 장비를 확보하지 못할 경우, 설사 요양원에서 탈출한다 해도 추격자들을 따돌릴 수 없기 때문이다. 버스와 같은 대중교통은 탈출 도중 덜미를 잡히기, 십상이며 길을 걷는 것 역시 붙잡아가도 좋다는 신호와 다를 게 없는 것이다. 개인형 이동장비는 꼭 필요한 탈출 도구였다.

핸드폰을 뒤져 찾아낸 게 전동킥보드와 인라인스케이트였다. 전동킥보드는 시속 25km까지 달릴 수 있어 속도감은 충족시킬 수 있었다. 하지만 덩치가 너무 커 소장은 물론 민니의 어려움 때문에 포기해야 했다. 결국, 최종적으로 결정된 것이 인라인스케이트였다. 인라인스케이트는 전동킥보드보다 속도는 느려도 부피가 작아 취급이 편리하고 소장도 수월해 탈출 장비로선 안성맞춤이었다.

문제는 원장을 설득하는 것이었다. 요양원 구조상 원상 허락 없이는 아무것도 취득할 수 없게 돼 있다. 원장의 성향은 위험한 건 질색이다. 첫째도 안전 둘째도 안전인 그녀가 인라인스케이트 취득을 허락할 리 만무다. 게다가 내겐 두 번이나 탈출을 시도한 요주의 딱지가 붙어 있었다. 그렇다고 탈출을 포기할 순 없었다. 포기는 곧 영화 빠삐용에서 "드가"처럼 영어의 몸으로 생을 마감하는 것이어서 절대 용납할 수 없는 것이었다.

원장은 설득보다 마음을 사로잡는 것이, 훨씬 수월할 것 같았다. 스스로 요양원의 일부가 되고 요양원이 곧 나처럼 보이도록 처신하는 방법을 생각했다. 차분히 실천에 옮기고 있었다. 얽히고설킨 규제를 순한 양처럼 이행하고 거동이 불편한 동료 노인들의 부축도 마다하지 않았다. 바닥에 떨어진 휴지도 줍고 내부 생활 비품 정리도 솔선했다. 요양보호사들의 반응은 가히 폭발적이었다. 그런 것들이 원장에게 일일이 전해지길 바랐고 또한 그렇게 전해지고 있는 눈치였다. 그러나 할망구들의 눈썰미는 여전히 달라지지 않고 있었다.

"저년이 어쩐 일이래?"

"뭐가"

"살쾡이가 갑자기 순한 양이 되었다니까."

"또 무슨 꿍꿍이 속셈인지 금방 드러날 테지"

그깟 것들 하며 어느 때보다 몸가짐을 단정히 했다. 또한 사람과 사람 사이에서의 원천적 소통 매개체는 돈이라는 사실도 간과하지 않았다. 내게는 공무원으로 퇴직한 남편의 연금이 배우자 몫으로, 매달 통장에 입금되고 있고 남편이 아파트를 주택연금에 가입해 놓아 매월 칠십만 원이 들어와 자금은 비교적 여유로웠다. 그것으로 우호 세력 매수 작전을 펼치기로 마음먹었다. 요양보호사들을 대상으로 포섭해 나갔다. 아이스크림이나 초콜릿, 찹쌀 도넛 맛에 익숙해 있는 그녀들에게 달콤함을 조달하는 공세는 시작부터 성공적이었다.

분위기가 무르익을 즈음, 원장에게 인라인스케이트가 하체 근육 증진에 적격이라며 그 필요성을 설명했다. 하지만 원장은 듣는 둥 마는 둥 했다. 그동안 애쓴 보람이 무위로 돌아가는 것 같아 아쉬움이 컸다. 게다가 우호적일 거라 여겼던 요양보호사들의 이중적 태도는 정말 실망스러웠다. 앞에선 말귀를 맞추면서도 돌아서면 '노망이 도를 넘는다느니, 치매가 별 건가. 그게 바로 치매지' 하는 얄팍한 뒷담화가 얄미웠다.

그냥 물러설 수도 그렇다고 달리 대처할 방도도 마땅치 않아, 고민이었다. 생각다 못해 원장에게 대놓고 졸랐다. 원장은 요지부동이었다. 어쩔 수 없이 에이스 카드를 꺼내 들어야 했다. 식음을 전폐하며 자리에 누웠다. 요양보호사들이 죽을 쒀와도 거들떠보지 않았고 떠먹여도 입을 다물었다.

"노인은 굶으면 체력이 급격히 떨어지는데"

"그러게. 벌써 3일 째야."

단식 농성은 요양보호사들의 관심을, 모으기에 충분했다. 단식 닷새째에 이르자 원장은 당황하는 표정이 역력했고 구급차까지 대기시키는 등 만약의 사태에 대비하느라 부산을 떨고 있었다. 원장이 그렇게 요란을 떨어대는 것은 내가 소중해서가 아니다. 원장에게는 환자가 돈이다. 요양원은 의탁 노인을 돈으로 산정하고 있다. 원장은 내가 잘못되는 날에는 매월 육십오 만원의 환자 본인 부담금과 이백삼십여 만 원의 정부지원금이 날아가는 거다. 해결 방법은 손바닥 보듯 뻔했다. 원장은 나를 살려야 하고 나는 개인형 탈출 장비를 거머쥐는 것이었다. 단식투쟁 일주일에 이르자 원장은 결국 항복을 선언했다.

"인라인스케이트는 위험하잖아요."

"그런 걱정은 붙잡아 매셔. 집에서도 탔으니까."

"탈 줄 알아요?"

거짓말도 서슴지 않았다. 매일 인라인스케이트를 타고 강릉 남대천 변을 오르내렸고 마트도 다녔다고 둘러댔다. 원장은 마지못해 다치는 건 책임질 수 없다는 각서를 받고서야 인라인스케이트 구입을 허락했다. 탈출 준비물 제1호는 그렇게 확보되었고 접이식 칼과 손목시계, 선글라스도 차례로 챙겨 놓았다. 접이식 칼은 과일을 깎아 먹을 때 과도는 무섭다며, 성격이 좋아 보이는 요양보호사를 구슬려 구한 것이었고 손목시계는 새벽에, 눈뜰 때마다 벽시계가 너무 멀어 시간을 알아보기 어렵다고 귀가 따갑도록 투덜거렸다. 선글라스 역시 햇빛에 노출될 때마다 눈이 쓰리다는 하소연으로 손에 넣을 수 있었다. 소화제와 설사약 같은 상비약은 툭하면 아프다고 떼를 써 조금씩 아껴두었고 미숫가루는 입맛이 없을 때 식사 대용으로 먹겠다며 챙겨놓은 것이었다.

내가 탈출 장비를 하나씩 확보해 가는 사이 원장은 원장대로 엉뚱한 계획을 벌이고 있었다. 나와는 한마디 상의도 없이 인라인스케이트 시범 이벤트를 준비하겠다고 했다. 나는 고사했지만, 원장은 강경했다. 노인들에게 도전 정신을 고취하기 위한 이벤트라고 우겨댔다. 탈출 장비들을 어렵게 확보한 만큼 대가도 톡톡히 치러야 할 판이었다. 사실 나는 인라인스케이트를 한 번도 타본 적이 없다. 인라인스케이트를 신고 일어서기나 할 수 있을지 걱정이 태산이었다. 자신이 없다며 거듭 고사했지만, 원장의 의지를 꺾을 수 없었다.

"골목을 누볐다면서요."

"오래된 일이라"

차마 거짓말이었다고 말할 수 없어 버벅거렸다. 인라인스케이트 이벤트는 가뜩이나 무료했던 노인들에게는 새로운 볼거리였으며 특별한 관심사였다. 요양원 건물 벽에는 "인라인스케이트 시범대회"의 현수막까지 내

걸렸고 노래방에 비치돼 있던 확성기를 대회장으로 옮겨놓는 등 원장의 이벤트 준비는 빈틈이 없었다. 누이들은 마당에 들러앉았고 나는 이필 수 없이 인라인스케이트를 신어야 했다. 할망구들의 시샘은 변함이 없었다.

"담비는 무슨. 살쾡이지."

"살쾡이 놀아나는 꼬라질 내 눈으로 봐야 한다니 원."

"자빠져 대가리나 깨지라고 빌까. 흐 흐"

관중석의 깐족대는 잡음에도 신경 쓸 겨를이 없었다. 잔뜩 겁먹은 나는 잡담으로 흐트러진 분위기가 되레 고마웠다. 원장이 나를 골탕 먹이려고 이벤트를 기획한 게 아닐까 싶어 원망스러웠다. 거짓말의 대가는 컸다. 그래도 이벤트 개최 의도를 설명하는 원장의 어투는 진지했다.

"나이가 들면 누구나 무기력해지기 마련입니다. 그러나 담비님은 팔순의 연세에도 무기력을 뛰어넘는 도전 정신을 발휘하고 있습니다. 단비님은 요나스 요나손의 소설 "창문 넘어 도망친 100세 노인"에 비교되어 전혀 부족함이 없는 용기를 지니셨습니다. 그런 점은 우리가 본받아 마땅합니다. 그럼. 지금부터 인라인스케이트 시범이 있겠습니다. 단비님 시작하시죠."

여고 시절 스케이트를 탔으니 설마 일어서기는 할 테지 했다. 하지만 그게 아니었다. 빙판 위의 스케이트와 바퀴 달린 인라인스케이트는 정지 자세부터 달랐다. 엉거주춤 일어시기는 했다. 하지만 뒤뚱거리는 몸을 주체할 수 없었다. 기랑이가 꽉 밀어지며 엉녕방아를 찧고 말았다. 다시 일어나려다 이번엔 곤두박질치고 말았다.

"담비님 파이팅!"

"힘내 힘내."

요양보호사들의 격려는 채찍이었고 관중 속 할망구들의 비웃음과 야멸찬 박수는 화살이었다. 인라인스케이트는 한 걸음도 나가지 못한 채 이마엔 주먹만 한 혹이 불거졌고 이벤트는 중단되었다. 요양원 앞마당은 조소와 야유로 들끓었다. 모욕감에 사로잡힌 나는 한동안 얼굴을 들지 못했다. 원장은 인라인스케이트를 회수해야 한다고 압박했다. 하지만 나의 의지는 확고했다. 잠자리에 들어도 인라인스케이트를 껴안고 자고 화장실에 갈 때도 들고 다니는 실력 행사로 장비만은 어렵게 고수할 수 있었다. 할망구들의 따가운 눈초리와 경박한 손가락질은 수그러들 기미가 없었다.

"거봐. 꼬락서니를 모르고 날뛰다 제 눈 찌른 거지. "

"저년은 그냥 고양이가 아니라 도둑고양이야 도둑고양이."

못 들은 체하며 무시하고 외면했다. 대신 두고 보라며 마음속으로 별렀다. 밤마다 인라인스케이트 연습에 골몰했다. 시선이 뜸한 이른 새벽과 늦은 한밤을 택해 연습을 거듭했다. 연습 도중 고꾸라져 울기도 많이 울었다. 신음조차 낼 수 없는 차가운 흐느낌의 연속이었다. 멍 자국으로 몸은 성한 곳이 없어도 마음의 동요는 결코, 없었다. 달포 만에 몸을 가눌 수 있었고 마음먹은 대로 전진할 수도 있었다. 지금의 실력은 제법 잘 타는 아이들 수준에 이르렀다고 자부할 수 있다.

탈출의 급박함도 깜박한 채 일출의 황홀경에 빠져 있었다. 파도는 나더러 빨리 떠나라고 연신 손을 내젓는다. 정신을 추슬러 가슴팍의 왼쪽을 향해 힘차게 인라인스케이트를 저었다. 마음은 이미 집 앞이었다. 인라인스케이트의 속도는 예상했던 대로 상당히 빨랐다. 몸은 금세 헌화로와 맞닿았고 기암괴석이 갈 길 바쁜 눈길을 붙잡고 늘어졌다.

넘실대는 파도는 해안도로를 넘지 못해 안달이고 손을 맞잡은 바위는 파도를 막느라 가쁜 숨을 몰아쉬고 있었다. 파도는 하얀 물거품을 토하고 암석은 부서진 거품으로 몸매를 단장하느라 분주하다. 바다는 언제나 맑고 푸르렀다. 남편은 언젠가 이곳을 지나며 수로부인과 헌화로에 얽힌 설화를 들려주었다. 수로부인이 사람이 오를 수 없는 절벽의 꽃을 탐하자, 황소를 몰고 가던 노인이 절벽에 올라 꽃을 꺾어 부인에게 바치면서 헌화가를 불렀다고 하여 이곳을 헌화로로 불린다고 했다. '남자들이란 허리가 꼬부라져도 여자라면.. 쯔쯔'

인라인스케이트에 가속도를 붙였다. 요양보호사들이 출근하면 나로 인해 야단법석일 것이니 최대한 멀리 달아나야 했다. 인라인스케이트를 확보하지 못했다면 탈출은 애초부터 불가능한 일이었다. 요양원 탈출은 회단계부터 낮에는 행동을 자제하는 대신 본격적 이동은 밤으로 정했었다. 한밤의 이동을 위해 핸드폰 랜턴 사용까지 익혀둘 정도로 나침반만 빼면 탈출 준비는 사실 완벽했다.

헌화로는 평지여서 이동이 수월했다. 하지만 심곡리를 지나 정동진으로 이어지는 길은 가팔랐다. 인라인스케이트도 벗어들고 타박타박 도로를 걷는 발걸음은 정말 답답했다. 마음은 저만치 앞서는데 몸은 여전히 제자리여서 애를 태웠다. 해는 중전에 이르렀고 오가는 자동차도 늘어나고 있었다. 차가 지나갈 때마다 선글라스와 마스크를 쓰고도 얼굴을 숙여 노출을 피하려 애썼다.

발걸음은 한없이 지체되고 있었다. 역시 나이는 숨길 수 없었다. 고갯미루에 올라섰을 내는 손목시계가 오전 10시를 가리키고 있었다. 그 시각이라면 요양원의 추격은 이미 시작되었을 터. 한낮에 도로를 걷는 건 지극히 위험했다. 얼른 야트막한 소나무 숲속으로 찾아들었다. 도로와 되도록 떨어진 숲속에 지리를 잡고 몸을 웅크렸다. 머리가 어지럽고 다리까지 나른 해지며 졸음이 눈싸풀을 누르고 있었다. 눈을 뜨고 있어도 천근만근 무거웠다.

수색견을 앞세운 추격대가 나를 바짝 뒤쫓고 있었다. 개들은 연신 짖어 댔고 컹컹거리는 날카로움은 신경을 곤두세웠다. 원장은 연신 깃발을 흔들며 쫓고 있었고 요양보호사들은 저미다 횃불을 치켜들었다. 할망구들은 몽둥이를 든 채 숨을 헐떡거리며 달려오고 있었다. 잡히는 날에는 물골이 나고 말 일이었다. 뛰었다. 무조건 뛰고 보았다. 목표가 따로 있을 리 없었다. 소나무 숲을 요리조리 빠져나갈 뿐이었다. 앞을 막으면 옆으로 틀고 옆을 포위하면 미꾸라지처럼 그 사이로 빠져 달아나고 있었다.

"잡아라. 빨리 저년을 잡아."

"저런 년은 잡아서 물골을 내야 해. 절대 놓치지 말라"

분노에 찬 할망구들의 날카로움이 고막을 쑤시고 들었다. 추격대는 소나무 숲길에 그물을 쳤고 도로 곳곳은 추격대 차량이 붙박이처럼 길목을 지키고 있었다. 아무리 발버둥 쳐도 빠져나갈 구멍은 없었다. 전신은 땀으로 흥건했고 숨소리가 하늘을 찔렀다. 추격대는 나무그루터기에 걸려 곤두박질친 내 뒷덜미를 낚아채 밧줄로 내 전신을 묶었다. 발목에는 쇠고랑이 채워졌다. 내 모습은 빠삐용이 탈출로에서 체포된 것과 너무나 닮은 꼴이었다.

할망구들은 내게 손가락질과 야유를 퍼부었고 요양보호사들이 휘두른 채찍에 내 몸은 갈기갈기 찢어지고 있었다. 나는 비명을 질렀고 할망구들은 기뻐 만세를 부르며 날뛰었다. 몸이 승용차 트렁크에 짐짝처럼 던져졌고 나는 소스라쳐 잠에서 깨어났다. 꿈속에서 얼마나 발버둥 쳤던지 사지가 흐느적거리고 얼굴은 눈물로 범벅을 이루고 있었다. 가슴을 쓸어내리며 조심스레 주변을 살폈다. 숲속은 적막하리만큼 조용했고 노을이 살포시 내려앉고 있었다. 소나무 숲 사이로 파고드는 솔바람이 싱그러웠다.

　나는 지금도 요양병원에 갇혔던 악몽에서 벗어나지 못하고 있다. 요양병원에서도 정신병동은 악명이 높았다. 나는 그런 정신병동에 갇혔었다. 병동은 철장으로 차단되었고 보호사들의 고압적인 행태는 살벌했다. 그들은 환자를 돌보는 요양보호사라기보다 저승사자였다. 정신병이 도져 반항하는 환자는 무조건 몽둥이찜질로 제압했다. 거친 욕설과 무자비한 폭력으로 병동은 지옥과 다름없었다.

　요양병원은 죽어야만 나갈 수 있는 곳이었다. 입원환자들의 사망은 일상이 되어 있었다. 어떤 날은 한꺼번에 너덧 명이 죽어 나가기도 했었다. 병세가 악화하여 죽고 멀쩡한 사람은 맞아 죽는, 경우도 있었다. 칠순의 한 할아버지는 어느 날. 빠끔히 열린 철장 사이를 비집고 달아나려다 덜미를 잡혀, 심한 매타작을 당하고 있었다. 하지만 말리는 사람은 아무도 없었다. 노인은 짐짝처럼 질질 끌려 나간 후, 다시는 그 모습을 볼 수 없었다. 우리는 입원환자가 새로 들어올 때마다 죽어 나갈 시체가 또 한 구 들어온다고 비아냥거렸다.

　"또 하나 와."

　"뭐가?"

　"죽어 나갈 시체지 뭐긴 뭐야."

　인권은 무자별적 폭력 앞에 부릎을 꿇었고, 환자에게 지급되는 치료 약은 소화제와 수면제가 전부였다. 나도 그렇게 죽겠구나 싶어 항상 불안했다. 삶과 죽음의 경계가 허물어진 곳에서 삶의 가지는 아무런 의미가 없었다. 어차피 죽어야만 한다면 이렇게 죽을 것인가를 생각해 보았다. 그러나 어떤 죽음도 결코 아름다운 것은, 없었다.

사람이 죽어 나갈 때마다 죽음을 두려워하지 말라고 스스로 다독이면서도 죽음에 대한 극도의 공포감을 본능으로 다스릴 수 있는 문제는 아니었다. 삶의 주도권이 본인에게 있는 것이 아니라 요양병원이 틀어쥐고 있는 게 억울했다. 때론 눈물짓고 때론 분노했지만 대안은 없었다.

나의 요양병원 입원은 누군가에 의한 실수였다. 그게 아니고서는 도저히 일어날 수 없는 일이기 때문이다. 내게는 어미를 돌보기 싫어 요양병원에 떠넘길만한 자식이 있는 것도, 그렇다고 유산이 많아 재산을 탐낼만한 시댁 친척들이 있는 것도 아니었다. 내게 왜 그런 불행이 덮쳤는지를 한탄하며 재심도 청구했지만, 기대했던 답변은 끝끝내 들을 수 없었다.

하늘이 무너져도 솟아날 구멍은 있었다. 코로나바이러스가 구세주였다. 입원환자 가운데 열여섯 명이 코로나 확진자로 판명되었고 그중 다섯 명이 사망하자 병원은 폐쇄되었다. 코로나의 위력은 상상 이상이었다. 평소 그토록 많은 사람이 죽어 나가도 끄떡없던 병원이 코로나19 바이러스 앞에선 바람 앞의 촛불이었다. 당국은 환자를 인근 요양원으로 분산시켰다. 그때 나는 집으로 돌아가겠다고 애걸했지만, 놈들은 나를 뭉개며 요양원으로 이송해 버렸다.

그 이전까지 코로나바이러스가 나와 무슨 상관이려니 했다. 코로나바이러스는 나와 절대적 상관관계였다. 나를 요양병원의 지옥에서 구해준 코로나19 바이러스에 깊이 감사했다. 코로나바이러스가 창궐할 당시 나는 어쩔 수 없이 마스크를 쓰긴 했지만, 바이러스를 사멸시키는 손 소독제는 기피하며 사용하지 않았다. 나마저 코로나바이러스를 사멸시키는 일에 동참하는 건 배신행위일 것 같아서였다.

땅거미가 내려앉을 때까지 소나무 숲속에 몸을 숨기고 있었다. 그때까지도 추격자들의 모습은 눈에 띄지 않아 다행스러웠다. 자리를 털고 일어나 인라인스케이트를 지치자, 봄이 빠르게 전진하고 있었다. 정동진을 거쳐 4km쯤 더 가면 엄마 묘소에 도착할 수 있다. 탈출에 성공하면 꼭 한번은 들러볼 생각이었다.

엄마를 보겠다는 마음에 발길이 한층 가벼웠다. 의식적으로 국도가 아닌 구도로와 농로를 택했다. 인라인스케이트는 시멘트 포장길에서도 그 진가를 발휘하고 있었다. 무엇보다 인적이 뜸해 편하게 달릴 수 있었지만, 조심스러웠다. 인라인스케이트를 타고 달리는 할멈의 모습이 주민들의 눈에 띄면 그냥 시나치지 않을 일이었기 때문이다. 꼴불견이라며 경찰에 신고할 수 있는 일이어서 최대한 몸을 낮추었다.

어둠이 무겁게 내려앉은 한밤, 엄마의 묘소에 다다를 수 있었다. 엄마는 산자락 끄트머리에 자리 잡고 있다. 묘소 앞은 농경지가 파노라마처럼 펼쳐져 있고 멀리 바다까지 볼 수 있는 야트막한 언덕이다. '엄마'하고 소리치자, 엄마는 딸을 반기면서도 한편으로는 걱정스러운 눈빛이었다. 모녀의 상봉은 얼싸안은 채 눈물을 쏟는 것이었다.

"귀한 우리 딸 왜 이리 밤이슬 맞고 다녀?"

"오늘 밤. 엄마랑 지내려고요."

"에고. 내 딸 사는 게 얼마나 힘들면 얼굴이 이렇게 반쪽이냐."

딸의 울음을 씻을 버시듯 했고 등을 토닥이는 엄마의 손은 가늘게 떨리고 있었다. 모녀의 흐느낌이 어둠 속으로 촉촉이 녹아든 밤이었다.

"잘 왔다. 내 새끼. 그동안 밀린 이야기 맘껏 풀어놓자."

모녀의 울고 웃는 이야기꽃은 밤이 이슥토록 이어지고 있었다.

"엄마. 동요 한 곡 불러줄까?"

"풍딴지같이 이 밤 중에 웬 노래?"

"한번 들어봐. 아침 바다 갈매기는 금빛을 싣고 고기잡이배들은 고기를 싣고. ."

목젖이 입천장에 달라붙어 더는 부를 수 없었다.

"왜 그래?"

"지영이가 그리워서 견딜 수 없어."

"그렇겠지. 그 애가 있어야 든든한 버팀목이 될 텐데."

"엄마는 마지막 가시는 길에도 자식들에게 둘러싸여 있었지만, 난 옆을 지켜줄 피붙이 하나 없거든."

"너두. 죽는 걸 걱정할 때가 된 모양이구나."

"엄만. 내 나이가 몇인데."

차마 그동안의 궤적을 다 까발릴 수 없어 굴곡진 일상들은 이리저리 돌려 대야 했다. 그 밤은 두고두고 잊을 수 없는 추억으로 간직될 일이었다.

새벽녘. 집으로 돌아갈 채비를 서둘렀다. 엄마는 힘내라고 격려했고 나는 몇 번이나 허리를 굽혀 엄마의 안녕을 고하면서도 맞잡은 손을 놓지 못하고 있었다. 걸음을 내딛다가도 못내 아쉬워, 돌아보고 또 돌아보며 결국 뒷걸음질로 발걸음을 옮겨야 했다. 집으로 돌아가는 길도 전날같이 외딴길로 돌고 도느라 시간은 많이 지체되고 있었다. 해 질 녘쯤에야 어렵게 아파트 앞에 설 수 있었다. 하지만 곧바로 문을 열고 들어가는 건 위험했다. 아파트 주변에 추격자들이 배치되었을지 몰라 날이 더 어두워지길 기다렸다. 어둠이 내려앉을 때까지 기다려도 추적의 낌새는 감지되지 않고 있었다. 그게 이상했지만, 그래도 다행스러웠다. 요양원 측이 귀찮아 아예 나를 사망으로 처리한 건가?

재빨리 엘리베이터로 다가가 몸을 던지듯 올랐다. 엘리베이터를 607호

앞에 세웠다. 607호는 남편과 함께 23년을 살던 정든 집이다. 주변을 다시 한번 살핀 후 손때 묻은 출입문 앞에 다가섰다. 가슴이 두근거렸다. 하지만 그것도 잠시 비밀번호가 기억나지 않아 애를 태웠다. 한참이나, 서성거리다 전화기에 입력해 놓은 게 떠올라 어렵게 6077번을 눌렀지만, 문은 열리지 않고 있었다. 번호를 잘못 눌렀나 싶어 재차 눌러도 문은 열리지 않고 있었다. 손가락이 튕기듯 신경질적으로 꾹꾹 누르고 있을 때 문이 제풀에 열리면서 빼꼼히 얼굴을 내민 문틈으로 째려보는 여편네의 눈초리가 매서웠다.

"누구신데 님의 집 번호를 자꾸 누르세요?"

여편네는 되레 당당했다.

"이 집 주인인데 아줌마는 누구요?"

"주인이라니요. 이 아파트는 우리가 사는 집인데요"

"주인도 몰래 남의 집에 들어와 살면서 당당하니 원."

"뭐 이런 할머니가 다 있어. 우리는 주택금융 공사와 계약해 입주했거든요."

여인은 귀찮다는 듯 문을 쾅 닫아버리고 만다. 멍하니 문고리만 바라보고 있어야 했다. '새파랗게 젊은 년이' 하면서도 일단 자리를 떴다. 큰소리를 내며 문제를 일으키다가는 추격자들의 먹잇감이 되는 것이어서 조용히 물러서야 했다. 아파트 뒷산으로 올라가 숨을 숨긴 채 뜬눈으로 날이 밝기를 기다렸다. 다음날 직장인들의 출근 시간에 맞춰 주택금융 공사 직원에게 전화로 거칠게 항의했다. 담당자는 화재로 인한 수리비를 건지기 위한, 조치였다고 설명했다.

"화재라니요?"

"할머니께서 음식을 조리하시다 불을 냈잖아요. 큰불이 아니었기에 망정이지 아파트 전체로 번졌으면 어쩔 뻔했어요. 그것도 한두 번이 아니었잖아요. 그 때문에 아파트 입주자들로부터 요주의, 인물로 지목돼 노인 요양병원에 강제로 입원 조치 된 것이데요. 주인이 없으니 어쩝니까. 수리하는 우리가 하는 수밖에요. 수리비는 전세금으로 대체한 거고요."

직원의 설명은 전혀 앞뒤가 맞지 않는 것이었다. 내가 집에 불을 냈고 아파트 입주자들로부터 요주의, 인물로 지목되었다니! 기억에도 없고 이해할 수도 없어 악몽을 꾸는 느낌이었다. 아무리 되짚어 봐도 얼토당토않은 소리였다. 그중에도 하나만은 집히는 게 있었다. 요양병원 강제 수용이었다. 못돼먹은 것들' 이웃사촌이 아니라 원숫덩어리들이다. 더러 냄비를 태우긴 했다. 그런 건 건망증이지 그게 무슨 치매인가! 건망증이 요양병원에 끌려가는 요건이라면 지금의 요양병원을 수천 개도 더 늘여야 할 일이다. 어느 것, 하나 수긍할 수 없고 믿기지도 않았다. 홧김에 '요망한 것' 당장 쫓아낼 것이라며 아파트로 다시 달려가 초인종을 거칠게 눌러댔다.

"할머니 지금 뭐 하는 거예요?"

"이런 뻔뻔한 것 좀 봐"

"할머니 왜 그리 못 알아들어요. 치맨가?"

"뭐? 나더러 치매라구. 뭐. 이딴 년이, 다 있어"

전세 입주자는 다급히 112를 돌리고 있었다

"여기요. 미친 할머니가 자꾸 찾아와 생떼를 써요."

요양병원으로 다시 끌려갈 판국이었다. 그런 지옥에 다시 끌려가는 긴 진저리나는 일이다. 갑자기 머리끝이 쭈뼛해지고 있었다. 집은 이미 내 집이 아니었고 이웃은 적으로 둔갑한 지 오래다. 내 편은 어디에도 없다. 일단 도망치고 볼 일이었다. 내 집 앞에서 줄행랑치는 처지가 참으로 한심했고 길 위에서 갈 길을 찾지 못해 허둥대는 발길이 무쇠를 매단 것처럼 무겁다. 끝

기억이 種을 잇는다

연어에겐 무엇보다 모천(母川)의 냄새를 기억하는 게 중요하다.

주어진 기간은 한 달. 기간 내에 모천의 냄새를 충분히 기억하지 못할 경우, 북태평양에서 성장해 돌아와도 모천회귀(모천回歸)는 불가능해진다. 어린 연어가 모천의 냄새를 기억해 북태평양에서 성장한 다음 고향 하천으로 돌아오는 것은 거역할 수 없는 천륜이다.

북태평양 베링해에서 4년 동안 성장하여 고향 하천으로 돌아와 후대를 이어가는 것은, 연어의 운명이며 삶의 전부이다. 연어는 그런 기억력 하나로 지금까지 종(種)을 유지할 수 있었고 번성의 기틀을 다져왔다. 연어의 기억력은 그 어떤 어류도 따를 수 없는 특별함의 타고난 DNA이다.

우리는 이제 이런 치어다. 양양 내수면 연구소에서 부화해 양양 남대천에 방류된 지 일주일도 안 된 몸길이 5센티미터 안팎의 어린 연어다. 비록 어려도 활동성 하나만은 타의 추종을 불허할 만큼 왕성하다. 올해 양양 내수면연구소에서 인공부하 돼 남대천 하구에 방류된 치어는 8만여 마리. 이 가운데 대표성으로 선정된 0.5%는 한국의 국적이 표시돼 있다. 우리는 한국 국적임을 자랑스럽게 여기고 있다. 국직 표식은 양양 내수면연구소가 인공부화 실적을 각국에 알리기 위해 배지느러미 끝을 자른 것.

연구원들은 홀수 해는 왼쪽을 짝수 해는 오른쪽을 조금씩 자른다. 올해는 홀수여서 왼쪽 배지느러미가 잘려있다. 그것으로 헤엄치는 데는 전혀 지장을 받지 않는다. 5월의 하늘은 청명하며 물은 유리알처럼 맑아 남대천의 수질은 1급수를 유지하고 있다. 어린 연어가 헤엄치고 몸을 다듬기엔 최적의 수질과 수온이다.

"친구들아. 우리 상류로 올라가 볼까?"

"OK."

"연석이가 앞장서"

"왜 '연석'이만이야 나도 있는데"

"그래 '연솔'이도 앞장서라"

입을 삐쭉이던 '연솔'이 그제야 가벼운 미소를 짓는다. '연석'은 인공 부화장에서부터 남달리 건장해 항상 무리의 선두였고 미모가 빼어나고 쭉 뻗은 몸매의 '연솔'이 역시 암컷들 가운데 눈에 띄는 아이다.

남대천 상류는 꼬리치는 치어 무리로 물 반 고기 반으로 물의 색이 검푸르게 물들 정도였다. 남대천은 어린 연어의 물장구로 시끌벅적했다. 그러나 어린 연어는 양양읍 용천리 물막이 보에서 아쉬운 발걸음을 돌려야 했다. 시멘트 보에 설치된 고기 길이 높고 물결이 거세어 더는 오를 수 없었기 때문이다. 어류가 오르내리는 어도가 되레 물고기의 발길을 가로막아 치어들은 기가 막힌다는 표정들이었다. 용천리 어도는 각진 데다 구간 간의 간격이 좁아 큰 물고기들만 어렵게 오를 정도다. 어류의 눈높이로 설계되어야 할 어도가 사람의 눈대중으로 설계 제작된 탓이다.

결국 치어의 1차 상류 물길 탐험은 거기에서 멈춰야 했다. 좀 더 성장한 후에나 상류 탐험이 가능할 것 같아 탐험은 그쯤에서 뒤로 미뤄야 했다.

하지만 탐험을 포기할 수는 없었다. 치어들은 그다음 날도 상류 탐험을 포기하지 않았다. 여러 차례의 도전 끝에 상류 탐험은 여섯 차례나 실시되었다. 치어의 상류 탐험은 물길을 알아내고 수질을 파악하는 작업이다. 물길 탐험은 그 정도로 바닥의 형태와 흙냄새는 물론 풀 한 포기도 알뜰히 살펴 기억해야 하는 회귀를 위한 습득의 과정이다. 그것도 치어 시절. 딱 한 달간이라는 정해진 기간이었다. 우리는 남대천 물길을 샅샅이 뒤졌고 곳곳의 흙냄새와 물 냄새를 꼼꼼히 기억해 두었다. 곳곳의 어도와 물결이 휘몰아치는 폭포들이 발길을 가로막아도, 탐험 의지를 꺾을 순 없었다. 치어 시설의 기억은 북태평양에서 성장하여 산란을 위해 고향에 돌아올 수 있는 방향타가 되는 것이다.

양양 남대천은 두 갈래로 나누어져 있다. 한줄기는 오색약수터와 양양군 서면 상류로 이어지고 또 다른 갈래는 양양읍 용천리에서 현북면 법수치리로 이어진다. 법수치리 물길은 법룡산으로 연결되고 서면 물길은 홍천군 경계 지역으로 연결돼 있다. 양쪽 물길의 상류는 어느 곳이든 우리의 놀이터로는 안성맞춤이었다. 특히 법수치리 물길은 수려한 산세와 어우러져 최고의 경치를 이루고 있었다. 우리는 그곳에서 물장구치던 추억을 잊을 수 없다. 물결은 거울처럼 맑고 바닥은 모래와 자갈이 바위들 사이를 수놓고 있었다. 산란터로는 안성맞춤이었다. 나와 연솔은 그 어떤 난관이 가로막히노 빈듯이 밈께 돌아올 것을 굳게 약속했다. 양양군 서면으로 이이지는 물길을 따라 오른 일행도 심산유곡을 흐르는 맑은 물길에 탄복했다고 입을 모았다.

남대천 상류 물길엔 은어기 서식하고 중하류엔 모래무시와 꾹저구가 터를 잡고 있었다. 은어는 덩치는 기도 이끼를 믹고 사는 어류여서 우리를 해치지 않아 정갑이 드는 물고기였나. 그러나 모래부지와 꾹저구는 달랐다.

놈들에게 언어걸리는 날에는 꼼짝없이 먹잇감이 되기 일쑤여서 조심스러웠다. 잉어과의 모래무지는 육식성으로 큰놈은 몸길이가 15센티미터에 이르고 망둥이과의 꾹저구도 물속 곤충을 잡아먹는 육식성이다 보니 항상 경계를 늦출 수 없는 것들이었다.

반면, 버들치는 성격이 온순한 어류여서 우리와는 상당히 친숙했다. 덩치 큰 버들치들은 똑갑소와 게 바위 부근에서 놀기를, 좋아했다. 하지만 우리는 깊은 물이 무서워 접근을 피한 채 버들가지 숲 부근의 어린 버들치들과 친했다. 똑갑소는 하늘로 승천하려던 이무기가 도깨비의 장난에 언어걸려 뜻을 이루지 못했다는 전설이 깃든 곳이다. 그곳은 명주 꾸리 실타래가 다 풀릴 정도로 깊다는 소리에 그곳을 지날 때마다 항상 으스스했다.

드디어 대해로 나가는 날이 밝았다.

8만여 동지는 대해로 출정할 날을 손꼽아 기다려왔다. 그동안 고향 하천의 물 향기와 흙냄새는 어느 곳이든 다 꼼꼼히 기억해 놓았다. 양양 남대천 하구의 흙냄새는 좀 텁텁하고 탁한 냄새를 풍기지만 상류의 물 냄새는 차갑고 싱그럽다. 떠나는 마당이라 우릴 괴롭히던 꾹저구와 모래무지도 굳이 악한 감정을 품을 이유는 없었다. 그들과도 서로 놀리고 도망치는 놀이로 미운 정 고운 정을 쌓았던 것도, 부인할 수 없다.

덩치가 큰 데다 날렵한 몸매를 자랑하는 은어는 잊지 못할 부러움으로 기억되고 있다. 고향으로 돌아오면 꼭 한번 키재기를 해보고 싶은 친구들이다. 고향의 물 냄새 기억 작업은 정말 뜻깊은 과정이었다. 그 물 냄새는 이역만리에서 우리를 손짓하고 인도하는 방향타가 될 것으로 믿는다.

어제저녁. 우리는 성공적 출정을 기원하는 기원제를 올렸다. 기원제에는 부모님 형상을 모셔놓고 다 함께 안녕을 기원하며 절을 올렸다. 부모님을 기리는 제에선 부모님처럼 북태평양에서 돌아와 반드시 연어의 대를 이어갈 것을 굳게 다짐하는 자리로 승화되었다. 저마다 바라는 소원은 달라도 성공적 귀향을 염원하는 마음은 똑같았다. 어떤 친구는 바다에 나가 있는 동안 건강하게 살다가 돌아올 수 있게 해달라고 빌었다고 했지만 나는 지도자답게 8만여 동료가 하나같이 건강하게 돌아올 수 있기를 간절히 기원했다. 기원제에선 반드시 그렇게 되리라는 영적 교감을 얻을 수 있었던 자리였다.

우리는 이곳에서 태어났지만, 사실 어머니는 물론 아버지도 기억하지 못하고 있다. 모두 알에서 태어나 한 번도 부모님을 만나본 적 없어서이다. 그 때문에 우리의 독립성은 남다르다. 당연히 혼자 살아야 하고 후대를 이어가야 하는 철칙을 거부할 수 없는 운명으로 받아들이고 있다.

전 대원이 출정 선상에 섰다. 8만여 동지는 보무도 당당했고 저마다 자신감이 충만해 있었다. 깃발을 높이 들어 출발이 선포되었고 일행은 기다렸다는 듯 다투며 바다로 헤엄쳐 나갔다. 우리 일행은 양양 앞바다에서 고향을 향해 다시 한번 고개를 숙였고 손을 흔들며 역동적 출정을 고했다. 그 모습에선 누구랄 것도 없이 진한 추억이 서려 있었고 반드시 돌아올 것이라는 다짐과 믿음이 용솟음치고 있었다.

바다는 역시 듣던 대로 넓고 깊었다. 망망대해의 끝은 눈이 모자랐고 그 끝은 바나와 하늘이 맞물어 있었다. 출렁이는 파도는 어린 우리를 이리저리 밀어붙여 중심 잡기가 힘들었다. 몸길이 10센티미터의 여린 체구로 파도를 헤치며 헤엄치는 것이, 생각보다 쉬운 것은 아니었다. 하지만 떠나야민 하는 운명을 거스를 수는 없기에 서마다 물결을 헤치며 한발씩 내딛는 길음은 믿음직스러웠다. 넌안을 끼고 헤엄지려 했지만, 생각과 달리 깊은 바다로 떠빌려 나가고 있었다.

"해변을 끼고 헤엄쳐"

"근디 자꾸 먼바다로 밀려가."

"파도를 타라구 파도를! 선두에 전해."

"알았어"

한참을 헤엄쳐 낙산 앞바다에 이를 수 있었다. 그곳의 해저는 온통 암반과 맞물려 있었다. 바위에는 미역과 다시마가 무성해 으스스하게 느껴지고 있었다. 그 순간 돌삼치와 놀래미가 뛰어오르며 공격하고 있었다. 동굴처럼 큰 입을 쩍 벌리고 달려드는 돌삼치는 두려움의 상징이었다. 기겁한 무리는 어쩔 줄 몰라 곤두박질치고 수면으로 솟구치며 놀란 가슴 쓸어내리는 혼돈의 도가니였다. 돌삼치가 물속에서 뛰어오르면 놀래미가 물속을 휘젓는 협동작전의 사냥은 피할 겨를이 없었다. 죽어야만 살 수 있는 다급한 상황에 몰리고 있었다.

놈들은 단숨에 서넛을 삼켜 버리는 먹성을 자랑하고 있었다. 꾹저구나 모래무지의 공격과는 사뭇 다른 상황이었다. 돌삼치와 놀래미의 공격은 재빠르고 폭력성에 도저히 갈피를 잡을 수 없었다. 놈들은 돌 틈에 몸을 숨겼다가 비호처럼 솟구치는 공격 형태여서 속수무책으로 당해야 했다. 암초가 없는 모래사장의 바다로 피하는 게 상책이었다.

"흩어져 흩어지라구."

"암초와 먼 바다로 나가. 좀 더 깊은 곳으로"

아무리 소리쳐도 생전 처음 당하는 폭력적 공격에 정신을 잃은 대원들은 혼비백산했다. 그저 이리저리 달아날 뿐 이렇다 할 출구를 찾지 못해 헤매고 있었다. 피해는 예상외로 컸다. 많은 동료가 다쳤고 돌삼치와 놀래미의 먹잇감이 되고 말았다. 정신을 추슬러 암석이 없는 모래사장으로 도망쳐 더 이상의 피해는 막을 수 있었다. 그렇다고 그대로 주저앉아 슬퍼만

할 수 없었다. 전열을 재정비해 북쪽으로 길을 텄다. 전진 속도 역시 늦출 수 없다. 적의 공격이 가해질수록 걸음을 서둘러야 한다는 생각이었다.

속초 앞을 통과하고 있을 무렵 생전 처음 보는 대형 그물이 앞길을 가로막고 있었다. 유도형 그물로 이어진 정치망이었다. 규모가 엄청나 놀라웠다. 수백 미터의 대형 그물을 돌아가는 건 체력의 한계를 드러낼 수 있었다. 그야말로 산 넘어, 산이었다. 선두 그룹에 그물의 상태를 자세히 살피도록 일렀다. 그물코가 넓어 그대로 빠져나갈 수 있을 것 같다는 통보는 더없이 반가운 전갈이었다.

"그대로 그물을 통과하라."

"알겠어. 직진한다"

그물코는 넓어도 그물망을 통과하는 것은 여간 조심스러운 게 아니었다. 선두 그룹이 통과하게 되자 곧이어 숨을 죽이고 있던 무리 전체가 차례로 그물을 빠져나갈 수 있었다. 우리는 만세를 불렀고 조상님의 음덕이라 여기며 감사했다. 북태평양으로 가는 길은 시작부터 험난했다. 그렇다고 가는 길을 멈출 수는 없는 일. 전진을 계속해야 했다. 한나절 이상을 더 헤엄친 끝에 거진 앞바다를 지날 수 있었고 새벽녘에는 저도어상에 도착하게 되었다.

저도어장에는 많은, 어선들이 횡대로 줄지어 서 있고 그 선두에는 어로 지도선이 어선들을 지휘하는 모습이 이제노였다. 마지 어상을 향한 고기잡이의 대회를 연상케 하고 있었다. 밀리 어로 한계선 근처에는 해양경찰 함정이 대기하고 있는 등 새벽 바다의 분위기가 사뭇 긴장돼 있었다.

잠시 후. 어선들은 어로 지도선의 신호에 따라 전속력으로 북쪽 어로한계선을 향해 질주하고 있었다. 달리기 시합을 연출하는 것 같아 이채로운 모습이었다. 그렇게 한창을 달린 어선들은 지마다 자리를 삽은 재 그물을 놓고 낚시를 던지며 어로 작업을 펼치기 시작했다. 해양경찰 함정은 어로 한계선 남쪽을 수시로 오가며 어선의 북상을 제지하고 있었다.

그런 어로 작업은 저도어장에서만 볼 수 있는 모습이라고 했다. 어부들은 문어를 끌어 올리며 함성을 질렀고 도미 가자미 우럭과 같은 물고기를 낚아 올리며 즐거워하는 모습이었다. 그물 가득 고기를 끌어 올리는 것을 지켜보며 이곳이 바로 소문으로 듣던 황금 어장임을 알아차릴 수 있었다.

어선은 어로한계선에서 해양 경찰의 제지를 받고 있었다. 하지만 우리는 아무런 제지 없이 여유롭게 북상할 수 있었다. 사람은 남과 북을 가르는 어로한계선을 오갈 수 없어도 어류는 그 어떤 제지도 감시도 받지 않아 여유로웠다. 남과 북의 수역이 서로 다른 점은 남쪽은 무수한 고기 그물이 설치돼 있는, 반면 북한 바다는 그런 그물이 거의 없어 이동이 한결 수월해 좋았다.

어로 저지선을 통과한 우리는 해금강에 다다를 수 있었다. 해금강은 듣던 대로 천하절경을 연출하고 있었다. 낙타봉의 진달래는 고향의 것과 비슷했지만, 색깔이 짙었고 해안 백사장을 수놓은 해당화는 해금강의 아름다움을 한층 돋보이게 만들고 있었다. 삼일포와 어우러진 해금강은 가히 절경이었다. 수면에, 떠오른 사공 바위나 칠성바위와 같은 오묘한 바위들이 눈길을 사로잡기에 한치의 부족함이 없었고 해금강 문. 해안 물상과 같은 입석들은 빼어난 경관을 펼쳐 보여 아름다움의 극치를 이루고 있었다.

수면 아래로 숨겨진 기기묘묘한 바위들은 더한층 아름다웠다. 수중 경관은 우리만 감상할 수 있는 자랑이었다. 어류로 태어난 게 자랑스러웠다. 해금강의 수중 암반과 바위가 어우러진 자태는 저절로 탄성을 자아내게 했다. 수중의 너래 바위는 사방 수백 미터에 이르고 용머리 바위와 코끼리 형상 바위는 물론 기도처 바위 등 헤아릴 수 없는 암석이 저마다 빼어난 아름다움을 자랑하고 있었다.

해금강을 뒤로한 우리는 어느덧 청진 앞 바다에 이르렀다. 그때 갑자기 난데없는 명태 떼가 몰려들고 있었다. 멀리서 간격을 좁혀 오길래 녀석들이 우리를 반기는 줄 알고 있다가 느닷없는, 공격에 혼비백산했다. 놈들은 멀리서 포위망을 좁혀왔고 포위망은 촘촘했다. 놈들은 큰 입을 벌린 채 우리를 게걸스럽게 삼키는 것이었다. 명태의 몸길이는 대부분 30센티미터를 넘을 정도였다. 그동안 우리도 10센티미터 안팎으로 성장했지만, 놈들에겐 상대가 되지 못했다.

명태는 떼를 지어 달려들었고 그 수는 헤아릴 수 없을 만큼 엄청났다. 말로만 듣던 중국 공산군의 인해전술을 떠올리게 했다. 문제는 전선이 따로 없어 더 혼란스러웠다. 선두도 후미도 놈들의 공격 목표였고 표적이었다. 우리는 그저 이리저리 피할 뿐 뾰족한 대안을 찾을 수 없었다. 놈들의 아가리에 걸리면 죽은 목숨이었고 가까스로 피할 수 있으면 천만다행이었다. 대원들의 단말마가 바다를 뒤덮었고 살려달라는 애원으로 귀가 따가울 지경이었다.

놈들의 공격은 밤낮을 가리지 않았다. 아비규환의 도가니는 4일간이나 지속되었다. 명태의 공격으로 대원의 30%를 잃고 말았다. 명태의 공격은 사할린 수역에 이를 때까지 계속되었다. 사실 명태는 그 이후에도 우릴 간간이 괴롭혀 신경이 극도로 예민해 있었다. 우린 놈들에게 쫓기면서도 두고 보자고 별렀다. 연어는 몸길이 80센티미터까지 성장할 수 있다. 우리는 성어가 되어 돌아올 때 반드시 놈들을 보복할 것임을 다짐하고 또 다졌다.

어렵게 사할린선 수역에 이를 수 있었다. 북쪽은 사할린섬 남쪽은 홋카이두 간의 수역이었다. 사할린섬의 서쪽은 아무르강 하류이고 동쪽은 오호츠크해와 연결돼 있었다. 오호츠크해 아래로는 쿠릴열도가 길게 뻗어 있는 심해였다. 해역은 통로처럼 좁았다. 라페루즈 해협과 홋카이도 간의 수역은 불과 40킬로미터로 폭이 매우 좁은 해역이어서 물살이 거세었다.

그때 갑자기 먹구름이 뒤덮이며 폭풍우가 몰아치기 시작했다. 수역이 좁은 만큼 휘몰아치는 물결은 엄청 높았다. 강풍을 타고 산더미처럼 몰려오는 파고는 생전 처음 겪는 충격이었다. 연이은 폭풍우는 몸의 평형을 유지하기도 어려웠다. 파고에 휩쓸려 어떤 대원은 목이 부러지고 허리가 동강 나는 불상사가 속출하고 있었다. 무리는 아비규환에 휩쓸려 있었지만, 폭풍우는 좀처럼 멈출 기세가 아니었다. 긴급대피 말고는 대책이 없었다. 대원들에게 긴급대피령을 내렸다.

"긴급 상황이다. 긴급 상황. 최대한 해저 바닥으로 잠수하라."

"여긴. 물길을 잴 수 없을 정도로 수심이 아주 깊다"

"그런 걸 따질 겨를이 없다. 무조건 수면 아래로."

"반복한다. 무조건 최대한 바닥으로 대피하라."

대원 모두가 신속히 수면 아래로 내려가고 있었다. 아무리 내려가도 물길은 깊었고 물결은 요동치고 있었다. 온몸이 뒤집히고 곤두박질쳐 중심을 잡기도 어려웠다. 더 깊이. 더 깊이를 외치며 해저로 잠수하고 있었다. 수심 3백 미터까지 잠수해도 물길은 여전히 거칠었다. 수압이 전신을 옥죄었지만, 어쩔 도리가 없었다.

마침. 그 바닥에는 가라앉은 폐군함을 발견할 수 있었다. 군함의 규모는 상상 이상으로 엄청나게 컸다. 전 대원이 마음 놓고 한꺼번에 들어가도 끄떡없을, 정도의 규모였다. 사막에서 오아시스를 만난 것처럼 반가웠다. 군함 바닥엔 여러 개의 드럼통이 쌓여 있었고 드럼통에는 사람의 해골이 그려져 있었지만 상관치 않았다. 상관할 만한 여유조차 없었고 그게 우리와 무슨 상관이려니 했다. 군함 속은 거친 물결이 스며들지 않아 더없이 안전한 피신처였다.

　함선은 층층 구조로 복잡했고 해골 드럼통은 주로 함선 밑바닥에 쌓여 있었다. 함선 바닥은 선발대가 자릴 잡았고 뒤늦게 피신한 지휘부는 함선 상층부에 웅크려야 했다. 함선은 곳곳이 녹이 슬어 으스스했지만, 그런 상황에선 그만한 대피장소도 우리에겐 과분해 그저 감사할 따름이었다. 우리는 폭풍우가 멎기를 기다리며 그곳에서 3일간 머물렀다. 바다는 다시 잔잔해졌고 활력을 되찾은 우리의 사기는 높았다. 전진의 속도 또한 전과 달리 한층 빨라지고 있었다. 대원들의 분위기는 어느 때보다 활기찼고 안정된 모습이었나.

　전 대원이 고향 하천을 떠난 지 석 달 만에 오호츠크해에 발을 들여놓게 되었다.

　베링해는 오호츠크해의 앞마당이나 다름없어 굳이 더 이상 이동을 서두를 까닭이 없었다. 우리는 앞으로 4년간 오호츠크와 베링해를 오가며 여유로운 삶을 누리게 될 터. 그곳은 우리가 완전히 성장할 때까지 정착할 수 있는 안식처였다. 수온도 섭씨 10도 내외로 동해안보다 차가웠지만 상관치 않았다. 연어는 냉수성 이족이어서 그런 수온이 되레 알맞았기 때문이다.

　먹잇감 확보가 걱정이었다. 안정적으로 섭취할 수 있는 먹잇감을 찾는 게 우선이었다. 이미 몸길이 30센티미터 이상 덩치가 커진 우리에게 이끼아 같은 것들로 허기를 채우기엔 어림없는 일이었다. 식성도 플랑크톤과 같은 잡식성에서 육식성으로 변한 상태였다. 덩치를 유지하려면 고단백질 메뉴여야 했다 단백질이 풍부한 다른 어류의 치어만이 장기적인 먹잇감이 될 수 있을 것 같았다. 우선 우리가 사냥할 수 있는 어류의 치어 상황을 파악해야 했고 사냥이 쉬운 새우와 같은 갑각류도 찾아봐야 했다. 대원들에게 사냥감 대상을 파악하도록 당부했다. 대원들은 수면과 수심 깊은 곳까지 두루 살펴 찾아낸 먹잇감이 명태와 청어를 비롯한 도미 우럭 가자미 치어였고 갑각류로는 새우가 주류를 이뤘다.

무엇보다 명태 치어가 충분하다는 게 반가웠다. 놈들에 대한 보복도 보복이려니와 명태 살은 부드러워 소화 흡수가 빠르고 맛도 뛰어나다. 첫 번째 먹잇감으로 명태 치어를 정했고 그다음으로 청어를 꼽았다. 도미 우럭 가자미 치어는 물론 새우도 얼마든지 널려 있다는 거였다. 대장정의 보상은 충분했다.

아침 식사 메뉴는 명태 치어로, 점심은 청어 도미 우럭 가자미 등 닥치는 대로 밥상에 올리고 저녁 식사는 명태 치어와 새우를 곁들이는 것으로, 정했다. 그렇다고 망망대해에서 그렇게 마음먹은 대로, 편하게 먹고 살 수는 없는 노릇이었다. 먹잇감 사냥이 생각대로 마냥 수월한 건 아니었다. 조류에 따라 어류의 종류가 달라질 수 있었고 어떤 조류에는 물고기가 전혀 없어 허탕 치는 날도 있었다.

그래도 베링해는 먹잇감이 넉넉한 편이었다. 모든 과제는 완전한 성장과 성숙이었다. 단백질을 넉넉히 섭취하고 충분한 휴식으로 안정을 취하면서 성장에 주력할 계획을 세웠다. 그러나 얼마 지나지 않아 다람쥐 쳇바퀴 돌듯하는 무료한 일상을 지루하게 느끼는 대원이 늘어나고 있었다. 사실 연어는 역동적 삶을 추구하는 어류이다. 사냥과 휴식만으로 반복되는 일상이 성에 찰 리 없다. 그게 문제였다. 다른 나라 연어들과 부딪치는 시비가 잦아지고 있었다.

연어는 여섯 종류로 구분되며 베링해에는 태평양 연안국 연어들이 몰려 있다. 왕연어, 은연어, 원종 연어, 시마연어, 홍연어, 곱사연어까지 무리 지어 살고 있다. 왕연어는 덩치가 커서 붙여진 이름이다. 왕연어의 체구는 최대 1미터 20센티미터까지 성장하는 대형 어종이다. 일반 연어의 평균 체장 70센티미터보다 30%나 더 큰 물고기이다.

은연어는 맵시가 있고 곱사연어는 등이 곱사등처럼 굽어 붙여진 이름이다. 홍연어는 전신이 붉은색을, 띄어 저이들은 금 연어라 떠들어 대기도 한다. 시마연어는 우리나라 계곡의 산천어와 비슷한 타원형의 반점을 두르고 있었다. 우리는 원종 연어로 불린다.

국가별 연어방류량은 러시아, 캐나다, 미국, 일본, 한국 등 5개국 순으로 나타나 있었다. 그중에서도 러시아 연어의 떼거리는 엄청난 데다 제나라 수역과 사납다는 이유로 텃세도 장난이 아니었다. 그다음이 일본, 캐나다, 미국의 순이며 한국은 아쉽게도 마지막 순위에 머물러 있었다.

한국과 일본 연어는 대부분 인공 부화된 것이지만 러시아와 캐나다, 미국은 자연부화 된 것들이 인공부화보다 더 많은 상황이다. 자연부화나 인공 부화된 연어라고 해서 크게 달라 보이지는 않는다. 체구나 외모는 별 차이가 없지만 자연 부화된 것들이 더 야성적이라는 조사 결과가 발표된 적은 있었다.

자연 부화된 러시아 연어 떼거리의 사냥 방법은 한국 연어와 달리 훨씬 잔인성을 드러내는 단면을 볼 수 있다. 그들이 지나간 자리는 쑥대밭이 되고 만다. 놈들은 먹잇감을 사냥해 그냥 삼키지 않고 물고 있다가도 수면에 패대기를 치며 가지고 놀기를 좋아하는 놈들이나.

우리는 그런 그들과의 충돌을 자세하고 있으나 더러는 한둘씩 맞붙어 싸운, 경우도 있었다. 놈들은 단결력이 부족하고 끈기가 옅어 우리의 단결력과 일당백의 투지 앞에서는 무릎을 꿇지만, 워낙 숫자가 많은 것들이라 패싸움은 피하라는 자제령을 내려놓고 있다.

대신 스포츠 경기는 빠지지 않는다. 우리는 3년마다 개최되는 북태평양 베링해 횡단 마라톤 대회와 중거리 육상대회도 참가를 준비하고 있다. 마라톤은 베링해 입주 3년 차 연어가 그 대상인데 대상자는 전원이 반드시 참가해야 하는 강제 규정이다. 대회는 속도도 중요하지만 완주가 목표이다. 진행은 4년 차 선배가 경기 전반을 지휘하게 된다.

코스는 러시아 일본 한국 연어의 경우 캄차카반도를 출발해 알류샨열도 시작점까지 6천 킬로미터를 왕복하게 되며 캐나다와 미국 연어는 알류샨열도 시작점을 출발해 캄차카반도를 돌아가는 것이었다. 한마디로 아시아와 아메리카를 횡단하는 대장정이다.

한국 연어위원회는 마라톤 우승자에게 귀향의 선두 주자로 임명하고 진선미 경진에서 우승한 암컷 연어의 진을 배우자로 맞이할 수 있는 특전을 안겨주기로 했다. 대신 완주에서 탈락한 자는 1차 연도 귀향 대열에서 제외되며 베링해 해저 수용소에서 체력 단련 훈련을 받은 후 4년 차에 재도전하여 베링해 입주 5년 차에나 귀향 대열에 합류할 수 있다. 하지만 재도전에도 실패하면 수용소에서 생을 마감해야 한다. 그것은 곧 고향으로 돌아갈 수 없고 자신의 후대를 남기지 못하는 종(種)의 단절이 전제되는 모진 형벌이다. 이 같은 조치는 한국 연어의 우성(優性) 우대 정책에 의한 것이다. 따라서 연어는 누구나 평소에도 베링해 완주를 위해 근력 운동과 체력 보강은 물론 투지와 인내력 강화에 전력을 기울이고 있다.

장거리 육상대회와 함께 중거리 육상대회 우승자에게는 마라톤, 선두 주자의 참모로 선발되는 특전이 주어진다. 중장거리 육상대회 코스도 만만치는 않다. 세인트로렌스섬에서 누니바크섬을 직행하는 백80킬로미터의 장거리이다. 중거리 육상대회는 희망자를 대상으로 선발하고 있다.

육상대회에 앞서 북태평양 5개국 심포지엄이 개최되었다. 심포지엄의 주제는 회귀설이었다. 먼저 발표자로 출연한 러시아 측 대표는 고향 하천을 떠나면서 태양에 의한 빛의 강도를 기억해 회귀한다는 태양설을 발표했고 일본은 먹이 추적설을, 캐나다는 조류 기억설을, 미국은 수온 기억설을 그리고 한국은 후각설을 각각 발표해 관심을 모았다. 후각설은 어린 연어가 한 달가량 고향 하천에서의 순화 기간에 물 냄새나 흙냄새와 같은 특이점을 기억해 고향으로 돌아온다는 설명이었다.

베링해 횡단 마라톤 경주 대회의 축포가 올려졌다.

경주는 일주일간에 걸쳐 진행되었다. 태평양 5개국 연어가 다 함께 참여하는 대회여서 선수의 숫자는 셀 수조차 없었다. 베링해는 각종, 연어들로 북적거리고 있었다.

참여 선수들의 외모도 가지각색이었다. 태평양 연합지휘부는 알류샨 열도 일곱 곳의 무인도에 마라톤 선수들에게 제공될 식량을 비축해 놓았다. 비축 식량은 대부분 청어였고 명태 치어와 북극 새우가 주류를 이루고 있었다.

드디어 한국 연어가 캄차카반도를 출발하고 있었다. 줄곧 동료들을 지휘하고 있던 나도 선수로 참여해야 했나. 나는 마음속으로 완주는 물론 우승을 노리며 시작 단계부터 속도를 높였다. 몸 상태도 최고조여서 우승을 자신할 수 있었다. 우승은 바로. 며칠 전 미인대회에서 진을 거머쥔 '연솔'을 배우자로 맞이힐 수 있다. 우승을 설대 누구에게도 넘겨줄 수 없는 나의 것이다.

어릴 때부터 미모가 빼어난 '연솔'은 성장하면서 몸매까지 잘 다듬어진 숙녀가 되었다. '연솔'은 어릴 때부터 내게 득별한 관심을, 갖고 있었다. 우승이 특권을 차지히는 것이 최대 목표였던 나는 셜 먹던 힘까지 쏠아부으면 치음부디 최신을 다해 날리고 뛰었다. 선두를 빼앗기지 않으려 신경을 곤두세웠다. 대회 이틀째도 삼 일째에도 나는 줄곧 선두를 유지하고 있었다.

숨이 차면 '연솔'이 모습을 떠올리며 속도를 높였고 힘이 달리면 단전호흡도 마다하지 않았다. 결국 나는 마지막까지 선두를 유지하며 우승의 영예를 차지할 수 있었다. 너무 기뻐 나는 외쳤다. 뛰었노라, 달렸노라. 차지했노라고! '연솔'인 내게 달려와 안기면서 기쁨의 눈물까지 흘렸다.

그것도 잠시. 우리나라의 전체 대원의 완주 결과는 최악이었다. 전 대원의 20%가 완주에 실패했다는 통보였다. 눈앞이 캄캄했다. 완주한 대원 가운데서도 상당수가 쓰러져 병원으로 이송되는 동료가 속출하고 있었다. 이미 병원으로 실려 간 동료들은 숨을 몰아쉬며 헐떡이며 죽어가고 있었다.

병원에서도 확실한 병명을 알 수 없다고 했다. 다만 임상 실험 결과 환자 대부분이 전신에 부스럼이 돋고 심지어 피부 괴사현상까지 번지며 머리털이 빠지는 증상이라고 했다. 그것은 핵물질 오염에 따른 증상과 유사하다는 통보였다. 완주한 대원 가운데서도 비슷한 증상이 번지고 있어 우리의 낯빛은 하나같이 어두웠다. 지금까지 그들은 누구랄 것도 없이 평소 건강을 자랑하며 백% 완주를 자신했지만, 결과는 참담했다.

무슨 이유일까를 곰곰이 생각한 끝에 뭔가 머리를 스치는 게 있었다. 사할린 해역에서의 폐함선 대피였다. 완주 실패자는 물론 같은 증상으로 병원에 입원 중인 동료들은 하나같이 양양 남대천을 떠나 사할린섬에 이르기까지 항상 선두 그룹이었고 그들 대부분이 폐함선 밑바닥으로 먼저 들어가 피신했었다. 그 밑바닥엔 사람의 해골이 그려진 드럼통이 꽉 차 있었다. 그것이 문제가 아닐까 싶었다. 하지만 함부로 발설할 수 없어 함구했다. 민감한 핵 오염을 들먹이다 러시아의 항의 등 국제적 망신과 같은 큰

낭패를 당할 수 있었기 때문이다.

이유도 모른 채 죽어간 동료들을 위한 합동 장례식이 올려졌다. 친구를 잃은 우리의 슬픔은 하늘을 찔렀고 소문은 북태평양 곳곳으로 번져나가고 있었다. 동료를 수장시켜야 하는 우리의 손은 사시나무 떨 듯했고 눈두덩은 눈물로 범벅을 이루었다. 함께 고향으로 돌아가자던 굳은 약속은 바람결에 흩어졌고 그들에게는 종의, 이음도 헛된 꿈으로 사그라들고 말았다.

장례식은 동료들의 권유에 따라 장례위원장으로 선임된 내가 주도하게 되었다. 나는 추도사를 통해 슬픔에 빠져 허우적이는 동료들에게 새로운 도약의 결의를 다지는 계기로 승화시키겠는 일념으로 단상에 올랐다.

"사랑하는 친구여! 그대는 우리 곁을 떠났어도 우리는 결코 당신을 떠나보내지 않을 것입니다. 반드시 고향으로 돌아가겠다던 당신의 굳은 의지를 우리는 가슴속 깊이 아로새겨 고향 하천에 고이 심어 가꾸고 영원히 기억할 것임을 다짐합니다. 이제 우리는 어떤 고난이 가로막아도 당신을 대신하여 반드시 양양 남대천에 돌아갈 것이며 종의 번영을 이뤄낼 것을 천명합니다. 우리 다 함께 맹세합시다.

"좋소"

"맹세합니다."

"만세!"

장례식장은 오히려 새로운 사보를 다지는 계기였나.

한국 연어의 슬픔은 한동안 이어졌다. 그러면서도 우린 고향으로 돌아갈 준비를 차근히 추진하고 있었다. 구급약품도 비상식량도 일찍이 챙겼다. 환자 이송을 위한 들것도 챙겨야 했다. 고향으로 돌아가기 전 한국 연어는 한편으로 나와 연술을 위한 결혼식을 추진하고 있었나. 수레는 북태평양 연안국 위원장이 추대되었고 사회는 절친 연철이었다.

주례 선생은 훌륭한 신랑 신부의 주례를 맡아 영광이라면서 그동안 한국 연어와의 교류 협력은 오래 기억될 것이라고 말했다. 또한 어느 나라 연어 들보다 긴 여정의 회귀에 신의 가호가 있기를 기원해 주었다. 결혼식 자리 에서 사회 연철은 우리 모두의 꿈이었고 바람이었던 연솔님의 행복과 회 귀하는 동안 리더의 영부인으로 모시겠다고 다짐해 기뻤다.

드디어 각국 연어의 귀향 행렬이 시작되었다. 우리는 동해로 이어지는 여정이고 러시아 연어는 극동 캄차카반도와 사할린 사이 내륙 하천과 아 무르강이었다 일본 연어는 홋카이도로 향하고 캐나다와 미국 연어는 알래 스카로 각각, 떠나게 된다.

1만 2천 리의 긴 여정을 항해해야 하는 우리의 귀향 행로는 가장 길며 험난하기로 유명하다. 내가 선두에서 지휘하기로 돼 있어 여러 가지로 마 음이 무겁고 머릿속이 복잡했다. 그나마 체장이 70센티미터 이상으로 성 장하여 다른 어종으로부터 공격당할 우려는 없었지만, 폭풍우를 온몸으로 부딪치며 헤엄쳐야 하는 험난한 행군이었다.

게다가 행렬은 총원의 20%가 환자로 구성돼 있었다. 그들은 대부분 마 라톤 대회에서 끝까지 통과는 했어도 갑작스러운 체력 저하로 인한 어지 럼증을 호소하고 있었다. 더러는 수족의 부스럼과 피부 괴사로 인해 자력 으로 헤엄치는 것도, 부담스러울 정도였다. 어떻게든 그들을 낙오 없이 고 향으로 데려가야 하는 무게감으로 걱정스러움이 이만저만이 아니었다.

병세가 심한 환자는 들것에 싫었고 조금 덜한 환자는 행렬의 중심에 배 치해 상태를 주시하도록 당부했다. 마라톤 코스를 아예 통과하지 못한 2 백여 동료는 베링해 해저 수용소에서, 진료받으며 휴양하도록 조치했다.

일단 베링해를 출발했다. 출발을 알리는 팡파르가 울려 퍼졌고 우리는 일제히 첫발을 떼었다. 코스는 오호츠크해와 사할린섬 연안을 통과해야 하는 일정이었고 그다음으로 블라디보스토크만을 거쳐 동해로 빠져나가는 코스였다.

이동은 예상보다 훨씬 지체되고 있었다. 들것으로 이동 중인 환자는 물론 병약자들이 바쁜 발목을 붙잡은 때문이었다. 그래도 이동은 멈출 수 없었다. 대신 천천히 안전하게 한 발씩 떼고 있었다. 하지만 오호츠크해를 빠져나가기도 전에 들것에 의지한 환자들의 사망자가 속출했고 사할린섬 수역에 이르자 병약자들까지도 더 이상 헤엄칠 수 없다며 제발 두고 가라고 호소하고 있었다.

지도부의 고민은 깊었다. 환자들은 이동 기간이 길어질수록 두고 가라는 호소가 높았다. 지도부도 어쩔 수 없어 비상대책회의를 열었다. 나는 그 자리에서 비로써 러시아 폐함정의 핵폐기물 오염 의혹을 제기했고 그 의견은 나뿐이 아니었다. 지도부 전원이 그렇게 짐작하고 있었다며 핵폐기물에 오염된 동료들을 아무르강으로 들여보내기로, 결정했다. 러시아의 탓이니 러시아가 책임을 떠안으라는 함축된 의미였다. 환자들과는 아무르강 하구에서 배웅하기로 했다. 가슴이 찢어지는 이별의 아픔은 눈물로 나누고 있었다. 아무르강 하구는 껴안고 울고 손잡고 흐느끼는 설움의 바다를 이루고 있었다.

"그렇게 건강하던 네가 이 모양이 되다니. 흑흑."

"그리게. 운명으로 받아들여야지 어쩌겠어."

"친구야. 나 대신 종의 번영에 헌신해 다오."

"으흐흐. 그래. 알았어."

"잘 가라. 비록 이런 몸이지만 너도 이제 할 일이 생겼나."

"할 일이라니?"

"연설"은 핵물질로 오염된 자신의, 머리와 몸통을 가르치며, 러시아에 오염물질을 퍼트리겠다고 손짓으로 표현하고 있었다. 단박에 그 뜻을 알아차린 내가 말하려 하자 그는 쉿 하며 내 입을 틀어막았다. 아무르강 토박이들이 알아차리지 못하게 하라는 당부였다. 그는 이어 신음하는 동료 모두에게 그렇게 일러 아무르강을 오명의 도가니로 만들어 버리겠다는 각오였다. 우리는 한없이 울었고 또 끝없이 한탄했다.

떨어지지 않는 발걸음을 동해안으로 향했다.

블라디보스토크를 지나 청진 앞바다를 지날 무렵. 명태 무리가 한류대를 따라 헤엄치고 있었다. 이때다 싶어 놈들에게 비호처럼 덮쳤다. 누구랄 것도, 없었다. 물고 뜯고 몸으로 부딪치며 보복전을 펼쳤다. 도망치는 놈들의 선두에 학익진을 펼쳐 일망타진했고 꽁무니를 빼는 놈들은 추격으로 패대기를 쳤다. 청진 앞바다는 한때 죽은 명태로 물길이 가로막힐 지경이었다. 보복전은 3일이나 이어졌고 일망타진된 놈들을 바라보며 앓던 이가 빠진 느낌이었다.

이후 단숨에 속초 앞바다에 이를 수 있었다. 속초 연안은 고기 그물들로 빽빽했다. 대원들은 정치망에 걸리고 3중 그물망에 걸려 허우적거리는 불상사가 벌어지고 있었다. 올라갈 때는 거의 보이지 않던 그물이 양양 앞바다까지 널려 있었다. 어부들은 우리의 길목에 그물을 치고 연어의 귀향을 기다리고 있었다. 그물을 던지는 어부들은 환호를 연발하고 있었다. 연어는 슬펐고 연어의 회귀를 맞은 어부들은 기쁨을 감추지 못하고 있었다.

"연어들이 크다. 올해는 엄청 커"

"다들 80센티미터 이상인 것 같아"

"풍어야. 풍어. 1년 내내 연어가 돌아오는 계절이면 좋겠어."

어민들의 환호만큼 우리의 피해는 컸다. 우리는 속초와 양양 수역에서만 남은 대원의 72%를 잃었다. 핵 물질 오염 환자와 명태의 공격까지 합치면 피해자는 무려 98%에 이르고 있었다. 어렵게 남대천 하구에 도착할 수 있었다. 그때까지 당도한 대원은 고작 2%에 불과했다

꿈과 희망을 안고 돌아온 귀향길은 엄청난 대가를 치러야만 했다. 종의 유지는 그만큼 어렵고 힘든 일이었다. 그만한 회귀율만으로도 연어의 종은 이을 수 있으니, 그나마 다행스러운 일이라 여길 수밖에 없는 노릇이었다. 양양 남대천에서 후대를 낳아야 한다는 결의를 끝까지 버리지 않았던 결과였다. 종의 번성을 위해 그 긴 여정을 거치며 그 많은 어려움을 겪으면서도 굴하지 않고 돌아온 우리다.

마지막 힘을 다하여 남대천 하구에 발을 들여놓았다. 추억이 담긴 물이었고 후대가 태어나 종을 이어갈 고향 하천이었다. 남대천에서 다시 헤엄칠 수 있는 것에 감개무량했다. 남대천의 물 냄새는 전혀 변하지 않고 있었다. 그동안의 세월이 주마등처럼 스치고 있었다. 4년 전. 바다에 나설 때의 설렘은 지금도 잊을 수 없는 추억이며 명태의 공격은 더없는 충격이었고 해물질 오염은 지구촌이 다 함께 들고 일어나 손가락질해 마땅할 사건이었다. 그래도 베링해의 삶은 영원히 기억될, 추억의 한 페이지로 남을 것 같다.

"종의 번영이 지칙으로 다가왔다. 우리 다 함께 상류로 오르자."
"와"

남설악 만물상 계곡과 서면의 **추**억을 잊지 못하는 일부는 그곳으로 나와 연솔 등 우리 일행은 마지막 산란디를 법수치리 계곡을 선택하기로 했다. 연솔은 내게 법수치리 자길 바닥에 산란할 거라고 속삭였다. 나도 좋

다고 당연히 동의했다. 우린 그곳에서 손잡고 물장구쳤고 서툰 수영 솜씨를 다듬었던 추억을 잊지 못한다. 법수치리 계곡으로 꼬리치며 오를 생각을 하니 가슴이 설레었다.

그때 청천벽력 같은 일이 벌어지고 있었다. 우리의 앞길을 그물이 가로막고 있었다. 그물은 그 넓은 남대천 하구를 완전히 가로막고 있었다. 그물은 견고했다. 상류로 올라갈 수 있는 틈은 전혀 없었다. 전혀 예상치 못한 일이었다. 우린 차례로 그물에 가두어졌고 더 이상 상류로 치고 오르는 건 불가능했다. 그물망에는 연어 전문 포획망이라 적혀있었다.

연구소 직원들의 채포 작업이 시작되고 있었다. 나와 '연솔'이 그물에 휘감겨 채란장으로 끌려가는 신세였다. 인간은 '연솔'의 배를 갈라 알을 채취했고 연솔은 그대로 숨이 끊겨 버리고 만다. "안돼"하고 소리칠 여유도 없이 내 뒤통수에 방망이가 가격 되었고 나는 정신을 잃고 말았다. 인간은 채란 된 '연솔'의 알에 내 몸속의 정액을 짜내어 뿌리는 걸 어렴풋이 기억할 수 있었다. 그나마 기억이 종을 잇는 것이구나 싶어 천만다행으로 여기며 감기는 눈을 다시는 뜰 수 없었다. 끝

제17회 해양 문학상 대상 수상작

꿈꾸는 머구리

(줄거리)

세상 사람들은 직립형 걸음걸이를 일반적인 상식으로 여기고 있다. 하지만 꿈꾸는 머구리의 주인공 이석은 춤추는 유영의 걸음걸이를 적극 권유한다. 이석은 양팔을 앞뒤로 휘젓는 클래식 고딕체의 걸음은 절도가 있어 보이지만 인류의 미래 먹거리 확보를 위해서는 반드시 춤추듯 걷는 유영의 걸음으로 바꾸어야 한다는 주장이다. 유영은 수영 형태의 걸음이다

80억 명의 지구인 가운데 27억 명은 이미 빈곤층으로 전락했고 10억 명은 기아에 허덕이는 마당이다. 육지에서는 더 이상의 식량을 확보할 수 있는 공간이 없는 실정이다. 식량이 없으면 인류의 미래는 장담할 수 없다. 이석은 지구인의 기아 탈출은 바다와 우주의 식량 기지화가 유일한 대안이라는 것이다.

지금의 직립보행으로는 우주와 수중에서는 이동 자체가 불가능하다. 이를 해결할 수 있는 유일한 방안은 지금의 직립보행을 유영 형대로 전환해야만 이동할 수 있다는 것. 이석의 주장은 지극히 상식적이라 할 수 있나.

세상은 이미 우주 시대로 전환돼 있다.

미국외 일론 스페이스엑스사는 민간인의 우주여행을 현실화하고 있다.

특별한 우주인만이 달나라를 가는 것은, 이미 시시한 이야기가 되었다. 당신도 나도 우주를 여행하는 시대이다. 우주선에서 직립형 걸음으로는, 한 발도 뗄 수 없다는 사실은 누구나 인식하고 있다. 수중에서도 당연히 그렇다. 오직 춤추는 유영이어야만 한다.

우주는 무한대이고 바다는 육지보다 71%나 넓다. 이렇게 볼 때 우주와 바다의 식량 기지화는 인류를 기아에서 구원하는 지름길이라 할 수 있으며 유영의 걸음걸이는 미래를 위한 수단이다.

선진국은 달과 화성을 드나들며 제 땅이라고 말뚝을 박으려 하고 있다. 그들이 말뚝을 박으면 그때는 이미 늦다. 우리는 바다와 우주 시대를 준비하는 첫 단계인 걸음걸이부터 일상화해야 할 이유를 파악할 때가 되었다. 이석의 주장을 허황한 것으로만 치부할 것이 아니라 주목해야 할 것 같다.

춤추는 유영의 걸음이 세상을 신명 나고 흥겨운 분위기를 조성할 수도 있다. 세상을 살아가는 것도 재미있어야 살만한 가치를 느끼게 되는 것이다. 사람들은 바쁜 일상을 그따위 걸음으로 시간을 낭비하느냐고 비아냥거릴 수도 있겠으나 이석은 아랑곳하지 않는다.

이석은 소아마비로 왼쪽 다리가 오른쪽에 비해 14cm가 짧아 절룩인다. 친구들은 이석을 진순잘숙이란 별명을 지어 부른다. 마을 사람들은 어른도 아이들까지도 이석을 진순잘숙을 이름처럼 부르고 있다. 이석은 그별명이 정말 듣기 싫지만 받아들일 수밖에 없다. 이석이 유영의 걸음걸이를 착안하게 된 것도 이 때문이었다. 유영은 물속에서의 개구리 엄의 유형이다.

이석의 직업은 머구리이다. 이석이 머구리를 직업으로 선택한 것은 남달리 숨이 긴 데다 수영 실력이 정상인을 뛰어넘고 있기 때문이었다.

이석은 동해안에서 형과 함께 소문난 머구리였다. 하지만 형은 공기 호스의 절단으로 일찍 숨져 이석은 형의 수중 비석을 세우고 큰댁 조카를 돌보는 참다운 인간성을 보인다. 그러나 이석도 파도에 어선이 떠밀려 공동 어장을 벗어난 해역에서 해산물을 채취하다 죽음직전에 목숨을 건지는 사고를 통해 머구리의 직업병인 잠수병에 걸려 수족을 쓰지 못하는 처지에 놓인다. 하지만 이석은 투철한 재활의 투혼으로 다시 걷게 되는 불굴의 사나이로 거듭하게 된다.

이석은 잠수병을 계기로 마을 공동 어장의 목장화 작업에 몰두하여 마을 공동 어장을 최고의 어상으로 가꾸어 이웃들로부터 칭송을 받는다. 그러나 스킨스쿠버들의 공동 어장 해산물 남획에 맞닥뜨려 고발과 해경의 단속에 큰 난관을 맞는다. 스킨스쿠버는 어민의 고발에 맞서 3중 그물 고기잡이를 맞고소하는 소용돌이로 고기잡이에 나서지 못하게 된 어민들은 어촌계에서 고성과 주먹질이 난무하는 사태로까지 번지게 된다.

이 과정에 3중 그물 어법의 잘못을 거론한 이석이 주민들로부터 집단 구타를 당해 기절하고 만다. 병원에 입원한 이석은 다시는 일어설 수 없다는 의사의 진단에 동네 주민을 고발하고 어촌을 떠날까도 생각하지만, 끝내 바다를 떠날 수 없고 이웃을 저버릴 수 없는 처지로 몰려 깊은 수렁에 빠진다. 끝

꿈꾸는 머구리

(본문)

해성리 앞바다는 맑고 잔잔하다. 이석은 수심 16m에서 유영으로 이동하고 있다. 유영은 해저에서의 적절한 이동 수단이다. 머구리에겐 특히 그렇다. 유영은 속도가 느리지만 장시간 헤엄칠 수 있다. 유영은 수영종목 가운데 평형으로 분류된다. 어민들은 평형을 개구리헤엄이라 부른다. 개구리헤엄은 인간이 물에 빠졌을 때의 무의식적 허우적거림이다. 그렇다고 수영을 못하는 사람이 허우적거림만으로 깊은 물에서 헤엄쳐 나올 수는 없다. 허우적거림을 체계적 유영으로 체득하는 것만이 생사를 가름하는 기준이라 할 수 있다.

우주선에서도 물속처럼 유영으로 이동해야 한다. 인류 최초의 우주인 '유리 가가린'은 우주선에서 유영으로 이동했다. 우주선에서의 유영은 모든 물체의 무게가 0의 상태에서 몸의 균형을 잡아 전진하는 형태이고, 물속의 유영은 수압으로부터 이동의 힘을 얻고자 하는 몸놀림이다. 이석은 자신이 수중에서 우주인처럼 유영으로 이동하는 것에 자부심을 느끼고 있다. 유영은 춤추는 모습이며 사지가 멀쩡한 사람이나 절룩이는 장애인도 그 몸놀림만은 다를 수 없다. 유영은 장애인과 비장애인이 함께 즐길 수 있는 이동 형태이다. 장애인은 비장애인과 동등한 삶을 누리며 추구할 권리가 있다.

이석은 인간의 걸음걸이가 춤추는 유영으로 바뀌길 바라고 있다. 사람들은 수중이나 우주선에서의 유영은 당연한 것으로 여기면서 육지에서만은 직립형 걸음을 고집하는 이유를 이해할 수 없다. 인간의 걸음걸이가 유영으로 바뀌면 지구촌이 온통 춤추는 세상일 테니, 얼마나 유쾌하고 즐거울까!

손흥민 선수가 영국의 맨시티 골문을 향해 유영의 발걸음으로 공을 몰고 달리는 모습이나, 미국 메이저리거 김하성 선수의 춤추는 유영의 도루 장면을 상상해 보자. 상체를 전진시키며 양팔을 머리 위로 쭉 뻗어 좌우로 휘젓고, 다리는 개구리처럼 발끝을 모았다가 재빠르게 펴며 내달리는 모습. 관중은 그 이채로움에 열광할 것이며 세계인의 이목이, 집중될 것은 자명하다. 이석은 그런 세상을 꿈꾼다.

***

해성리 어촌계 앞 620m 해저는 빛도 소리도 정지되었다. 수면으로 파고든 햇살은 창연하다. 이석은 수면에서 찰랑내는 물결을 따나, 빛의 굴설이 빚어내는 오묘함에 감탄하며 자신이 뿜어내는 기포가 파장을 일으켜 분산될까 조심스럽다.

해성니 비디에는 님들이 모르는 수중 비식이 있나. 비석은 사방 150m도 님을 만큼 넓고 펑펑한 반석에 사리 삽고 있다. 해성리 어민들은 그 반석을 성게 바위라 부른다. 성게가, 많이 자생해 붙여진 이름이다. 성게는 한때 일본외 수출 전략 어종으로 주목받았지민, 이제는 바닷속 사막화의 공변으로 지목돼 천덕꺼러기로 전락힌 해신물이다. 지금은 싱게 바위에 멍게기 디 많이, 자생한다. 동해안에 명세 앙식이 시삭뇌년서 넝게 포자가 크게 불어난, 때문이다.

수중 비석은 해초에 뒤덮이게 되면 잃어버리기, 십상이다. 따라서 주기적인 관리가 필요하다. 이석은 수중 비석 관리에 항상 신경을 쓰고 있다. 이석이 해초를 걷어내자 비석에 새겨진 '바다 사나이 김일석 신위'란 표석이 선명하게 드러나고 있다. 김일석은 이석의 형이다. 수중 비석은 지금 수면에서 이석을 지켜주고 있는 어장 관리선 선장과 함께 세운 것이다. 해성호 선장은 이석의 형과 둘도 없는 친구였다. 비석의 형이 이석을 타박한다.

"그렇게 물질을 말리는데 귓등으로 듣다니."

이석도 물러서지 않는다.

"형. 바다는 내 삶의 터전이야. 이 몸으로 물질 말고 할 게 뭐가 있겠어. 사람들은 나를 절름발이라 놀리지만, 바다는 아니거든. 나는 그런 바다가 좋아. 이젠 내가 형을 대신해 형수님 수조에 횟감을 가득 채워 넣을 거야. 물질로 우리 딸 성은이와 큰댁 조카들도 번듯하게 가르칠 테니 두고 봐."

형은 생전에 머구리였다. 형제는 동해안의 소문난 머구리였다. 형제는 해성리 바닷속을 손금보듯 하며 해산물을 채취했다. 형님의 횟집 수조는 항상 자연산 횟감들이 넘쳐나 단골손님들이 줄을 섰다. 그러나 형은 형제 머구리를 달가워하지 않았다. 동생의 물질을 한사코 말렸다. 수족이 멀쩡한 사람도 힘든 물질을, 몸도 성치 않은 동생이 파도에 휩쓸리기 쉽다는 이유였다. 이석의 왼쪽 다리는 오른쪽에 비해 14cm가 짧고 가늘다. 소아마비를 앓아서다.

형은 이석을 수산고등학교에 보내며 수산 직 공무원이 되길 바랐다. 그러나 이석은 형의 기대와는 달리 물질을 고집했다. 형 몰래 이웃 어촌계 관리선에서 주내끼 (산소공급 호스 줄잡이)로 물질을 배우다 형에게 들켜 혼나기도 했지만, 이석은 끝내 포기하지 않았다. 이석은 자신이 머구리가 아니었으면 형의 수중 비석을 어떻게 세울 수 있었겠느냐며 머구리에 대한 자부심을 굽히지 않고 있다. 이석은 수산업법에 관한 기초지식도 잠수 작업에 따른 안전 수칙도 터득한 신세대 머구리다.

이석이 형의 비석에 소주를 따르고 있다. 형은 이석이 따르는 술을 바다와 함께 마시고는 취기가 오른 듯 물결을 따라 일렁거린다. 해초를 걷어낸 비석 모서리에 미역 포자 한 올이 나풀거리고 있었다. 이석은 뜯어버릴까 하다 말고 그냥 내버려둔다.

형이 생전에 미역 반찬을 좋아했던 기억 때문이다. 형은 미역 된장국을 무척 좋아했다. 그뿐만 아니라 미역무침도, 미역쌈도, 우럭미역국도, 미역을 넣고 조리한 음식은 하나같이 좋아했다. 형은 머구리 작업 도중 공기 주입 호스가 절단되는 바람에 숨졌다. 주내끼 녀석의 실수였다. 일이 서툴렀던 녀석이 호스를 늦춘 채 방심하다 스크루에 감긴 호스가 절단된 사고였다. 형이 세상을 떠난지 오늘로 49일째다. 선장은 형의 49재를 깜박하고 있다.

***

"형. 선장님이 그만하고 올라오래"

주내끼의 목소리가 이어폰을 타고 들었다. 형과의 대화가 좀 길었던 모양이다. 머구리 헬멧은 관리선의 공기주입 호스와 통화선이 연결돼 있다. 머구리는 공기수입 호스를 통해 숨을 쉬고 통화선으로 소통한다.

"형 망태부터 올려보내"

그동안 채취한 해산물을 올리라는 말이다. 형과 노닥거리다 망태는 절반도 채우지 못했다. '어쩌나? 에라, 모르겠다. 망태 올리는 손맛이라도!' 망태에 굵은 돌 서너 개를 집어넣었다. 밧줄에 목을 내난 망태가 줄을 쌩쌩히 당기며 매달려 오르고 있다. 그 모습을 지켜보며 히죽이는 이석의 모습이 익살스럽다. '흐흐. 망태를 당겨 올리는 손맛 하나만은 신날 거다.' 선장의 욕지거리는 그다음의 문제였다.

이석이 잠수복에 공기를 주입하며 수면 상승을 서두르고 있다. 잠수복에 공기가 주입되자 헐렁하던 잠수복이 금세 뚱보 광대처럼 팽팽해지고 있었다. 이석은 이럴 때마다 개구리를 붙잡아 장난치던 어린 시절을 떠올리곤 한다. 보릿대를 꺾어 만든 빨대를 개구리 똥구멍에 쑤셔 넣고, 바람을 불어대면 개구리는 배불뚝이가 되고 만다. 장난감이 없던 시절 뚱보 개구리는 장난꾸러기들의 노리개였다. 이석은 그 죗값을 치르느라 물질을 하는 게 아닌가 싶을 때도 있다.

이석은 한때 머구리를 우주인으로 착각하기도 했다. 주내끼 시절 물질을 끝내고 수면으로, 떠오른 선배 머구리가 달을 정복하고 돌아오는 것처럼 느껴졌기 때문이다. 수경이 장착된 청동 투구가 우주인의 투구를 빼닮았고 공기 주입 호스도 고무로 코팅된 잠수복도 우주복과 하등 다를 게 없다는 생각이었다. 그러나 머구리는 겉모습만 그럴싸할 뿐 이석의 실제 모습은 초라하기 그지없다. 이석의 잠수복은 접착제로 여섯 군데나 때웠고 군데군데 코팅이 벗겨진 틈새로 바닷물이 스며들어 내복을 축축하게 적시고 있다. 물에 젖은 내복은 몸에 감겨 움직임이 여간 불편한 게 아니다.

"감압선 내려보내."

"알았어. 형."

감압선(減壓線)을 잡은 이석의 몸이 기구처럼 둥둥 떠오르고 있다. 이석은 감압 없이 수면으로 상승하고 있다. 감압은 수심 30m 이상 깊은 물에서 작업했을 때 지켜야 하는 잠수병 예방 수칙이다. 감압은 수중에서 단계적으로 일정 시간 정지해 체내로 흡입된 질소를 체외로 배출시키는 것이다. 공기 중에는 질소가 79%나 함유돼 있다. 육지에서는 호흡을 통해 흡입된 질소가 자연적으로 분리, 배출되지만 깊은 물 속에서는 수압으로 인해 체외로 배출할 수 없다. 따라서 호스를 통해 산소와 함께 흡입된 질소는 수면으로 떠 오르기 전. 반드시 배출시켜야만 잠수병을 예방할 수 있다. 그런 수칙을 지키지 않을 경우, 체내에 축적된 질소가 혈관을 틀어막아 수족을 쓰지 못하게 된다. 이석이 수면 위로 머리를 내밀자 주내끼가 히죽거리며 말을 걸어온다.

"형. 망태가 엄청 무거워. 많이 땄나 봐."

녀석은 한껏 신이 난 손놀림으로 돌망태를 끌어 올리느라 낑낑거리고 있었다. 이석은 얼른 관리선 옆구리에 걸쳐진 사다리에 오르며 주내끼에게 투구를 벗기라고 손짓했다. 녀석은 당기던 망태를 선장에게 넘기며 이석의 머리에 씌워진 투구를 기분 좋은 손놀림으로 벗기고 있다. 나사로 열고, 닫는 투구는 무게가 10kg이다. 그런 무게 때문에 머구리의 투구는 장착하는 것도, 벗기는 것도 주내끼의 몫이다.

"저런 죽일 놈. 또 지랄 뻗었구먼. 저 새끼를 그냥."

망태를 끌어 올리던 선장이 눈을 부라리며 욕지거리를 퍼 붙는다.

"돌을 좀 많이 넣었나요?"

"저 새끼를 그냥. 다리 몽둥이를 분질러야 놔야 정신을 차릴 텐가."

욕설은 이미 예상된 것이었다. 망태에 돌을 넣는 장난도 이번이 처음은 아니다. 선장이 작업을 재촉할 때마다 답례로 살짝 엿을 먹이곤 했었다.

"인마. 뭐하고, 자빠졌었길래 망태가 이 꼴이야."

이석은 담배 연기를 뿜으며 딴청을 피운다.

"뭐하고, 자빠졌었느냐고"

선장은 더 큰소리로 이석을 다그친다. 하지만 이석은 형의 49재만은 함구하고 있다. 선장에게 형의 49재를 감추는 건 선장이 떠안고 있을 형에 대한 죄책감을 들춰내고 싶지 않아서다.

"바다가 말랐어."

이석이 엉뚱한 말로 둘러대자, 선장은 또 호통친다.

"인마. 그러믄 옮겨달라고 신호해야지. 신호를"

"호스가 움직이지 않던데, 한 자리에만 있었던 거 아니야?"

주내끼 녀석이 끼어들었다. 녀석의 고자질로 더 둘러댈 말이 없었다. 이석은 선장의 따가운 눈길을 담배 연기로 피한다. 괜히 어설프게 둘러대 봤자 욕바가지만 뒤집어쓸 판이어서 아예 입을 다물어버리는 것이다. 선장은 툭하면 물속에 들어가지 않고도 바닷속을 훤히 들여다본다고 자랑한다. 실제로 선장은 어장의 물속을 거의 파악하고 있을 정도다. 이석은 선장이 그쯤에서 욕지거리를 멈추었으면 하지만 어림없다.

"기름값이 천정부진데 돌 건져내라고 네놈, 물에 넣는 줄 알아. 또 이지랄하믄 모가지를 비틀어버릴 거야. 내 성질 알지!"

"헤헤. 망태 올리는 기분이라도 내라구 한 건데."

"병신새끼 지랄하고 있네."

"아이 씨. 병신이 뭐야. 병신이"

"병신을 병신이라 하지. 그럼. 장수라 부르랴."

선장의 말투가 점점 더 고약해지고 있었다. 그 입이 더 거칠어지기 전에 꼬리를 내려야 했다.

"선장 나으리. 미안하요. 이제. 그만 밴댕이소가지 좀 푸시오."

선장이 고개를 돌리며 히죽 웃고 있었다. 선장은 이석을 친동생처럼 아끼고 이석 역시 선장을 형처럼 대하고 있는 사이다. 병신 소리는 귀에 딱지가 붙은 지 이미 오래다. 유년 시절 친구들은 이석에게 '질순잘숙'이란 별명을 지어 이름처럼 불러대며 놀렸다. 이석은 육지에선 또래 친구들을 따라잡을 수 없었지만, 물속에서만은 달랐다. 수영 실력이 뛰어나 사족이 멀쩡한 친구들도 얼마든지 제칠 수 있었고 남달리 숨이 길어 해산물 채취에 탁월한 능력을 발휘하고 있다. 숨이 긴 건 타고난 체질이고 수영 실력은 운동을 통해 팔 근육을 다진 덕택이다. 철봉과 아령으로 다진 이석의 팔 근육은 보디빌딩 선수를 뺨칠 정도다.

친구들은 이석을 '질순잘숙'이라 놀리다가도 바다에만 들어서면 전복을 따 달라고 졸라댄다. 이석은 호의적인 친구에겐 따로 전복을 안겨주면서도 고약한 놈에겐 물속에 채취할 게 없다며 빈손으로 돌려보내곤 했다. 이석을 유독 못살게 굴던 재성이는, 자신이 아니었으면 이미 물귀신이 되고 말았을 놈이다. 재성이는 바다에서도 이석을 만만히 보고 따라잡으려다 이안류에 휩쓸렸다.

"사람 살려. 살려줘. 제발."

녀석은 회오리치는 파도에 감겨 깊은 바다로 빨려들자, 이석을 향해 손을 휘저으며 살려달라고 애원했다. 이석은 잠시 주저했다. 자신도 위험에 빠질 수 있었기 때문이다.

"이석아! 이석아! 제발"

질순잘숙이 입에 붙었던 녀석은 목숨이 경각에 이르자 이석을 애타게 불러댔다. 이석은 그런 재성이를 살리겠다는 각오로 조심스럽게 다가가 허리끈을 던져주어 가까스로 끌고 나올 수 있었다. 그 후 재성이는 지금도 이석에게 함부로 대하지 못한다. 이안류는 굴곡진 해저 지형으로 인해 파도가 연안에서 깊은 바다로 빨려들듯 요동치며 흘러가는 현상이다. 재성이가 이안류에 휘말린 곳은 항상 물길이 휘돌아 나가는 곳이다. 해성리 사람들은 그곳을 붉은덕이라며 접근을 기피하고 있다.

동창생 중에 도시로 나간 친구도 몇 있지만, 행색을 보면 그서 그렇다.

고향에 남은 친구들은 너나없이 고기를 잡는 어부들이다. 어부란 고기가 많이 잡히면 많이 잡혀서 값이 폭락해 가슴을 치고 잡히지 않으면 팔 게 없어 제살이나 베어 먹으며 연명하는 인생이다. 어부란 아무리 그물을 당겨봐야 살림살이는 항상 그 밥에, 그 나물이다. 그에 비하면 머구리가 좀 더 안정적이다. 전복과 해삼이 물고기처럼 돌아다니는 게 아니다 보니, 조류가 바뀌어도 공동어장은 그런대로 채취할 게 남아있는 편이다.

그것도 기르는 어업이 확대되면서 머구리가 끼니를 굶는 일은 면하게 되었다. 쌀이 떨어지면 급한 대로 어장의 해산물을 내다 팔아 끼니를 때울 수 있으니 말이다. 공동어장은 전복과 해삼이 양식되고 있다. 농부가 텃밭을 가꾸듯 기르는 것이다. 공동어장에 전복 치패(稚貝)를 뿌려놓고 충분히 성장할 때까지 길러 시장에 내다 파는 거다. 공동어장에는 지름 7cm 이상의 최상품 전복도 상당하다. 그것들은 품질이 좋아 제값을 받는다. 하지만 관리비를 제하고 재투자까지 하다 보면 어민이 손에 쥐어지는 건 별것도 아니다.

수산 당국은 어린 치패를 80%까지 지원하며 바다 목장화 사업을 추진하고 있지만 보기 좋은 떡 먹어볼 게 없다는 말이 딱, 그 짝이다. 어민들은 수산 당국이 재투자를 권장할 때마다 먹고살기도 빠듯한데 재투자는 무슨 놈의 재투자냐는 볼멘소리로 어촌 복지회관은 조용할 날이 없다.

천적이 우글거리는 어장에 어린 전복이나 해삼을 방류해 봐야 30%도 살려내기 어렵다. 불가사리와 같은 천적을 주기적으로 잡아내며 어장을 관리하면 소득을 증대시킬 수는 있다. 하지만 그게 말처럼 그렇게 쉬운 게 아니다. 불가사리는 조개류를 닥치는 대로 먹어 치우고 번식도 워낙 빨라 손으로 잡아내는 것으로 씨를 말리기란 어림없다.

게다가 스킨스쿠버까지 늘어나면서 어장 지키기가 여간 힘든 게 아니다. 일부 약삭빠른 스쿠버 놈들은 공동어장 부근을 드나들며 알게 모르게 손해를 끼치기 때문이다. 저희야 맛이나, 본다지만 어민에게는 그게 다 돈이어서 애가 탄다. 어민들은 스킨스쿠버가 나타날 때마다 눈을 부릅뜬다. 참외서리꾼을 못 본 체할 농부가 없듯 어민이 어장을 지키는 건 농심과 다를 게 없는데도 남들이 몰라주니 딱할 뿐이다.

스킨스쿠버의 장비는 신형이어서 머구리는 따라잡을 수도 없다. 불법 채취 현장을 급습해도 놈들은 망태를 깊은 바닷물 속에 팽개치곤 딴청을 떨어대기 일쑤여서 물증은 없고, 심증만 있을 뿐이어서 덜미를 잡기도 쉽지 않다. 그렇게 버려진 망태 속 해산물은 되살아날 수도 없으니 이래저래 손해는 고스란히 어민만 떠안게 되는 것이다.

스쿠버의 입장단에 놀아나는 횟집들도 실망스럽기 짝이 없다. 스쿠버는 횟집의 고객일 수 있지만, 어민은 그게 아닌 게 문제다. 고기를 잡는 어민이 횟집에서 값비싼 생선회를 사 먹을 일이 없고, 횟집은 손님일 수 없는 동네 사람들에게 고개 숙일, 까닭이 없는 구조가 갈등의 요인으로 작용하고 있다. 대형 횟집들도 외지 투자자들이 더 많다 보니 마을 기여도가 낮을 수밖에 없다. 횟집은 관광객 유치를 들먹이지만, 어민들에게는 뜬구름 잡는 소리일 뿐이다. 어민은 횟집들이 어부를 등에 업고 돈을 벌면서도 마을엔 동전 한 닢 풀지 않는다는 생각이다.

인근 어촌계 어민들은 횟십 주인들과 패싸움을 벌이기까지 했다. 어민들이 스킨스쿠버의 어촌 내방을 반대하며 길을 막아 버리자, 손님을 빼앗긴 횟집들이 격앙된 분노를 터트린 것. 패싸움은 거칠었고 격렬했다. 어민들은 해신물채취용 갈고리를 휘둘렀고 횟집 주인들은 생선회칼로 맞섰다. 어민들은 머릿수로 몰아붙였고 사업의 명운이 걸린 횟집들은 미친 듯 발악했다. 서로 '죽여. 죽여' 외쳤지만, 실제로 죽은 사람은 없었다.

어장 지키기가 힘들게 되자 일부 어촌계는 어장 관리권을 아예, 스킨스쿠버 리조트에 임대했다는 소문이 떠돌기 시작했다. 영일 어촌계는 스킨스쿠버 리조트에 5년간 임대 조건으로 3억 원을 받았고 창신 어촌계는 4억 원을 받아 서로 나눴다는 소문이었다. 해성리 어민들도 부러워했다. 적당한 작자가 나타나 목돈이라도 한번 쥐어봤으면 했지만, 헛물만 켜고 말았다. 설사 작자가 나타난다고 해도 값이 맞아야 하는 것이어서 어장 임대도 말처럼 쉬운 건 아니었다. 특히 어장 임대는 불법이라 저마다 입을 다물어, 소문으로만 떠돌 뿐이다.

***

"빨리 들어가지 않고 뭐해."

선장이 입수를 재촉했다.

"숨이나 좀 돌리고요"

"뭐한기 있다구. 꾸물대. 꾸물대기를."

이석이 선장을 향해 피식- 웃어 보이자, 이번엔 육두문자가 쏟아진다.

"웃긴. 날아가는 새 밑구녕을 봤나!"

"에이 참. 알았어요."

선장이 이석의 등짝을 위험하게 물속으로 확-밀친다. 빨리 입수하라는 다그침이지만 이석은 히죽 웃을 따름이다. 이석의 몸이 천천히 해저로 가라앉고 있었다. 잠수는 느렸고 안착한 수심은 의외로 깊었다. 사방을 둘러봐도 그곳은 낯설었다. 바닥은 풀 한 포기 없는 황량한 모래사장이었다. 공동어장과는 사뭇 다른 해저환경에 이석이 당혹스러움을 감추지 못한다. 선장과 토닥거리는 동안 배가 파도에 멀리 떠밀렸던 모양이다. 머구리는 어촌계 공동어장을 벗어난 해역에서의 해산물, 채취는 금지돼 있다.

해성리 공동어장은 마을 앞 해안선에서 수평선과 990m의 직선거리를 기준으로 인근 어촌계와 경계를 둔 해역이다. 수심계는 33m를 가리키고 있었다. 평소 작업 수심의 두 배에 이르는 심해다. 선장에게 옮겨달라고 말할까 하다 말고 일단 주변을 살폈다. 모래톱은 공동어장에 비해 훨씬 높고 고랑은 깊었다. 크고 높은 모래톱은 분명 값진 뭔가를 품고 있을 것 같은 느낌이었다. 궁금증이 발동했다. '에어 총이라도 한 방 쏴봐?' 통화선으로 주내끼에게 일렀다.

"에어 총 내려보내."

"에어 총은 왜요?"

"인마. 잔말 말고 내리라면 그냥 내려."

귀찮아 꽥하고 소리쳤다. 선장에게 당하고 있을 때 수중에서 움직임이 없었다고 꼬여 받친 것에 대한 화풀이다. 머구리의, 에어 총사용은 불법이다. 그렇다고 에어 총 없는 머구리는 없다. 저마다 배 밑창에 한정씩 감춰두고 다닌다. 수년 전까지만 해도 머구리의, 에어 총사용은 불법이 아니었다. 어느 날. 느닷없이 자원 보호령이 개정됐다며 수산 당국자가 에어 총을 걷어갔다. 어민들은 참새를 보호해야 한다며 아이들에게서 고무줄 새총을 빼앗는 것이나 다를 게 없다며 항의했지만, 소용이 없었다. 머구리도 그냥 당하지만은 않았다. 두세 정씩 갖고 있던 에어 총을 마지못해, 내놓는 척하며 한 정씩 감추었다. 머구리는 바위에서만 해산물을 채취하는 게 아니다. 공동어장은 바위도 모래밭도 널려있다. 머구리는 바위에서 선복과 소라를 따고 모래사장에서 조개를 채취한다.

모랫바닥에 에어 총을 쏘았다. 모래톱이 뭉개지고 있었다. 그 속에서 개불이 고개를 휘젓는다. '엇? 개불이.' 생각지 못한 수확불이었다. 또 쏘았다. 개불이 무더기로 쏟아져 나오고 있었다. 신명을 어쩌지 못해 노래톱 여기저기를 마구 들쑤셨다. 놀란 개불이 뒤엉켜, 야단법석이다. 심마니가 산삼을 발견한 것만큼이나 흥분되고 신났다. '어쩐지 꿈자리가 좋더니만.' 이리 뛰고 저리 뛰며 모랫바닥을 헤집었다.

개불은 1kg에 2만 원도 넘는 금싸라기다. kg당 4천 원도 받기 어려운 멍게와는 비교될 수 없는 귀한 해산물이다. 개불은 그물이 촘촘한 해삼 망태에 쓸어 담았다. 에어 총을 쏘고 개불을 쓸어 담느라 등짝은 땀으로 흥건했다. 개불은 평소 몇 마리 정도씩 잡긴 했어도 이렇게 쓸어 담기는 생전 처음이었다. 해삼 망태는 금세 개불로 채워지고 있었다. 개불이 가득 담긴 망태를 올려보냈다. 망태가 작은 게 되레 아쉬웠다.

"이거. 빈 망태야. 뭐야? 왜 이리 가벼워."

망태를 올려보내자, 주내끼 녀석의 투덜거림이 통화선으로 흘러들고 있었다.

"인마. 잠자코 올리기나 해."

자신감에 꽥-소리쳤다. 잠시 후. 횡재를 알아차린 녀석의 호들갑이 요란스럽다.

"어? 개불이다. 개불. 선장님 개불이요. 개불"

"망태 하나 더 내려보내."

"또?"

"그래. 또."

새 망태에 개불을 더 채워 올리고, 수면 상승을 서둘렀다.

"감압선 내려."

"알았어요. 형. 세상에 이런 일이!"

"주절대지 말고 감압선이나 빨리 내리라구."

감압선이 바닥에 쿵-하며 떨어지고 있었다. 감압선 끄트머리에 매달린 10kg의 추 무게로 인해 떨어지는 소리가 컸다. 쇳덩이로 뭉쳐진 추는 그

무게로 상승할 때 몸의 중심을 지탱하는 역할을 한다. 잠수복에 공기를 주입하자 몸이 떠오르고 있었다. 문득 해양경찰이 덮칠지 모른다는 생각에 이르자 덜컥 겁이 났다. 그래도 감압만은 철저히 해야 했다.

수심 20m에서 정지해 10분 동안 숨을 고르고 수심 10m에서 5분을 더 감압한 후 수면으로 고개를 내밀었다. 이것도 잠수병 안전 수칙을 규정대로 지킨 건 아니었다. 잠수병 예방 안전 수칙은 8분 작업 후, 50분 감압을 규정하고 있다. 물속에서 감압으로 세월을 보내라는 것이나 다름없다. 쭉 뻗은 4차선 도로에서 시속 80km의 제한 속도를 고분고분 지킬 운전자가 없듯 바다에서 그런 규정을 제대로 지킬 머구리가 세상에 어디 있을까. 배에 오르자, 선장의 입은 귀에 걸렸고 주내끼는 뛸 듯이 깡충거렸다.

"세상에 형. 이거 꿈이야. 생시야."

"생시다. 생시."

주내끼는 연신 헤벌쭉 웃음을 흘렸고 선장도 속내를 감추지 못했다.

"이거. 한 5백 마리 되겠는데."

"밉다고 등짝 밀칠 땐 언제고"

"밀치긴 누가 밀쳐. 개불 밭이니 빨리 삼수하라는 거였지. 저 너석이 민망태 올라온다기에 이번엔 아주 물속에 처박아 버릴 작정이었는데."

"내가 누구야!"

"누구긴 질..순. 아니. 이석이다. 심이석."

개불은 다음 날. 위판장에서 440만 원에 경매되었다. 경비를 제하고노 이석의 손에 쥐어진 현금은 180만 원. 물질 6년 만에 하루 수입으로는 처음 쉬어보는 서금이었다. 소문은 금세 마을로 퍼졌고 부리움의 눈길은 흰 여름 햇살만큼이나 뜨거웠다. 이웃들에게 깍듯한 인사로 딥하며 오도미이를 잠수장비 가게로 몰았다. 전부터 눈여겨 눈 슈트를 골랐나. 가격은 176

만 원. 형편이 돌아가면 꼭 장만하고 싶었던, 것이었다. 성은이는 새 슈트를 매만지며 뛸 듯이 좋아했다.

"아빠 이거 진짜 신식이네. 그치? "

성은이는 깔깔거렸고 형수는 잘 생각했다며 격려를 아끼지 않았다.

"형수님 죄송해요. 이거 사고 나니 남는 게 없더라구요."

"또 횡재하믄 그때 좋은 거 선물해 주세요."

"네. 약속할게요."

구형 잠수장비는 지긋지긋했다. 10kg의 청동 투구는 머리를 짓눌러 항상 고단했고, 철망 신발은 발목을 물고 늘어져 걸음을 떼기도 버거웠다. 납덩이 벨트는 고삐 풀린 망아지를 꿰는 코뚜레였고, 코팅이 벗겨진 잠수복은 내의를 축축하게 적셔 몸을 떨어야 했다. 새 슈트는 새털처럼 가벼웠다.

***

형의 수중 비석을 찾은 이석은 횡재를 자랑하고 있었다.

"형, 이거 한번 만져봐. 엄청 부드러워."

형이 촉감을 느낄 수 있도록 비석에 옆구리를 비비자, 형이 손사래를 친다.

"제발. 그만 좀 해라. 손가락만 한 고무줄에 목숨을 매달고 사는 게 얼마나 아슬아슬한 인생인지 나를 보고도 모르겠냐."

"형이야말로 좀 그만 해요. 사람은 다 저대로 타고난 운명이 있는 거야. 이 몸으로 고깃배에 올라 봤자 그물을 당길 수나 있겠어."

이석이 수면으로 고개를 내밀자, 선장이 넌지시 형의 안부를 물었다.

"일석이. 잘 있던?"

"잔소리만 들었어."

"형이 살아있기라도 해?"

"응. 형은 내 마음속에 살아있거든."

선장은 알 듯 말 듯 한 시선으로 고개를 갸웃거렸다. 전날의 개불 횡재가 자꾸 머릿속을 헤집고 있었다. 머리에선 안된다고 억누르고 가슴은 딱 한 번만 하며 격한 충돌 상황으로 번지고 있었다. 불법은 안된다고 머리가 억누르면 억누를수록 가슴은 전날의 뒤엉킨, 개불의 모습에 도무지 일이 손에 잡히지 않고 있었다. 선장의 속내를 살펴볼 속셈으로 살짝 졸랐다.

"선장님 딱 한탕만."

미처 알아듣지 못한 선장이 의아한 눈길을 감추지 못하고 있었다.

"개불 밭으로!"

선장은 머뭇거렸다.

"더도 말고 덜도 말고 딱 한탕만."

선장은 영 내키지 않는다는 표정이었지만, 주내끼는 손가락으로 V자를 그리며 찬성 신호를 날리고 있었다. '선장님 딱 한 번만.' 다시 조르자, 선장도 마지 못한 듯 손이 관리선의 키를 당기고 있었다. 하얀 포말이 관리선 꽁무니에 휘감기며 소용돌이치고 있었다. 그 물결이 싱그럽다. 육지에선 느낄 수 없는 색다른 싱그러움이다. 선장은 해성리 포구가 손톱만 할 때쯤 배를 세웠다.

"이쯤일 거 같은데"

공농어상이 아니어서 선장도 낯선 모양이었다.

"누굴 또 헤매게 하는 거 아니야?"

자존심이 상한 선장이 쏘아보고 있었다. 이석이 얼른 물속으로 뛰어든다. 새 슈트의 입수는 간결했다. 공기 주입 호스가 연결된 후드를 물고 뛰어들면 그것으로 그만이었다. 주내끼에게 손가락을 V자로 치켜세우자, 녀석은 한없이 부러운 눈길을 감추지 못하고 있었다. 새 슈트는 몸의 움직임도 자유로웠다.

　이석은 양팔을 펼쳐 춤추는 유영의 나풀거림으로 물결에 몸을 내맡긴
다. 우주인처럼 유영하는 자신의, 몸놀림이 정말 자랑스러웠다. 신명의 몸
놀림에 '질순잘숙'의 절룩임도 구닥다리 잠수복도 모두 헌 옷 갈피에 두루
마리로 수장시켜 버렸다. 바다는 환영 일색의 물결이었다. 잔잔한 물결이
콧노래를 유도했다. 흥얼거렸다. 우주인의 반열에 오른 것처럼.

　선장의 짐작은 또 빗나갔다. 안착한 해저는 전날의 개불 밭과는 전혀 다
른 엉뚱한 곳이었다. 모래는 한 줌도 없는 바위투성이며 수심도 38m의 심
해였다. 이렇게 깊은 물에는 처음 들어오는 것이어서 여간 조심스러운 게
아니었다. '젠장. 바닷속을 손바닥 들여다보듯 한다더니.' 선장을 탓하는
소리가 저절로 튀어나오고 있었다.

　바위마다 미역과 다시마가 무성했다. 감태와 모자반까지 온통 숲을 이
루듯 해중림(海中林)을 이루고 있었다. 도무지 어디가 어딘지 분간할 수
없을 정도로 무성했다. 수압이 전신을 옥죄는 것 같아 신경이 곤두섰다.
새 슈트가 아니었으면 수압을 견디지 못해, 낭패를 당할 수도 있었다. 잠
수복을 바꾸길 정말 잘했다는 생각이었다. 맥을 놓은 채 바위에 걸터앉아
버렸다.

　바위 끝자락은 부채뿔산호가 화사한 꽃밭을 이루고 그 사이로 구멍갈
파래가 저도 예쁘게 봐달라며 하늘거리고 있었다. 일렁이는 물결에 몸매
를 다듬는 갈조류(褐藻類)의 춤사위는 한편의 발레를 보는 듯하고 솟대처
럼 수면을 향해 찌를 듯 치솟은 모자반은 경이로움을 연출하고 있었다. 자
연은 오묘했다. 수중 경관에 흠뻑 빠져들고 있었다. 눈으로는 해중림의 발
레를 감상하고 손으로는 부드러운 슈트의 촉감에 취해 넋을 잃고 있었다.

　말랑말랑한 슈트의 촉감은 전 아내의 젖가슴으로 느껴지고 있었다. 아

내의 어깨는 좁고 그 아래로 탐스럽게 매달린 유방은 풍만했다. 탄력적인 가슴과 포도색 젖꼭지는 나를 흥분시키기에 충분했다. 나는 왠지 아내의 포도색 젖꼭지에 매력을 느꼈다. 아내의 피부색은 검은 편이었어도 매끈하고 탄력적이었다. 엉덩이는 빵빵하고 허벅지는 탄탄하고 굵었다. 아내는 그런 자기 엉덩이를 오리 궁둥이라며 못마땅하게 여겼지만 정작 나는 탄력적인 엉덩이와 허벅지에 더 큰 성적 매력을 느꼈다. 이제 더는 가까이 할 수 없는 상상 속 촉감일 뿐이다.

정신을 추슬러 일어서려다 바위 끝자락에 다소곳이 고개를 내밀고 있는 멍게가 눈에 띄어, 장난삼아 갈고리를 꽂아 당겼다. 비단 멍게가 뽑혀 나왔다. 갈고리를 다시 꽂아 당기자, 뿌리가 서로 뒤엉킨 멍게가 무더기로 끌려 나오고 있었다. 생각지도 못한 알짜였다. 머리를 숙여 다시 암반을 찬찬히 살피다 눈을 의심했다. 바위에는 멍게가 빼곡히 둘러싸고 있는 데다 그것도 모두 비단 멍게였다. 신났다. 그곳은 온통 멍게 짬이었다.

비단 멍게는 수심 30m의 깊은 물 속에서 자생하는 해산물이다. 일반 멍게는 껍질이 울퉁불퉁하지만 비단 멍게는 표면이 매끈하고 탐스럽다. 색상도 붉은색이 선명해 입맛을 돋우기에 안성맞춤이다. 향도 일반 멍게보다 진하고 쫄깃해 어판장에 올리기 무섭게 팔려나가는 물건이다.

멍게가 뜯겨 나온 바위틈으로 타원형의 커다란 구멍이 뚫어져 있었다. 조심스레 살폈다. 멍게 더미는 암반 하부로 이어져 있었다. 암반 하부는 멍게가 도배되어 있었고 그 아래로 이어진 타원형의 구멍은 동굴 형태를 갖추고 있었다. 동굴 속까지 신선한 물길이 드나들고 있었다. 무성한 해중림에 가려있어 미처 발견하지 못한 것이었다.

동굴은 안으로 들어갈수록 넓게 형성되어 사람 두셋쯤 넉넉히 드나들 수 있는 넓이였다. 우거진 숲을 갈고리로 걷어내자, 동굴은 훤히 뚫렸고 바닥은 평평했다. 동굴 천장은 사람 키를 웃돌 만큼 높았다. 벽면은 비단 멍게가 한 폭의 수채화를 연출하고 있어 정말 놀라웠다.

지상이든 수중이든 동굴은 의외의 것을 감추고 있기 마련이다. 이석은 자신도 모르게 점점 더 깊이 동굴 속으로 발을 들이밀고 있었다. 동굴 속은 의외로 밝았다. 천장 곳곳에 듬성듬성 뚫린 구멍 사이로 빛이 풍부히 스며들고 있기 때문이었다. 빛은 물속 특유의 민감한 굴절로 바닥까지도 훤히 들여다볼 수 있게 했다. 그래도 조심스러워 탐사하듯 발걸음을 한발씩 떼며 진입했다. 비단 멍게는 안으로 들어갈수록 더욱 빼곡했다. 심지어 해초들이 비집고 들어설 틈조차 내주지 않고 있었다.

멍게는 벽면에도 천정에서도 화사한 빛깔을 뽐내고 있었다. 군데군데 홍합까지 뒤섞여 홍합의 검은색과 멍게의 붉은 색감이 어우러져 명암이 뚜렷한 모자이크 작품을 연출하고 있었다. 동굴은 50m 이상 될 듯 길었고 막장까지도 훤히 밝았다. 막장은 농구 코트만큼이나 넓고 바닥은 붉은 카펫을 깔아 놓은 듯 화사하고 벽면은 커튼을 쳐놓은 것처럼 우아했다.

'용궁인가?' 용궁이라는 생각에 이르자 괜스레 소름이 돋아 두리번거렸다. 하지만 동굴 어디에도 용왕은 보이지 않았다. 설사 용궁이라 해도 용왕이 필요했던 건 토끼의 간이었다며 평상심을 유지하려 애썼다. 그래도 마구잡이로 대들어 채취하기엔 왠지 마음이 찝찝해 동굴 막장을 향해 손을 모아 정중히 예를 갖췄다.

비단 멍게는 하나같이 굵고 탐스러웠다. 하나씩 따기엔 성에 차지 않아 벽면의 것은 갈고리로 훑어 내리듯 망태에 쓸어 담고 천장의 것들은 호미질하듯 파헤쳤다. 우수수 쏟아지는 멍게 더미는 그야말로 금덩이였다. 입에선 연신 '햐-'하는 탄성이 터졌고 자루에 멍게를 따 넣는 손길은 무던히도 바빴다. 그래도 작은 건 더 크도록 남겨 두었다. 멍게의 성장 기간은 1

년 안팎이다. '어차피 나만 아는 동굴일 테니!' 중얼거리는 얼굴은 미소가 넘치고 있었다.

망태는 금세 망태를 채웠고, 해삼도 눈에 띄는 대로 채포해 그물코가 촘촘한 작은 망태에 따로 담았다. 육지가 산삼이라면 바다는 해삼이 첫손으로 꼽힌다. 해삼은 크기도 연안 어장의 것에 비할 바가 아니었다. 간간이 홍해삼까지 눈에 띄어 정말 신났다. 붉은색을 띠고 있는 홍해삼은 일반 해삼보다 훨씬 값이 비싸게 매겨진다. 해삼은 채취도 간단하다. 보는 대로 주워 담으면 그것으로 그만이다. 해삼은 kg당 6만 원은 족히 받을 수 있고 홍해삼은 10만 원도 넘게 치이는 귀한 해산물이다. 멍게와 해삼 채취로 등짝은 땀으로 흥건했고 갈고리를 잡은 손아귀가 뻐근했다.

시간이 얼마나 흘렀을까? 담배 생각이 간절해 망태를 올려보내며 기포를 뿜어 올라갈 것임을 신호했다. 새 장비는 아직 통화선을 연결하지 않아, 급한 대로 수면 상승은 기포로 신호하기로 약속했었다. 관리선에서 내려준 감압선을 잡고 충분히 아주 충분히 감압한 후, 배에 올랐다. 선장은 싱글거리면서도 정작 튀어나온 말은 엉뚱했다.

"개불은 어디 가고 웬 비단 멍게?"

"개불 밭에 내려 달랬더니, 돌각다리에 떨어트렸잖아요."

"거기가 아니었어? 그래도 이렇게 많이 딴 걸 보니 멍게 짬인가 봐?"

"능. 찜이아. 농굴인네 그냥 동굴이 아니라 용궁이너라고."

"용왕은 있넌?"

"그럼-. 용상에 앉은 용왕은 감히 범접할 수 없는 품위를 지녔더라고."

"에를 갖추지."

"당연히 절을 올렸지."

"그랬더니?"

"오대산엔 토끼가 많으냐고 묻더라고"

"그래서?"

"내 간을 내놓으랄까 봐. 오대산은 토끼가 씨글씨글 하다고 그랬지."

"싱거운 놈"

농담은 선장이 먼저 걸어놓고 되레 타박이다. 길게 한 모금 빨아당긴 담배 연기는 겹친 피로를 씻어내기에 부족함이 없었다. 눈앞에 멍게가 어른 거려 더 노닥거릴 마음의 여유가 없었다. 다시 물속으로 뛰어들었다. 멍게는 동굴 안쪽에서부터 차례로, 채취했다. 노다지를 캐는 환상에 빠져들었다. 금세 망태 두 개를 채우고도 성에 차지 않아 마지막 한 자루를 더 채울 작정으로 채취를 서둘렀다. 선장이 좋아 눈이 뒤집힐 걸 생각하니, 괜히 신나고 즐거웠다. 몸은 고단해도 마음은 뛸 것처럼 기뻤다. 그래도 몸은 피곤이 겹치면서 채취 작업이 느려지고 있었다.

동굴 안쪽에서 시작한 작업은 측면으로 옮겨졌고. 구석진 벽면의 멍게 채취는 팔을 길게 뻗어 휘둘러야 했다. 칼날처럼 예리한 홍합 주둥이가 자꾸 팔꿈치를 스쳐 신경을 거슬러 갈고리로 홍합 더미를 후려쳤다. 팔꿈치에 섬뜩함이 느껴지고 있었다. 뭔가가 팔꿈치를 물고 늘어지는 것 같아 팔을 확- 잡아챘다. 갑자기 팔뚝에 냉기가 서렸고 손가락이 들어갈 만큼의 슈트는 찢겨 있었다. 화가 치밀었다.

'엇쭈. 홍합 주둥이에 찢기는 짝퉁 슈트를 팔아먹다니! 나가기만 해봐라.' 잠수장비 가게 사장을 탓하는 말이다. 그래도 혹시 하는 마음에 다시 홍합 뿌리 밑을 살피다 깜짝 놀랐다. 홍합 뿌리 사이에 부러진 쇠갈고리가 박혀있는 게 아닌가!

슈트는 부러진 갈고리에 걸려 찢긴 것이었다. 갈고리는 녹이 슬긴 했어도 끝은 여전히 뾰족했다. 누군가 작업하다 갈고리가 부러지자 그냥 팽개친 모양이었다. 자신 말고 또 다른 누군가가 이곳을 알고 있다는 증거다. 누구일까? 제2 관리선 머구리 노씨? 아니면 인근 연골 어촌계 구씨? 그것도 아니라면 형? 그랬다. 형일 거라고 짐작되었다.

머구리는 형제간에도 짬은 절대 가르쳐주지 않는 게 불문율이다. 살아생전 형은 이따금 배에 비단 멍게를 가득 채취해 오곤 했다. 언젠가 갈고리가 부러졌다며 여유가 있으면, 하나 달라고 말한 적도 있었다. 형이 틀림없다는 생각이었다.

찢긴 팔꿈치로 바닷물이 스며들고 있었다. 장갑은 손끝마다 찢겨 너덜거리고 손아귀는 저렸다. 평소 같으면 진작 배에 올랐을 테지만 멍게에 눈이 뒤집혀 어렵게 장만한 슈트까지 찢고 말았다. 빨리 동굴을 벗어나야 할 것 같아 밖으로 걸음을 재촉하자, 이번엔 공기 주입 호스가 무엇엔가에 걸려 따라 나오지 않고 있었다. 신경이 거슬러 호스를 낚아채듯 잡아챘다. 어렵게 끌려온 호스에서 공기 방울이 치솟고 있었다.

'엇? 호스가!' 호스에 구멍이? 그 틈으로 공기 방울이 새 나가고 있었다. 숨을 들이키자, 입안으로 바닷물이 빨려들었다. 컥-하고 숨이 막혔다. 다급한 상황이었다. 옆구리에 차고 있던, 납 벨트와 망태를 팽개치고 발걸음을 재촉해 동굴을 짜져 나가고 있었다. 망태 속에 채워놓은 해산물이 물결에 이리저리 흩어지고 있어 안타까웠다. 못 본 체하며 급히 동굴을 빠져나와 기포를 뿜어 올렸다.

선상과 약속된 상승 신호는 기포를 뿜는 것이었다. 그런데도 배 위에선 반응이 없다. 호스를 잡고 흔들어도 수압에 움직이지 않고 있었다. 배에선 감감무소식이었다. 주내끼 놈이 호스를 늘어뜨려 놓았나? 호스에 구멍이 생겨 기포가, 악해진 덧인가? 호스를 아무리 세게 흔들어도 소용이 없다. 이식이 할 수 있는 위급신호는 기포를 뿜는 것과 호스를 흔드는 것뿐. 통화선을 연결하지 않고 물에 뛰어든 것이 후회되었다. 새 슈트에 정신이 팔려 일단 물에 뛰어들고 본 것이 화근이었다.

슈트에 공기를 주입해도 바닷물이 콸콸 밀려들고 있을 뿐 소용이 없다. 찢긴 팔꿈치로는 바람이 술술 새고 있었다. 자력 상승을 시도해야 했다. 자력 상승도 이미 불가능한 상황이었다. 조급한 마음을 어쩌지 못해 기포를 뿜어대고 호스를 흔들며 허둥댔다. 당장 수면으로 상승하지 못하면 숨이 막혀 죽을 판이었다. 숨이 차오르고 있었다. 공기 주입 호스는 바닷물이 들어차 숨을 쉴 수 없다. 이제 이석이 견딜 수 있는 시간은 길어야 2분 안팎. 눈앞이 캄캄했다.

현재 수심은 38m. 몸뚱이는 천근만근 무겁다. 형도 이렇게 죽었으리란 생각이 머릴 스쳤다. 발버둥 치는 형의 모습이 수경에 어른거려 눈을 질끈 감았다. 아찔한 예감에 머리가 어지러웠다. 공기 주입 호스를 몸에 감고 매달리자, 호스가 팽팽해지고 있었다. 몸을 미친 듯 거세게 뒤틀며 안달했다. 그제야 감압선이 휘휘 내려오고 있었다. 천사의 손길처럼 느껴졌다. 감압선을 틀어쥐었다. 안달하던 몸이 수면으로 상승하기 시작했다. 마음과 달리 상승은 느렸다. 허파 속 산소를 아끼기 위해 움직임을 최대한 자제하며 숨을 참고 있었다.

생사를 가름할 시간은 이제 1분 30여 초. 한순간에 지나가 버릴 시간이다. 살고자 하는 몸부림은 감압선을 움켜쥐는 것뿐. 손가락만 한 호스에 목숨을 매달아야 한다던 형의 채근이 이렇게 현실로 다가올 줄은 차마 몰랐다.

지난 34년의 삶이 팽이처럼 회오리치고 있었다. 그런 모두를 되짚을만한 여유가 없었다. 차례로 연상하기엔 시간이 너무 촉박해 한 장의 스틸로 압축해 판박이로 담았다. 그 속엔 성은이와 형수, 조카들, 선장까지 함축되었다. 성은이가 눈을 헤집고 들며, 안달한다. 성은이 책상머리에 놓인 탁상시계가 수경에 철석 달라붙는다. 시계의 눈금은 딱 1분 30초만 그려져 있다.

어디쯤일까? 수심은? 눈을 부라려도 초점이 잡히지 않아 가늠할 수 없다. 숨이 가빠지고 가슴이 찢어질 것처럼 따갑다. 허파의 공기를 조금씩 아주 조금씩 내 뿜는다. 눈알이 튀어나올 것만 같다. 정신이 몽롱해지고 하체가 제멋대로 흐느적거린다. 이를 악문 입술 사이로 침이 괴괴히 밀려 나가고 바닷물이 하얗게 변색 되었다.

조류에 휘말린 하체가 꽈배기처럼 비비 꼬이더니 툭 잘려 버린다. 끊어진 하체가 조류에 떠밀리고 그곳으로 고기떼가 몰려든다. 하체는 몸통에서 자꾸만 멀어지고 있다. 하체로 큰 고기들이 달려들고 있다. 이미 손으로 쫓을 수도 없는 거리이다. 우럭이 허벅지를 물어뜯는다. 생채기에서 피가 뿜어지고 바닷물이 붉게 물들여지고 있다. 어린 고기떼가 피를 받아 삼키느라 아가미를 벌름거린다.

상체는 대왕문어가 휘감았다. 놈은 내 가슴팍에 빨판을 달라 붙인 채 목널미를 할퀴고 있다. 목널미가 아니다. 발은 못실 뇌고 선신은 통증이 방망이질하듯 촘촘히 배어든다. 그나마 통증을 느낄 수 있는 것만도 아직 살아있음을 증명하는 것이어서, 다행스럽다. 성은이의 탁상시계가 딱 멈췄나. 열굴을 넓고 있는 수경이 비들녀 앞을 분산알 수 없나. 수경을 고쳐 쓰려고 손을 허우적거렸다.

"어-엇? 움직인다. 형이 움직여"

사림의 목소리에 귀를 의심했다.

"징신이 들있어. 형이 실있어. 헝. 눈 뗘봐. 눈을."

"이석아. 제발 성신을 자려라. 성신을"

정신을 되찾으려 애썼다. 이석은 가까스로 자신의 몸뚱이가 관리선 갑판에 널브러진 것을 의식하게 되었다. 선장이 자신을 격하게 흔들고 주내끼가 수족을 주무르고 있었다. 이석은 비로써 자신이 살아있음을 확인할 수 있었다. 가슴이 답답했던 건 널빤지에 엎드려 가슴이 눌렸기 때문이었고, 방망이질 당하듯 파고든 수족의 통증은 주내끼의 다급한 손아귀였다. 배 바닥은 이석이 토해놓은 음식물 찌꺼기로 흥건했다. 관리선은 시큼한 냄새가 진동하고 있다.

"선장님 내가 살아있는 거야?"

"그러-엄."

"난 죽은 줄 알았어."

"죽긴. 인전 방바닥에 똥칠하며 오래 살끼다."

선장의 입은 여전히 걸쭉했다. 숨을 길게 들이마시자, 습기 머금은 바닷바람이 명치를 촉촉이 적셨고 오그라든 가슴이 차츰 펴지고 있었다. 하마터면 성은이를 천애 고아로 만들 뻔했다. 형에게 조카를 대학까지 가리키겠다고, 큰소리친 게 엊그제다. 형이 한사코 물질을 말린 이유를 이제야 알 만했다. 선장이 걱정스러운 얼굴로 말을 건넸다.

"그나저나 감압도, 못했으니 어쩌든 좋아. 숨이 막혀 죽어가는 놈을 끌어올려 놓구 봐야지. 감압 같은 건 생각할 겨를도 없었으니."

맞는 말이다.

"일단 항구로 들어가자. 사후 감압이라도 해야지"

배가 항구로 향하고 있었다.

"선장님. 오늘 이거 절대로 소문내지 마요."

선장은 힐끔 돌아보고도 말이 없다. 항구에 들어가 배를 대기 무섭게 감압부터 시작했다. 항구의 수심은 4m 안팎. 너무 얇아 감압에 얼마나 효과가 있을지 의문스러웠지만 달리 도리가 없었다. 파자에 맡긴 채 그냥 물 속에 쪼그리고 앉아 있었다. 자신의 그런 모습이 한없이, 처량해 보였다.

감압은 수면으로 오르기 직전, 적절한 수심에서 단계적으로 실시해야 효력을 발휘하게 되는 것이다. 그렇지만 이제 어쩌는가. 이미 지나간 일인 걸. 사후 감압이라도 해야 마음을 가라앉힐 수 있을 것 같아 일단 물속으로 뛰어들고 본 것이다. 제발 효과가 있길 간절한 마음으로 빌고 또 빌었다.

잠수병에 걸린 동료 머구리들이 수경에 어른거리고 있었다. 그들은 하나같이 흐느적거리고 있다. 발을 뗄 때마다 전신을 흔들고 비트는 꼴불견이 머리를 어지럽혔었다. 칠성리 오 씨는 왼쪽 무릎 관절이 썩어들어가고, 남양리 명구형은 네발 지지대에 의지해 한 걸음씩 움직이고 있다. 그나마 병세가 덜한 승철이는 오토바이에 바퀴 두 개를 더 달고 다닌다. 병신은 이륜 오토바이로는 타고 내릴 수도 없다. 오토바이가 스스로 설 수 있어야만 장애인은 오르내리는 것도 가능한 일이다.

이석은 절룩이긴 해도 흐느적거리지는 않았다. 사후 감압이 효과를 발휘하지 못하면 자신도 그렇게 될 게 뻔하다. 혈관을 타고 돌아다니는 질소가 언제 핏줄을 틀어막을지 모를 거라는 초조함으로 가슴이 벌렁거렸다. 하긴 이미 송장이 되었을 몸뚱이다. 이렇게 숨을 쉬고 있는 것만으로도 천만다행이라 여기며 죽은 셈 치고 있었다.

동네 사람들이 물 상성에 빙 둘러신 채 물속의 이석을 동물원 원숭이 보듯 내려다보고 있다. 그 눈길이 서북해 고개를 떨구었지만, 항구의 맑은 물이 부담스럽고 야속했다. 공기 방울을 세게 뿜어댔다. 혈관 속 질소를 방출시키려는 것보다 사람들의 시선을 흩트려 자신을 숨기려는 마음이 더 컸다. 사후 감압은 날이 어둑할 때까지 이어졌다. 감압은 지루하고 답답했다. 물 밖으로 나오자, 성은이가 딜러와 아비의 품에 안긴다. 큰엄마의 손을 잡은 채 불안감을 감추지 못하고 있던 성은이의 눈은 촉촉이 젖어있었다.

"아빠. 괜찮은 거야?"

아무것도 아닌 것처럼 밝은 목소리로 답했다.

"응. 괜찮아. 깊은 물에서 작업했거든. 혹시 몰라 좀 더한 것뿐이야."

"정말?"

"그렇다니까."

형수는 이석의 입만 바라볼 뿐 말이 없다.

"성은아. 숙제는 했어?"

"아니. 큰엄마 연락받고 그냥 달려온 거야"

"숙제는 해야지."

"응 저녁 먹고 할 거야."

밥상은 아비가 차리고 설거지는 딸의 몫이다. 수년 전부터 반복돼 온 부녀간의 약속된 일상이다. 밥상을 물리기 바쁘게 자리에 누웠다. 금세 눈까풀이 무거웠다. 선장이 방바닥에 똥을 매대기친다고 놀려댄다. 똥 덩어리가 방바닥 여기저기에 나뒹굴고 벽면은 똥 덩이가 뭉개져 구린내가 진동하고 있다. 동네 사람들은 코를 틀어막은 채 방안으로 똥개를 몰아넣느라 야단법석이다. 베개를 던지며 꽥 소리쳤다.

"아빠. 왜 그래?"

성은이가 놀라 아비를 흔들어 깨웠다.

"아빠. 꿈꿨나 봐. 무서운 꿈이었어?"

얼른 둘러댔다.

"응. 문어 잡는 꿈이었어. 엄청 큰놈이었거든. 그놈이 아빠를 휘감는 거야."

딸은 감쪽같이 속아 넘어가 주었다.

"난 또 뭐라고 놀랬잖아. 아빠. 잡긴 했어?"

"망태에 집어넣을 수 없을 만큼 큰놈이어서 놓쳤어."

"대왕문어는 비싼 건데."

"그러-엄. 낼은 또 횡재하려나 봐"

"아빠. 그러믄 나 예쁜 옷 사줘. 알았지?"

"응. 그래. 알았어."

젖은 눈을 아이에게 보이기 싫어 벽 쪽으로 돌아누웠다. 물질을 그만두고 어선에 오른다 해도 고기 그물을 당길만한 형편도 못 되는 팔자다. 이번 사고는 전적으로 자신에게 있었다. 안전 불감증이 빚은 결과였다. 신세대 머구리임을 자처하던 자존심이 무참히 구겨지고 말았다. 잠자리에 누워도 눈을 붙일 수 없었다. 새벽 3시. 자리를 털고 일어나 선장 집 대문을 두드렸다. 선장 부인이 웬일이냐는 듯 부스스한 얼굴로 고개를 내밀고 있었다.

"선장님. 곧 자우?"

"아니요. 일어났어요. 지금 낯쎄요.

선장이 세수하고 있다는 말이었다. 그냥 마당에서 기다렸다. 선장이 꾸물대고 있다고 느껴져 안방을 향해 소리쳤다.

"선장님. 빨리 갑시다."

문고리를 잡고 있던 형수가 상황을 대신 설명한다.

"곧 쎄요."

선장은 아직 세수 중이라는 말이었다. 잠시 후. 얼굴에 크림을 바르며 문지방을 나서는 선장과의 새벽 인사는 투박했다.

"그런 거 빌라봐아. 그 일굴에 햇살이시 뭐"

"지럴하고 있네. 니가 먼저 쌔울 때도 있다니 오늘은 해가 서쪽에서 뜰라나?"

"좀 일찍 나가고 싶어서요."

"왜?"

감압 때문이라는 말은 감추었다.

"어제 버리고 온 것들 찾아와야지요."

"괜찮겠어?"

"그럼. 괜찮지. 내가 누구요."

"누구긴. 질숙."

"에이. 씨"

이석이 물질을 서두르는 건 일을 끝내고 감압을, 크게 늘일 생각이다. 배가 어둠을 더듬으며 항구를 박차며 나가고 있었다. 평소보다 일찍 끌려 나온 주내끼의 얼굴은, 팅팅 불어 있었다. 몸속에 박혀있을 질소가 후벼지길 바라는 마음에 심호흡으로 새벽공기를 삼켜보지만, 짓눌린 마음은 여전히 무거웠다. 평소에는 먼동이 떠올라 바다가 붉게 물들면 감격했고 가슴이 울렁거렸다. 하지만 오늘은 아니었다.

배가 멈춘 곳은 전날의 멍게 짬이다. 심호흡으로 전신에 산소를 가득 채우고 물속으로 뛰어들었다. 전날 급하게 벗어던진 납 벨트부터 찾아 허리에 차고 멍게가 가득 담긴 망태 두 개를 올려보내고, 그대로 수면 상승을 서둘렀다. 어느 때보다 감압에 신경을 곤두세웠다. 수심 25m에서 1차 감압하고 15m와 6m에서도 충분히 아주 충분히 감압한 후, 수면으로 고개를 내밀었다.

"형. 비단 멍게가 엄청난가 봐?"

"응. 그래."

주내끼의 목소리가 출어할 때와 달리 밝아졌다. 감압을 충분히 했다는 생각에 찜찜함을 조금은 털어낼 수 있었다. 홀가분한 마음을 유지하려 애써도 유쾌할 수 없었다. 이석을 보는 선장의 얼굴은 여전히 어두웠다. 살아온 세월보다 살아갈 날이 훨씬 긴 인생이다. 잠수병 치료에는 챔버가 효과적이라는 것은 소문으로 들어 잘 알고 있지만, 영동 지역에는 챔버 치료병원이 없다. 그렇다고 전문병원이 있는 마산까지 찾아갈 형편은 못 되다 보니 머리가 찌근거렸다. 방법은 딱 하나 작업을 계속하면서 최대한 감압을, 늘여 발병을 억누르는 수밖에.

"이석아. 그만 들어가자"

"선장님 내일도 일찍 나와요."

선장은 고개만 끄덕일 뿐, 말이 없다. 뱃머리가 항구로 향하자 잔잔하던 물길이 두 갈래로 갈라지며 회오리치고 있었다. 답답한 가슴 그 물결에 휘휘 헹구고 싶다. 마음의 병이 더 무섭다고 했다. 발병의 불안감은 무엇으로도 달랠 수 없어 조마조마했다. 갈매기가 군무를 이루며 배 꽁무니로 날아들고 있었다. 평소와는 달리 놈들의 날갯짓이 귀찮았다. 뱃전으로 날아드는 몸짓들이 얄미워, 갈매기들을 향해 멍게를 홱-던졌다. 맞아 죽으라는 것이었지만 놈들은 잘도 피했고 멍게가 떨어진 물속으로 일제히 머릴 쑤셔 빅는다. 그중 한 놈이 잽싸게 밍게를 낚아채자, 허탕 친 놈들은 아쉬움을 감추지 못해 끼룩거린다.

갈매기들은 또다시 뱃전으로 날아들었고 건강한 것들의 먹이다툼은 치열했다. 미턴는 배 꽁무니에 내턴있을 태세였나. 신경이 끈투서 싰나. 배 바닥에 널브러신 넝게섭실을 들고 샬매기를 향해 던졌나. 놈들은 나를 놀리듯 요리조리 피하며 먹을 수도 없는 멍게껍질을 쫓아 물속으로 머릴 처박으며, 아귀다툼이다. 그 외중에 껍길이리도 차지힌 놈의 의기는 양양했고, 놓처버린 놈들의 피드득거리는 날갯짓은 안쓰리었다.

뉴트의 통화신 연결을 서둘렀나. 동굴 쏙 비난 명세 채취는, 불법이어서 항상 조심스럽고 찜찜한 마음이었다. 그러나 챔버 치료비를 마련할 셈으로 어쩔 수 없이 채취에 나서고 있었다. 대신 해경의 단속이 걱정스러워 새벽에 출어해 일찍 조업을 끝내곤 했다.

해양경찰 단속정은 어민들의 저승사자다. 불법조업으로 적발되는 날에는 3백만 원 이상의 벌금을 물어야 하고 배까지 압수당한다. 해경 단속정의 속도는 어선의 두 배도 넘을 정도로 빠르다. 한번 표적이 되기라도 하는 날에는 아무리 발버둥 쳐도 어선은 부처님 손바닥의 손오공 신세이다.

그나마 수입은 쏠쏠했다. 어민의 생활에 돈이 필요한 곳은 사방에 널려 있다. 최저 생활비도, 아이들 교육비도 모아야 하고, 관리선 운영비도 적립해야 한다. 어민의 소득은 바다가 정할 따름이며 어민은 순응할 뿐이다. 파도가 높은 날은 바다에 나갈 수 없고 장비 고장으로 출어하지 못하는 날을 빼고 나면, 한 달 출어는 절반을 넘기기도 어렵다. 바다에 기대어 사는 어부는 다들 그날 벌어 그날 먹고사는 인생이어서 저축은 꿈도 꿀 수 없다.

이웃들은 이석이 도깨비굴을 맡았다는 소문으로 수군거렸다. 수군거림은 거북했다. 만나는 사람마다 한턱내라는 인사였고 소문을 들은 스킨스쿠버들은 도깨비굴을 찾겠다고 야단법석이었다. 출어할 때마다 따돌리느라 고생스러웠다. 괜히 엉뚱한 해상으로 돌아가야 했고 멀쩡히 작업하다 말고 급히 뱃머리를 돌리는 숨바꼭질로 시간을 낭비해야 했다. 그래도 감압만은 철저히 이행했다. 그런 덕분인가는 다행히 잠수병은 발병되지 않고 있었다.

"그거 있지. 조상이 돕는 거라구."

선장은 잠수병이 발병하지 않는 것을 조상 덕이라고 했다. 그러다가도 얼른 말을 바꾸었다.

"아니다. 네 형. 일석일지도 몰라."

"형은 고소하다고 여기지 않을까요? 후 훗."

"설마"

***

감압선 쇳덩이가 예고도 없이 바닥으로 쿵- 하고 떨어지고 있었다. '빌어먹을 놈. 머리라도 맞으믄 어쩌려고.' 조심성이 없는 주내끼를 탓했다. 그 말이 미처 끝나기도 기도 전에 내려온 공기 주입 호스가 거칠게 흔들렸다. 나더러 빨리 잡으라는 신호이다. 얼른 호스를 틀어쥐자, 몸이 빠르게 이끌렸다. 빨리 수면으로 오르라는 신호이기도 했다. 감압선이 빠르게 감기며 속도를 이기지 못한 몸이 화살처럼 회돌이 치고 있었다. '감압도 못 했는데 썅.' 울화가 치밀어 감압선을 놓아 버렸다. 제멋대로 감겨 오르던 감압선이 다시 내려지고 있었다. 수면 상황이 뭔가 다급한 징조다. 얼른 감압선을 다시 틀어쥐었다. 주내끼가 감압선을 재빨리 감아주어 가까스로 배에 오를 수 있었다. 키를 잡은 선장을 향해 울화통을 터트렸다.

"씨발. 사람을 죽이려는 거야 뭐야."

선장은 뒤도 돌아보지 않은 채 배를 몰아댈 뿐이다.

"아이. 씨. 감압도 못 했는데!"

힐끔 돌아보는 선장의 얼굴이 창백했다.

"야. 몸 낮춰."

선장은 다급하게 소리쳤고 배는 물결을 휘삼으며 내달리고 있었다. 그때. 저 멀리 해양경찰 단속정이 눈을 파고늘었다. 해경 단속선은 전속력으로 우리를 추격하고 있었다. 단속정의 속도는 상상 이상으로 빨랐다. 선장도 배가 쪼개질 것처럼 속력을 내고 있었다. 깊입을 들믹일 상황이 아니었다. 몸을 최대한 낮췄다. 뱃머리에서 갈리진 물결이 배를 삼킬 듯 휘삼는다. 배기 뒤집힐까 두려웠다. 바닥에 납작 엎드려노 놈은 갈대처럼 흔들렸다. 해경 단속선은 어느새 관리선 꽁무니에 따라붙었고 정지 명령을 연발하고 있었다.

"해성호. 해성호는 정지하라."

단속정의 확성기는 고막을 찢을듯했다. 선장은 단속정의 정지 명령을 들은 체도 않으며 배를 몰아댈 뿐이다. 단속정이 관리선에 붙일 수 없도록 배를 지그재그로 몰아 배는 금방이라도 뒤집힐 것처럼 휘청거렸다. 뱃머리는 항구와는 정반대의 수평선을 향해 달리고 있었다. 오직 잡히지 않으려고 발버둥 칠뿐, 수평선이든 태평양이든 방향을 따질 상황이 아니었다. 해경의 정선(停船) 명령은 거듭되었다.

"해성호. 달아나도 소용없다"

선장이 우리에게 소리쳤다.

"야 멍게 버려. 빨리. 빨리"

망태를 가득 채운 멍게를 통째 바다에 던졌다. 망태가 제풀에 흩어지며 물속으로 가라앉고 있었다. 가슴이 저려 차마 볼 수 없어 고개를 돌렸다. 선장은 우리가 멍게를 모두 버린 것을 확인한 후에야 어쩔 수 없다는 듯 배를 세웠다. 해경이 우리 배를 가로막으며 단속정 꽁무니에 매달자, 선장이 바락바락 악을 써 댔다.

"도대체 왜 쫓는 거야. 우리가 뭐 잘못했다고"

경찰이 카메라를 들어 보이며 소리쳤다.

"사진에 다 찍혔어. 버리는 것도."

우겨봐야 소용없는 일이었다. 관리선은 단속정에 매달린 채 해양경찰 파출소로 끌려가는 신세였다. 조사는 어둑해질 때까지 계속되었고 우리 셋은 손도장을 수도 없이 찍은 후에야 풀려날 수 있었다. 배는 압수되었고 벌금은 또 얼마나 떨어질지 알 수 없었다. 조사 과정 내내 신경을 곤두세웠던 탓에 몸은 젖은 솜이불처럼 무거웠다. 집으로 돌아오자마자 자리에 눕고 보았다. 초저녁부터 몸이 떨리고 뼈마디가 시렸다. 통증은 쑤시고 저리다 못해 전신이 뒤틀렸다. 온몸이 송곳에 찔리는 것처럼, 따가웠다. 방바닥을 데굴데굴 굴렀다.

"아빠 왜 그래?"

"아파죽겠어"

"그렇게 아파?

"응"

"119 부를게."

의사는 피를 뽑고, 소변을 받아 검사하고, CT 촬영으로 부산을 떨어대고도 특별한 이상을 발견할 수 없다는 것이었다.

"내 병은 잠수병이라구요. 잠수병."

"잠수병?"

"그래요. 잠수병요."

의사는 고개를 설레설레 저었다.

"여긴 챔버가 없어요. 응급처치만 해드릴 뿐 치료는 불가능합니다. 빨리 전문병원으로 가셔야 합니다."

"……"

처방된 응급처치는 닝서에 신통제를 투입하는 것이 전부였다. 그래도 신통제 덕에 동승은 조금 수그러들었고 혼미하던 정신을 가까스로 추스를 수 있었다. 의사는 전문병원 후송을 거듭 권했다.

"네일이라도 곧바로 옮기세요."

그냥 듣고민 있었다.

"너 이상 방치하년 미세혈관이 막혀 근육 괴사현상이 발생합니다. 이런 조치는 잠수병에는 아무 소용이 없습니다."

잠수병 전문병원은 마산에 있다. 그곳은 8시간이나 걸리는 먼 길이다. 성은이와 형수는 발만 동동 굴렸다. 배를 압수당한 마당에 엎친 데 덮친 격으로 잠수병까지 발병했으니 정말 난감했다. 새 슈트를 산 게 후회스러웠다. 구형 잠수복이었다면 그렇게 깊은, 물속까지 들어갈 엄두를 내지 못했을 것인데. 응급실을 찾아온 선장과 주내끼의 얼굴은 사색이었다.

"배를 찾아야 하는데 어쩌지요?"

"그기 뭐 문젠가. 니. 병이 더 문제지."

"벌금도 한두 푼이 아닐 텐데."

"병부터 고쳐놓고 볼 판이지. 그런 건 둘째다."

주내끼는 고개를 숙인 채 눈물만 떨구었다. 형수는 선장이 치료비에 보태라고 주고 갔다면서 50만 원을 내밀었다.

"챔번가 뭔가 치료 한번 받아봅시다. 이대로 있다간 살이 썩는다는데 그냥 주저앉을 순 없잖아요. 집안에 어른이라곤 삼촌밖에 없는데 누워있어선 안 되잖아요."

형수의 설득은 길고 간절했다.

"이럴 때 그 사람이라도 있으믄 얼마나 좋아. 못된 사람 같으니!"

성은이 엄마를 이르는 말이다. 이석의 결혼은 형수의 소개로 이뤄졌다. 아내는 형수의 친정과 같은 마을이다. 형수는 그 일을 항상 미안해하는 눈치이다. 아내는 농사일이 죽기보다 싫었다며 결혼 상대가 공무원 시험 준비 중이라는 형수의 말에 솔깃했다고 했다. 아내는 공무원 아내가 될 거라는 기대감으로 가슴이 부풀었는데 내가 연거푸 시험에 떨어지자, 아내의 태도는 돌변했다.

이석은 아내의 등쌀에 못 이겨 시험장까지는 가긴 했으나, 이름만 적고 나왔으니, 낙방은 이미 정해진 것이었다. 대놓고 남편을 무시하던 아내는 결국 성은이가 세 살 되던 해 집을 나가버렸다. 이석은 아내를 원망하지 않는다. 성은이를 낳아준 것만으로도 고맙게 여긴다. 성은이가 없었다면 지금까지 이만큼 안정된 마음을 유지할 수 없었을 것이라는 생각이다.

이제 앉은뱅이로 주저앉을 처지이다. 자리에서 일어나지 못하면, 성은이의 뒤를 돌보기는커녕 오히려 짐만 될 뿐이었다. 차라리 죽느니만, 못하다. 머구리 20년 경력의 염 씨는 하체를 쓰지 못해 양팔로 몸을 끌어당겨 화장실에서 변을 보는 처지이다. 길남이 형도 사정은 마찬가지다. 이석은 그런 꼴로 전락하느니 차라리 목을 맬 것이라 작정했다. 이석은 한쪽 다리를 절기는 해도 다른 한쪽은 멀쩡했다. 한쪽 다리를 저는 것으로도, 그 많은 설움을 당하고 살았는데 앉은뱅이는 오죽할까. 그러나 막상 예까지 몰리고 보니 성은이를 두고 목을 맬 엄두를 낼 수 없다.

"삼촌. 내가 2백만 원쯤 보태드릴 테니 내일이라도 마산으로 출발해요."

"형수님이 무슨 여유가 있겠어요."

"빌려드리는 거니까 나중에 갚아요."

이석은 형수를 이미니처럼 여기며 살아왔다. 아버지는 이석이 여덟 살 되던 해 고기잡이에 나섰다가 풍랑에 휩쓸렸고, 어머니는 아버지가 수협에 진 빚을 갚지 못해 오두막이 경매로 넘어가자, 화병으로 돌아가셨다. 눈지 한번 주시 않는 형수는 돌아가신 어머니의 빈자리를 채워주기에 전혀 모자람이 없었고 형은 이석을 사식처럼 돌보았다. 형님 내외로부터 받은 만큼의 빚을 갚아야 하는데 이대로라면 갚기는커녕 오히려 천덕꾸러기로 전락할 뿐이었다. 방바닥에 똥 칠하며 살 거리던 신징의 밀이 아른거렸다. 열 살배기 딸에게 똥오줌을 받아내게 할 수는 없는 노릇이다. 형수의 당부를 받아들이기로 마음먹었다.

"형수님 말씀대로 챔버치료 받아 보겠습니다."

"삼춘. 잘 생각했어요."

그날로 마산의 잠수병 전문병원을 찾았다. 완쾌를 기대한 건 아니었다. 물속으로 다시 뛰어들 수 있을 만큼만 치료받을 작정이었다. 잠수병 전문 치료병원은 전국에서 몰려든 환자들로 우글거렸다. 입원실은 장애인 보조 기구들로 어지러웠고 환자들의 신음에 밤잠을 설쳐야 했다. 챔버 치료는 압력 캡슐에 들어가 주입되는 산소를 들이마시는 치료였다. 매일 두 차례 씩 산소를 흡입하고 의사가 처방해 준 약을 먹었다. 입원 3주일쯤부터 병세가 호전되고 있었다.

통증이 완화되자 재활치료에 집중했다. 재활치료는 환자의 의지에 따라 효과가 다르게 나타난다는 의사의 말을 착실히 준수했다. 같은 병동 환자들도 이석의 빠른 호전에 놀라워했다. 의사는 지시를 잘 따라 주어 효과를 보는 거라고 말했다. 병원에서는 달포 만에 퇴원할 수 있었다. 퇴원은 의사의 결정이라기보다 이석의 고집이었다. 치료비는 의료보험이 적용되어 그리 많지 않아 다행스러웠다. 의사는 보험 수가가 낮은 탓에, 병원들이 챔버 의료기 도입을 외면한다며 괴겠느냐고 들으라는 듯 중얼거렸다.

"그냥 연탄가스 중독을 치료하는 수준이라니까요. 잠수병은 머구리만 걸리는 직업병이 아니잖아요. 수중 건설이 증가하면서 잠수사가 급증하고 있는데 전국 각 지역에 전문병원이 있어야 장애 발생을 예방할 수 있는데 정부는 도대체 어쩌자는 건지 원."

퇴원은 했어도 완쾌된 것은 아니었다. 목발을 짚어야 기껏 10여m를 움직일 수 있을 정도였다. 그것도 걸음이라기보다, 흐느적거림이었다. 무엇보다 이 정도로 다시 물질을 할 수 있을지가 걱정이었다.

***

선장부터 만났다.

"선장님. 이만하면 물질은 가능하지 않을까요?"

"글쎄다. 그만한 기 얼마나 다행이가. 방바닥에 똥칠하며 살 줄 알았는데..."

"거. 똥칠 소리 좀 그만해요."

선장은 눈길을 천장에 매단 채 이석의 물음에는 답이 없었다. 목발에 의지하고 있는 병신과는 일할 수 없다는 것으로 느껴져 가슴을 졸였다. 이석은 선장이 차마 자신의 면전에 대고 거절할 수 없어 뜸을 들이는 게 아닌가 싶었다. 선장의 속내를 확실하게 떠봐야 했다.

"머구리는 구했나요?"

"그건 아니고."

일단 마음이 놓였다.

"인전. 좋은 세월 다. 가버렸다"

"왜요?"

"그때 우리가 해경에 잡힌 건 스쿠버 놈들이 해경에 찌른 거래. 어장은 얼씬도 못 히게 하면서 미구리는 불빕 어입을 밥 먹듯 한나며 씰렀다는 거야"

"누가 그래요?"

"그놈들이 내놓고 띠들고 다녔거든. 잎으로도 사반무시 낳셌나는 거야. 놈들이 이디 한둘이어야지."

이석에게 그런 건 중요하지 않았다. 아직 머구리를 구하지 않았다는 말에 안도했다. 바다에 들어갈 수 있는 길은 이직, 열겨있었다. 다시 물질을 할 수 있을 거란 희망으로 가슴이 설레었다. 문제는 부실한 몸을 단단하세 만들어야 히는 과제가 종요했다. 재활의 강도를 높였나. 목발을 싶지 않고 발걸음 옮기기를 수도 없이 반복했다. 연습엔 시간과 장소가 따로 없었다. 안방도 마당도 가리지 않았고 낮이든 밤이든 틈나는 대로 혼신을, 다했다. 엎어지면 끝까지 발버둥 치며 스스로 일어났고 고꾸라져도 낙망하지 않았다. 그것도 삶의 일부라 여겼다.

어촌계 앞 해변에는 해안 경비부대가 설치한 '안 되면 되게 하라'는 격문이 세워져 있다. 격문을 재활의 표상으로 삼았다. 안 되면 되게 하라는 것은 안 되는 것도 되게 하면 된다는 의미이다. 재활은 생존의 지표이며 희망이었다. 온몸에 진땀이 솟아도, 목발을 짚느라 어깻죽지에 피멍이 들어도 재활은 멈추지 않았다. 그때마다 이마에 맺힌 땀을 닦아주는 성은이가 재활의 든든한 지주였다.

석 달 만에 목발 없이도 일어설 수 있게 되었고 수십 미터까지도 걸을 수 있었다. 하지만 직립의 곧은 자세 이동은 어려웠다. 발을 뗄 때마다 상체가 흔들리고 하체가 엉거주춤 비틀리는 모습이었다. "질순잘숙"이 흔들이가 되었다. 어차피 흔들고 비틀리는 걸음이라면 차라리 춤추는 유영의 걸음은 어떨까? 싶었다. 절망보다는 희망이 더 생간적이다. 그렇다. 춤추는 걸음걸이!

이석은 그동안 잊고 있던 유영의 걸음을 꺼내 들었다. 부자연스럽게 흔들리고 비틀리는 자세를 유연하게 다듬는데, 주력했다. 발걸음을 옮기면서 양팔을 머리 위로 뻗어 옆구리 쪽으로 저으며 아랫배에 모으는 자세부터 확립해 익혔다. 상체도 앞으로 뻗어 전진에 힘을 보태고 양팔을 앞가슴으로 펼쳐 옆구리로 젓는 기본적 몸놀림을 반복했다. 단순히 팔을 앞뒤로 흔드는 직립형과는 달리 부드럽고 춤추는 형태의 변형이었다. 한가지 자세만을 고집하지 않았다.

제1 모형에서 제3 모형까지 나누어 분류했다. 제1 모형은 기본형이고 제2 모형은 머리를 곧추세우고 양팔을 가슴부위에서 수평으로 젓는 것이며 제3 모형은 싱크로나이즈의 수중 몸놀림을 결합한 개구리 체형이었다. 유형을 각각 달리한 것은, 체형에 따라 접목의 다양성을 부여하고자 한 것이다. 전체적 맥락은 불규칙하게 흔들리는 몸놀림을 일원화시키는 것에 방점을 두었다. 생각처럼 쉬울 수 없었다.

우선 제1 모형을 체질화하는데, 주력했으며 제2, 제3, 모형으로 진전시켰다. 연습은 몸에 배도록 반복되었다. 흐트러지면 재정립했고 처음부터 다시 되풀이했다. 재활은 지루하고 힘들었다. 막연히 관심에서 출발한 도전이있다면 진작에 포기했을 것이다. 절박함의 출발이어서 힘들어도 견뎌낼 수 있었다. 잠수병 환자에게는 직립형보다 유영의 걸음이 훨씬 더 자유로워 보였다. 특별한 장구가 필요치 않은 것도 장점이었다.

잠수병으로 고생하는 '양기선' 선배에게 춤추는 유영의 걸음을 시범적으로 가르쳐 주었다. 양 선배는 빠르게 익혔고 매우 만족하는 모습이었다. 춤추는 유영의 확산은 전망이 밝아 보였다. 장애인도 아름다움을 추구할 권리가 있고 충분히 아름다울 수 있어야 한다. 절망의 수렁에서 허우적거리는 동료들에게 새로운 형태의 걸음으로, 새 희망올 안겨줄 수 있을 것이란 기대감으로 기뻤다.

***

지구의 기후變化가 위기 상항으로 치닫고 있다. 폭우와 폭염으로 밀피 옥수수 가격이 계속 폭등하고 있다. 한반도는 어름 내내 반복된 폭염과 폭우로 시달렸고 중국은 자금성까지 물에 잠겼다고 한다. 유럽은 섭씨 40도의 고온에 허덕이고 미국은 대규모의 자연 발화와 토네이도(tornado)로 홍역을 치르고 있다. 아프리카 동부는 5년째 심각한 가뭄이 들고 피기스탄은 물 폭탄으로 국토의 3분의 1이 물난리를 겪는 사태도 빚겼다는 것이다. 가뭄은 곡식을 말려 죽이고 폭우는 농경지를 통째 쓸어버리고 만다. 기후변화는 인류의 식량난을 위기로 몰아가고 있다.

대륙의 인구는 80억 명. 이 가운데 27억 명이 빈곤층으로 전락했고, 10억 명은 기아에 허덕일 정도로, 인류의 식량난은 심각한 지경에 이르렀다. 이런 식량난을 해결하지 못한다면 인류의 미래는 장담할 수 없다. 굶주림으로 뼈만 앙상한 아프리카 아이에게 "백조의 호수"가 무슨 상관이며 "오징어 게임"이 눈에 들어오기나 할까.

이를 해결하는 방안은 바다와 우주의 경작 기지화이다. 바다는 1차 적으로 목장화를 확대하는 어류양식을 서두르고 2차 적으로는 육지의 팜 농업과 유사한 해저 기지화를 추진하는 것과 우주의 식량 생산 기지화로 인류의 먹거리를 확대하는 것이 절실히 필요한 때이다.

따라서 미래의 먹거리는 더 이상 육지가 아니라면 바다와 우주에서 찾을 수밖에 없다. 바다는 지구 면적의 71%를 차지하고 있고 우주는 무한대다. 바다의 절반 이상은 공해상이고 우주는 무주공산이다. 바다의 식량 자원화와 우주공간의 영농화가 인류의 미래 먹거리 확보의 답이라 할 수 있다. 선진국은 우주의 영토화를 꾀하고 있다. 아직은 뜬구름 잡는 이야기라 할 수 있지만, 달이나 화성에 말뚝을 박고 제 땅이라 주장하면 그때는 이미 늦다.

우주는 이제 일반인의 여행코스가 되었다. 일론 스페이스엑스(space X)사는 민간인 우주여행을 성공시켜 세계인을 놀라게 하고 있다. 우주는 이제 돈만 내면 누구나 갈 수 있는 이웃이다. 문제는 우주여행에 나선 그들 모두가 유영으로 이동할 수밖에 없었다는 사실을 직시해야 한다. NASA는 유영을 우주인 적응 훈련 과목으로 체계화하고 있다. 이렇듯 인간이 대양이나 우주로 나서려면 유영은 반드시 익혀야 할 과제이다. 바다와 우주는 지금의 직립형 걸음으로는 한 발짝도 내디딜 수 없다. 이렇듯 유영의 체질화는 인류의 미래 먹거리 확보와 직결돼 있다. 머구리가 직업인 나는 남보다 한발 앞서 유영의 체질화에 자긍심을 갖고 있다.

이석은 춤추는 유영의 비디오 영상을 CD로 구워, UN 산하 세계 식량농업기구(FAO)에 전달하고 전국 잠수사 지부와 장애인 복지센터에도 발송했다. CD에는 춤추는 유영이 인류의 먹거리 선점에 필수 요건임을 구체적으로 강조했다. 전화 상담도 환영한다는 메시지를 담았다. 아직 별다는 회답은 없지만, 기대만은 저버리지 않고 있다.

***

먼지가 뽀얗게 앉은 50CC 오토바이를 꺼내 광을 내었다. 별생각 없이 오토바이에 오르다 땅바닥으로 곤두박질치고 말았다. 장애인은 오토바이에 바퀴를 더 달아야만 오를 수 있는 걸 깜박했었다. 오토바이 센터를 찾아가 뒷바퀴 두 개와 스위치 시동장치를 붙여 달라고 주문했다. 오토바이는 스스로 서는 오뚜기로 변신 되었고, 스위치 시동장치는 돈을 더 처바른 만큼 편리했다. 방파제를 향해 오토바이를 몰았다. 그동안 얼마나 달리고 싶었는지 모른다. 오랜만에 쐬는 바닷바람은 볼을 간질였고 가슴을 누르던, 답답함을 씻어 내리기에 충분했다. 천근만근 무겁던 몸과 마음은 가랑잎처럼 가벼웠다.

바다를 향해 표효했다. '바다야. 네가 들이셨다. 이식이 돌아왔다.'라고 외쳤다. 잔잔하던 바다가 갑자기 돌변했다. 물결이 억섭을 뒤집을 것처럼 거칠었고 파고는 높았고 파도의 간격은 좁았다. 분노한 모습이다. 경고를 뛰어넘는 그 이상의 분노였다. 성난 파도는 횡대의 전투대형으로 빙파제를 집어삼킬 것처럼 덮쳐왔다. 제1진이 덮치고 나면 곧이이 제2진이, 다시 제3진, 제4진이 연거푸 휘몰아치는 폭풍 진략이있다. 앞줄이 쓰러지면 뒷줄이 달려드는 영화 "전쟁과 평화"의 전투대형을 연상케 했다.

바다가 무엇을 말하고 있는지 알 것 같았다. 감히 바다에 대고 포효하다니! 바다를 기웃거리는 인간을 용납할 수 없다는 메시지였다. 인간의 헛된 꿈을 질타하고 가당치 않은 처신을 응징하는 것이었다. 이석은 얼른 무릎을 꿇었고 엎드려 용서를 빌었다. 바다를 등지고는 살 수 없다고 호소했다. 바다는 안식처이며 삶의 지표라고 실토했다. 한때 바다는 텃밭이었으며 자신은 그 텃밭의 주인으로 착각한 날도 있었다며, 깊이 사죄드리고 용서를 빌고 또 빌었다. 이석은 바다에 의지해 살아온 지난날의 삶을 가슴속 깊이 되새기며 순응할 것임을 다짐했다. 이석의 참회는 해 질 무렵까지 이어졌다.

가슴을 열면 때로는 보이지 않는 것도 볼 수 있다고 했다. 자연은 인간에게 우호적인 것은 아니지만 그렇다고 적대적이지도 않다. 이석은 자연에 기대어 공생할 것임을 다짐했다. 회색 구름이 걷히고 노을이 물들 때쯤 이석은 다시 한번 바다를 향해 정중히 고개를 숙인 후, 오금을 폈다.

***

어장 관리선에 다시 오른 건 넉 달 만이다. 몸도 마음도 새털처럼 가벼웠다. 마음 같아선 관리선을 타잔처럼 날아오를 것만 같았다. 이석은 주내끼가 배에 오르는 자신을 부축하려는 배려를 뿌리쳤다.

"관둬."

녀석이 머쓱한 표정을 지었고 선장이 쏘아붙였다.

"병신새끼 지랄하고 있네. 그냥 부축 받으믄 될 걸."

"난 뭐든 혼자서 할 수 있다고요."

"성질머리 하구는"

"난 춤추는 머구리란 말이요"

"춤추는 머구리?"

"그럼요. 이렇게"

이석은 그동안 익힌 유영의 발걸음을 몸짓으로 시늉해 보였다. 선장은 기가 막힌다는 듯 입을 다물지 못했다. 그래도 선장은 이석이 다시 배에 오른 것을, 대견스러워하는 눈치다. 변하지 않는 선장의 마음이 고마웠다. 바다는 호수처럼 맑고 잔잔하다. 배가 성게 바위에 이르자 이석은 선장에게 배를 세워달라고 했다.

"선장님. 형한테 인사 좀 할게요."

선징이 고개를 끄넉이며 자기 안부도 부탁했다.

"일석에게 내 안부도 좀 전해주려무나."

"예 그러죠."

물속으로 첨벙 뛰어들자, 몸이 둥실거리며 해저로 안착하고 있었다. 다리를 휘휘 젓고 양팔을 활짝 편 채 몸의 중심을 잡는 여유로움, 이석은 그런 자신의 몸놀림이 춤추는 발레리나인 것처럼 여겼다. 바다는 수압으로 신체의 균형을 잡아주고 안정된 속도감으로 형평성을 유지해 준다. 자연은 엄하지만 너그러운 존재다.

형의 비석이 해조류에 우거져 못 찾게 되면 어쩌나 걱정했던 것과 달리 비석은 한결같았다. 전 같으면 미역, 다시마로 무성할 반석이 저마다 속살이 드러내고 있는 듯이있다. 바위들 둘러싸고 있던 미역과 다시마는 제풀에 녹아 버렸고 배곯은 성게와 불가사리가 어렵게 목숨을 지탱하고 있고, 몸을 숨길 수 없게 된 어류들은 자취를 감추었다.

텅 빈 바다는 폐사한 어패류 껍질이 널려있었다. 동해인의 갯녹음 현상은 뉴스로 전해진 것 이상으로, 신가했다. 갯녹음은 기후변화로 인한 바닷물 온도 상승과 인류가 배출한 쓰레기 등으로 내륙의 이산화탄소가 바다에 녹아들어 바닷물이 산성화된 탓이라는 전문가의 분석에 고개를 끄덕여야 했다. 이석이 할 수 있는 건 아무것도 없었다. 이석이 비석에 달라붙은 해초와 조가비를 갈고리로 뜯어내자 그제야 멀끔해졌다. 오랜만에 동생을 본 형은 또다시 이석을 타박한다.

"그렇게 혼나고도 정신을 못 차리니. 쯔쯔 "

"형. 난 바다를 떠날 수 없어. 육지선 걷기도 어렵지만 바다에선 이처럼 자유롭게 유영할 수 있잖아. 흐느적거리게 만드는 육지가 싫고 병신 취급하는 사람들의 시선은 거북해 더 싫어. 이젠 욕심 버리고 어장 관리에만 ⌐전념할 거요. 황폐한 이 어장, 반드시 바다 목장화 사업의 시범 어장으로 가꿔놓을 거야. 전복도 멍게도 해삼도 최고품으로 길러낼 거니까 지켜봐. 그러자면 우선 불가사리부터 잡아내야겠지!"

불가사리는 전복을 닥치는 대로 먹어 치우는 해적생물이다. 어장은 온통 성계와 불가사리로 뒤덮였고 바위 주변은 폐사된 전복 껍데기가 어지러웠다. 전에는 못 본 체했던 것들이다. 사정없이 채포해 망태에 쑤셔 넣었다. 멍게로 채워져야 할 망태가 불가사리로 가득했다. 불가사리 퇴치는 수협이 추진하는 사업이지만 시작만 요란할 뿐 언제나 용두사미가 되기 일쑤였다. 가랑잎처럼 널려있는 불가사리 퇴치 작업은 당장 돈이 되는 것도 아니어서 어민들에겐 실로 맥 빠지는 일이다.

"감압선 내려줘"

"알았어요. 형."

헬멧에 통화선을 연결하고 나니 한결 소통이 편하고 안정적이었다. 그날의 해저 동굴 속 사고는 자신의 만용(蠻勇)이었다. 산소 공급 호스에 통화선까지 부착하려면 이틀 이상 소요된다는 수리공의 말을 뭉개고 그냥 물로 뛰어든 게 문제였다. 이석은 그날의 자만을 반성하며 안전을 최우선으로 실천하는 머구리가 될 것임을 다짐하고 있다. 공동어장에서의 머구리 작업은 여유로웠다. 시간에 쫓길 것도, 해양경찰의 눈총을 신경 쓸 일도 없는 아늑한 안방 같은 곳이었다. 불가사리로 채워진 망태를 올려보낸 후, 수면으로 오르자, 선장은 벌레 씹은 얼굴이었다.

"니. 눈깔엔 이기 해삼 멍게로 보이냐! 어데다 쓸 건데"

"수협에 수매할 거요."

"굶어 죽기로 작정했아? 인마. 내겐 가족이 다섯이라구,"

"알지요."

"그런데."

선장에게 속마음을 털어놓았다.

"매일 하는 건 아니고 일주일에 한나절씩만요. 물질을 다시 시작한 고마움의 표시로 할겁니다."

선장은 가당치도 않다는 표정이었고, 일당을 날리게 된 주내끼는 아쉬움을 주체하지 못했다. 그날 이후. 이석은 해산물 채취 작업 중에도 불가사리는 눈에 띄는 대로 잡아내고 있었다. 채포한 불가사리는 앞마당에 널어 말렸다. 그냥 버리면 오물이 바다로 흘러들어 연안을 너럽게 되기 때문에 말려야 한다. 수협은 수매한 불가사리를 액상 비료로 농가에 무료로 보급하고 있으나 워낙 미미해 효과는 미지수다.

이석은 파도가 높이 작업을 나가지 못하는 날도 바다를 낯하지 않는다. 비다는 폭풍도 몰아쳐야 한다. 폭풍은 소류를 바꾸어 새로운 물고기가 몰려오고 색다른 해산물의 안착을 돕는다. 이석은 폭풍도 사랑하기로 했다.

잠수병이 진통이 안전히 가신 건 아니어서, 후유증으로 직잖이 시달리고 있다. 비록 몸은 성치 못해도 마음만은 넉넉히 품으러 애쓰고 있다. 후유증은 낮보다 밤이 더 심했다. 흐린 날은 전신이 쑤셔 싸승스럽다. 진통제를 먹지 않으면 잠을 이루기도 어렵다. 진통제를 입에 달고 살다 보니 복용량도 점점 늘어나, 술과 담배로 후유증을 달래는 날이 잦아지고 있었다.

"아빠. 담배 그만 피워. 댓진 냄새에 골이 아파죽겠어."

"알았어요. 공주님"

얼른 마루로 피했다. 마루 밑에 감춰둔 소주를 꺼내 병째 들이켰다. 알코올 기운이 가슴을 훈훈하게 덥히자 멈췄던 피가 핑핑 도는 느낌이었다. 나른한 몸 마루에 길게 누워 밤하늘을 쳐다보는 마음이 왠지 헛헛했다. 하늘에 매달린 별들은 금방 꼭지가 떨어져 후드득 쏟아질 것 같은 모습이다. 내일도 바다 날씨는 좋을, 모양이다. 이런 몸으로 언제까지 바다에 나갈 수 있을지 걱정이다.

그래도 물질은 계속할 작정이다. 당장 형수님 수조를 채워야 하고 아이들 학비를 확보해야 한다. 물속 작업에 매달리다 보면 통증도 잊을 수 있게 된다. 물질로 생활비도 벌고 마음의 안정을 얻을 수 있으니, 머구리는 더할 나위 없는 천직이다. 물속에 들어가면 수면으로 올라가는 것도, 귀찮아 오래도록 물속을 헤집는 날이 많아지고 있었다. 공동어장은 손바닥 들여다보듯 훤하다. 어느 바위엔 전복이 몇 마리고 어느 모래사장은 모시조개가 어느 정도 성장하고 있는지 외고 있을 정도다. 어린 전복과 해삼 방류도 적극, 앞장서 해상리 공동어장은 바다 목장화 시범 어촌계로 지정되어 어민들의 기대가 크다.

인근 어민들은 해성리의 어촌계를 부러워하고 있다. 그러나 정작 수입은 생각만큼 신통치 못했다. 전복 치패는 7년을 키워야 하고 가리비와 같은 어패류도 성장 기간이 수년씩 걸려 투자금을 손에 쥐기가 만만치 않다. 투자금이 바다에 오래 잠기면 어민은 어민들 대로 관리선은 관리선대로 생활은 빠듯한 나날이다. 선장은 주내끼를 내 보내고 혼자 줄잡이까지 도

맡을 정도로 생활은 팍팍하게 몰리고 있었다.

***

춤추는 유영 '아카데미 교습소'를 개설했다. 시작은 미미해도 끝은 창대하리란 명언을 믿고 어민복지센터 귀퉁이에 세를 얻어 간판을 달았다. 어민들은 의아한 눈초리로 힐끔거렸다. 그게 뭐냐고 물을 때마다 앞으로 인류가 습득해야 할 걸음걸이 연습장이라고 설명했지만, 반응은 신통치 못했다. 어떤 이는 고개를 갸웃거렸고 더러는 미래 사람은 몸뚱이가 흐느적거리느냐고 빈정대기도 했다.

그래도 스킨스쿠버 두 명이 아카데미에 등록한 게 소득이라면 소득이랄 수 있었다. 그들은 유영의 걸음이 낯설지 않은 동작이라며 관심을 보여 고마웠다. 이석은 그들을 통해 춤추는 유영의 걸음이 확산될 수 있기를 은근히 기대하고 있었다. 매주 토요일은 교습소의 문을 활짝 열어젖히고 유영의 걸음을 공개적으로 시범해 보인다. 인지에 의한 인식의 노림이었다. 지금의 유영 걸음을 체득하는 것이 좀 불편하고 다소 어렵지만, 체득되고 나면 자연스러울 수 있다. 인류가 직립으로 보행을 시작하던 호모 사피엔스 이전의 호모 하빌리스는 직립 보행을 불편하고 어색하게 여겼다. 하지만 결국 반복적인 시행으로 직립 보행이 체득되었고 자연스러워졌다. 인간은 어떤 동물보다 빠른 순화력을 지니고 있다. 인간의 순화력에 기대를 건다.

역사적으로 미래를 내다보는 시선은 현실에 떠밀려 억압받았다. 지동설을 주장한 갈릴레이 살릴레오는 교황청으로부터 목숨을 위협당했다. 그래도 그는 지구는 도는데, 라고 말을 흘린 일화가 있다. 이석은 그처럼 후일 자신이 미래지향적이었다는 평가를 받게 되길 기대하고 있다.

***

신징이 도루묵잡이는 어떠냐고 넌지시 물었다.

"차라리 그물을 당기라 하시지요."

"전적으로 나서자는 게 아니라 물질 나갈 때 통발 몇 개 챙겨 가보자는 거지."

"머구리에게 통발을 놓으라니 지나가던 개가 웃겠네요."

"똥개 지나갈 땐 통발 감춰야지."

둘은 배를 움켜쥐었다. 다음날 배에는 통발이 실렸다. 통발은 갯바위 부근 물속에 던져 놓았다가 돌아오는 길에 거뒀는데, 통발 속은 도루묵이 터져나갈 듯했다. 파드득거리는 소리는 신명을 불렀다. 물질과 통발 작업을 곁들인 출어는 재미가 쏠쏠했다. 어획한 도루묵은 어판장에 올려 현금을 챙겼고 팔다 남은 건 반찬으로 구워 먹고 끓여 먹느라 색다른 즐거움에 빠질 수 있었다. 무엇보다 성은이가 도루묵찌개를 좋아해 다행스러웠다.

"아빠. 도루묵찌개는 아무리 먹어도 질리지 않아 그치?"

"구이는 더 맛있는데."

"응. 구이도 맛있지."

"큰댁에도 넉넉히 드리지."

"응. 매일 갖다드려. 큰엄마가 엄청, 좋아하셔."

도루묵 통발이 물질보다 우선되고 있었다. 거의 매일 통발을 놓아 도루묵 잔치를 벌였다. 도루묵은 10월 중순에서 12월까지 바닷가로 회유해 풀숲이든 통발이든 가리지 않고 알을 뿌려놓는다. 산란기에는 특별한 어구나 기술이 없어도 잡을 수 있는 어종이다. 도루묵 풍어는 수산 당국이 치어(稚魚) 방류 사업을 벌이고부터다.

동해안은 도루묵 말고도 신나는 고기잡이가 또 있다. 손꽁치잡이다. 살아 헤엄치는 꽁치를 손으로 붙잡아 올리는 어획이다. 빠르게 헤엄치는 고기를 어떻게 손으로 잡을 수 있느냐고 묻겠지만 동해안에서 5월 한 달만은 가능한 일이다. 꽁치 역시 산란기는 도루묵처럼 대거 연안으로 회유해 풀숲이든 나무그루터기든 닥치는 대로 알을 뿌리는 성향을 지녔다.

이석과 선장은 꽁치의 그런 성향을 이용해 갈조류 풀을 엮어 배 양편에 매달아 모여드는 꽁치를 손으로 붙잡는 재미에 흠뻑 빠진다. 산란이 다급한 꽁치는 손으로 붙잡아도 달아나기는커녕 되레 손바닥으로 파고든다. 손으로 건져 올릴 때의 파닥거리는 즐거움은 잡아본 사람만 알 수 있다. 손꽁치는 그물로 잡은 꽁치와는 비교할 수 없을 만큼 신선도가 뛰어나 인기가 높다. 손꽁치잡이가 TV 뉴스에 소개된 후. 도시의 체험객들이 점점 늘어나고 있다. 체험객은 낚싯배를 세내어 손꽁치잡이 이벤트에 흠뻑 빠지곤 한다. 그들은 그런 재미에 비용을 따지지 않아 좋다. 선장과 이석은 꽁치 철마다 체험객을 통해 짭짤한, 수입을 올리지만, 그것도 딱 한철뿐이어서 늘 아쉬움을 낳는다.

봄이면 미역과 다시마 채취도 외면하지 못한다. 어느 날. 미역을 걷어 올리다 우연히 오징어의 짝짓기 현장을 보게 되었다. 문어가 짝짓는 모습은 보았지만, 난류를 타고 이동하는 오징어의 짝짓기는 처음이었다. 일손을 놓은 채 한참이나 바라보고 있었다. 수컷이 암컷의 다리 사이로 세 다리를 밀어 넣으며 애무하자 암컷도 나풀거리며 몸을 내맡기는 모습이 생경했다. 오징어 커플은 10개의 다리가 20개로 뒤엉켜서도 뭐가 그리 아쉬운지 더 밀착시키지 못해, 안달이다. 다리를 찌지 끼은 커플은 한 몸 되어 서로 밀고 당기며 일렁이는 물결에 몸을 비벼내는 몸짓이 이재로웠다. 오징어 부부의 진한 사랑은 오래도록 이어지고 있었다. 이석은 훔쳐보는 모습이 들킬세라 조심스레 뒷걸음으로 물러섰다.

다음날. 그곳을 다시 찾았을 때는 산고를 이기지 못한 암컷이 배를 뒤집은 채 주어있었고, 수컷은 그 곁을 맴돌며 눈물을 쏟고 있었다. 주변은 암컷이 뿌려놓은 알들로 어지러웠다. 전날의 달콤한 신방은 사별의 아쉬움과 그리움이 교차 되는 설움의 장이었다. 이석은 그래도 오징어 부부는 자신보다 훨씬 행복하다는 생각이었다. 사랑으로 채워진 오징어 커플의 연분홍 가슴은 자신의 멍든 가슴과는 색깔부터 달랐다.

***

공동어장에 도둑이 들어 소동이 벌어지고 있었다, 놈들은 모터보트까지 동원한 해산물 전문 절도범이라는 것이었다. 보트에서 내린 세 명의 스쿠버가 물속으로 잠수했다는 것. 어장을 누가 따로 지키는 것은 아니지만 바다밖에 볼 것이 없는 어민들의 눈은 항상 바다에 꽂혀 있기 마련이다. 방파제에서 어장을 두루 살폈지만, 놈들은 이미 수중으로 몸을 숨긴 뒤여서 흔적을 찾을 수 없었다.

"이석이 빨리 쫓아가 봐."

어촌계장의 재촉은, 다급했다

"선장이 집에 있으려나?"

"빨리 찾아서 나가. 그 새끼들이 미역바위 쪽에서 잠수했대. 전복 양식장을 정확히 알고 있는 거야. 양식장을 작살내는 거 아니야? 씨발. 속 타 죽겠네."

"보트가 저 아래서 왔다면서요. 놈들이 그쪽으로 도망칠 수도 있겠는데요."

"그러니까 빨리 나가라는 거잖아. 관리선에 타고 있다가 놈이 대가리를 내밀거든 갈고리로 찍어버려. 스쿠버 리조트 놈들과 짠기 틀림없어. 보트도 리조트 거 아니겠어. 나는 놈들 리조트 길목을 지킬 거니까. 서둘러."

선장과 함께 배를 타고 미역바위로 나갔다. 수면 위로 떠 오르기만 하면 사정없이 낚아챌 작정으로 눈을 부릅뜨고 기다렸다. 놈들은 감감무소식이었다. 얼마 전. 인근 어촌계도 전복 절도단이 양식장을 망쳤다는 소문이 파다했다. 재미를 본 놈들이 우리 어장을 덮친 게 틀림없었다. 놈들이 전복을 마구 쓸어 담고 있을 것만 같아 가슴이 콩닥거렸다.

"물속에 들어가 봐야 하지 않을까요?"

"그럴 것까지야 뭐. 나오겠지."

"산소통을 메었으니, 잠수상태로 어디든 못갈까"

물속으로 뛰어들었다. 전복이 양식되고 있는 미역바위 주변을 샅샅이 뒤졌다. 바위 곳곳은 이미 전복이 뜯겨 나간 자국이 희뿌옇게 드러나 있었다. 놈들은 급하게 따느라 마구 긁어버린 자국이 선명했다. 그런 자국은 한두 군데가 아니었다.   마음이 다급했다. '죽일 놈들. 얼마나 애써 기른 것인데.' 흔적을 쫓아 뒤를 밟았다. 흔적은 미역바위를 거쳐 곰바위 쪽으로 나 있었다. 한 놈이 곰바위 쪽에서 전복을 따고 있었고 또 한 놈은 바닥을 이리저리 훑고 있었다. 세 놈이라고 했는데 한 놈은 보이지 않고 있었다. 일단 두 놈부터 공격해 채취한 전복을 빼앗고 쫓아 버릴 작정이었다. 놈들은 전복채취에 정신이 팔려 경계를 소홀히 하고 있었다. 이석은 바위틈에 머리를 처박은 놈부터 덮쳤다. 해산물 채취 갈고리로 놈의 납 벨트를 낚아채자, 놈은 깜짝 놀라 허겁지겁 피하느라 바빴다.

납 벨트가 풀려버린 놈은 중심을 잡지 못해 허우적거렸다. 이석은 기회를 놓치지 않았고 긴고리로 놈의 허벅지를 힐귀이 슈트를 찢어 버리사, 놈은 망태까지 팽개친 채 줄행랑을 놓기 시작했다. 또 나른 놈을 추격하자 놈은 해산물 채취용 칼을 겨누며 대항의 자세로 맞서고 있었다. 도전의 자세는 날카로웠다 무기는 칼과 갈고리의 대결이었다. 목숨도 걸어야 힐 판이었다. 이석의 갈고리가 칼보다 길어 유리하다는 판단이지만 공기 주입 호스에 의지하고 있는 이석은 산소통을 메고 있는 상내보나 운신의 폭이 좁고 둔했다.

공기 주입 호스가 끊기기라도 하는 날에는 목숨이 위태로울 수 있었다. 이석은 적당한 거리를 둔 채 대결을 감행하는 작전이었고 놈은 접근전이었다. 놈이 휘두른 칼이 옆구리를 스칠 때는 전신이 오싹했다. 이석은 갈고리로 놈의 손등을 내리찍었다. 놈은 기겁하며 이석의 뒤편으로 접근을 시도하고 있었고 공방은 일진일퇴였다. 놈의 덩치는 우람하고 컸지만, 이석의 몸놀림은, 날렵하고 유연했다. 놈은 이석의 춤추는 몸놀림을 따라잡지 못해 안달했다. 이석이 바위를 박차고 뛰어오르며 놈의 어깨를 내리찍으려는 순간 선장의 다급한 목소리가 고막을 파고들었다.

"이석아. 한 놈이 수면으로 떠올랐어. 빨리. 빨리."

수면 상승을 시도하자 대결을 벌이던 놈은 멀거니 바라볼 뿐이었다.

"저놈을 배로 깔아뭉개자구."

놈은 순식간에 다가온 보트에 올라 달아나기 시작했다. 선장은 놈들을 향해 배를 몰기 시작했다. 선장의 목소리는 날카로웠지만, 놈들을 쫓는 관리선의 속도는 느렸다. 다급한 선장의 고개가 뱃머리로 잔뜩 쏠려 있었다. 하지만 통통거리는 배는 선장의 마음을 따르지 못했고 선장은 꼭지가 돌 것처럼 날뛰었다.

"개새끼들!"

보트와의 거리는 금세 벌어졌고 놈들은 선명을 가려놓아 배 이름조차 파악할 수 없었다. 선장은 관리선 바닥을 걷어차며 안달했다. 그때쯤 선장의 전화벨 소리가 숨넘어갈 듯 요란스러웠다.

"아. 예. 예. 그렇게 하죠."

"누구요?"

"어촌계장이 용궁 스쿠버 리조트 앞으로 배를 대래"

스쿠버 리조트에 이르자 어촌계장은 놈들과 멱살잡이로 침을 튀기고 있었다.

"영감태기를 그냥 확!"

"그래 쳐라. 쳐. 쳐봐."

우리가 다가가자, 어촌계장은 원군을 얻은 것처럼 목청을 높였고, 핸드폰으로 증거물을 찍어대는 손놀림이 분주했다. 잠수장비가 어지럽게 널린 바닥엔 전복이 담긴 망태가 널브러져 있었다.

"야. 선장. 너도 증거물 찍어."

신징도 핸드폰을 꺼내 사진을 찍고 있었지만, 놈들은 여유가 만만했다.

"고발하려구?"

"당연하지."

"마음대로 해보셔. 그까짓 벌금 물어봤댔자 몇십만 원일 테지. 걱정 마셔. 사진도 찍었으니 빨리 가서 고발이나 하시지."

놈들은 어딘가 단단히 믿는 구석이 있었다.

"증거품은 우리가 가지고 갈 거니까 이리 내."

어촌계장이 전복 망태를 집어 들려 하자 놈들은 어촌계장을 거칠게 가로막았다.

"영감. 귀 처먹었어?"

"뭐야? 이것들이!"

"벌금 문댔잖아. 망대에 손민 대봐 확- 밟아버릴 테니."

분을 참지 못한 어촌계장은 그길로 해양경찰서로 달려갔다.

"여기 사진도 다 찍어 놨습니다."

경찰은 무덤덤했다.

"이건 채취 현장이랄 수 없는데."

"전부 우리 어장에서 채취한 거라니까요. 목격자도 한둘이 아니래요."

"증인이 제3 자라야 하는데, 모두 동네 사람이라서."

미적거리는 조사 담당자를 확- 쥐어박고 싶었다. 다음 날 새벽, 공동어장 앞에 해양경찰 감시정이 붙박이로 정박하고 있었다. 이른 아침부터 감시정이 어촌계 앞바다에 정박하는 건 이례적이었다. 어민들은 전날의 고발에 해양경찰이 제대로 대처하는 것으로 여기며 쾌재를 불렀다. 다들 그래도 믿을 건 경찰이라고 입을 모았다.

하지만 짐작은 금세 빗나갔다. 감시정은 새벽에 출어해 입항하는 어선을 차례로 검문하기 시작했다. 검문, 검색은 이 잡듯 했고 경찰의 태도는 강경했다. 3중 그물로 고기를 잡은 13척이 한꺼번에 걸려들었다. 3겹으로 엮인 3중 그물은 어린 고기까지 잡아 올리는 것이어서 불법 어구로 취급되고 있다. 뒤이어 입항 중이던 어선들은 무전 연락을 받고 바다에 그물을, 통째 버리느라 야단법석이었다. 해양경찰서는 사색의 어민들로 줄을 이었고 적발된 어선은 그날로 입출항이 통제되었다. 불벼락이 떨어진 어촌계는 발칵 뒤집혔다. 어민들은 다른 어촌계의 단속 상황을 알아보는 전화로 분주했다.

"어이 그쪽도 3중그물 단속하고 있어?"

전화를 걸던 어촌계장의 목소리는 맥이 풀렸다. 황성호 선장이 어촌계장을 다그쳐 물었다.

"뭐래?"

"거긴 않는다네."

황 선장이 버럭 화를 냈다.

"이 씨발. 표적이 된 거잖아. 스쿠버 새끼들이 수를 썼어."

어민들이 해양경찰서로 몰려가 표적 단속을 항의했지만, 해경의 대답은 간단했다. 전복 절도단을 잡기 위해서는 감시를 강화하는 수밖에 없다는 것이었고 3중 그물은 당연히 단속 대상이라는, 설명이었다. 어민들은 분통을 터트렸다.

"틀림없어."

"뭐가?"

"스쿠버 놈들이 수를 쓴 거야."

"어떻게?"

"줄을 댄기야. 돈도 있고 발이 넓은 놈들이니 높은 사람도 알 거고."

해경 감시정은 일주일이나 해성리 포구를 들락거렸고 마을은 흉흉한 소문으로 들끓었다. 덜미를 잡히지 않은 어선들도 출항 엄두를 내지 못한 채 해경의 눈치를 살펴야 했다. 복지회관에 모인 어민들의 분통은 가마솥처럼 펄펄 끓어올랐다.

"이봐. 어촌계장. 혼자 날뛰다 이 꼴이 된 거잖아."

"동네 일인데 고발하기 전에 우리와 상의했어야지."

"아이. 씨발. 공동어장인지 뭔지. 사람 환장하게 만드네."

분위기는 험악했디. 황 선장이 우리를 거칠게 다그쳤다.

"이봐. 당신들 셋이 책임져"

"……"

어촌계장의 얼굴은 흙빛이었다.

"뭐. 이렇다 저렇다, 말을 해보란 말이야."

참다못한 어촌계장이 목소리를 높였다.

"그럼. 전복 훔쳐 가는 걸 보고도 못 본 체하란 말이야!"

"그깟 전복이 뭐야. 어부는 고기를 잡는 거잖아. 어촌계장이 그것도 몰라!"

"동네를 이 지경으로 만들었으니 물어내. 그물값도 벌금도 다 물어내
란 말이야."

보다 못한 이석이 어촌계장을 대신해 자초지종을 설명하고 나섰다.

"수박 서리도 절도죄로 고발되는 세상입니다. 어장의 전복도 우리가 얼
마나 공들여 기르고 있습니까. 고발은 당연한 겁니다. 그냥 못 본 체하면
만만히 보고 또 일을 저지를 겁니다."

"이 씨발. 고발한 기. 뭐 잘못이래. 동네를 쑥대밭으로 만들었으니 책임
지라는 거잖아. 내 말이 틀렸어? 틀린 기 있으믄 말해봐."

정성을 다해 어장을 관리한 보람도 없이 몰아붙이는 이웃들이 야속했
다. 어장 관리는 이석 자신만을 위한 것이 아니었다. 울화가 치밀어 고개
를 빳빳이 들고 반박했다.

"이번 단속이 스쿠버 놈들 고발과 무슨 상관입니까. 3중 그물 때문이
잖아요. 어린 물고기도 마구 잡아들이는 3중 그물이 불법인 건 누구나 알
잖아요."

"뭐야? 이 새끼가!"

사람들이 한꺼번에 와락 달려들었다. 누구랄 것도 없었다. 패고, 밟고,
걷어차는 분노의 발길질이 천둥, 번개 치듯 했다. 입술에선 피가 흐르고 옆
구리는 결리고 숨이 막혔다. 법은 멀고 주먹은 가까웠다. 선장도 어촌계장
도 말릴 엄두를 내지 못했다. 집단폭력에 짓밟히는 아픔보다 어장 관리에
그토록 애쓴 보람도 없이 뭉개지는 허탈감이 더 서러웠다. 다만 웅크릴 뿐,
눈 한번 제대로 뜰 수 없었던 이석은 그만 기절하고 만다. 끝.

여덟 번째 이야기

중편소설

광부 아리랑

(줄거리)

광부 아리랑은 강원도 탄광촌 광부들의 애환을 그린 소설이다.

시대 배경은 정부의 석탄산업 합리화 사업 추진(1986년)을, 전후 한 탄광촌의 어두운 그림자이다. 작업장이 대부분 지하인 탄광은 갱도 매몰 사고가 잦을 수밖에 없는 구조다. 그런 상황을 밀착 취재한 자료가 이 소설의 주제가 되었다.

지하 막장에서 탄을 캐는 광부의 작업환경은 항상 목숨을 걸어야 하는 극한 직업이었다. 1980년대 중반까지도 우리의 생산 시설은 거의 바닥 수준이었지만 강원도의 무연탄 생산 작업은 활기를 띠고 있었다. 그 시절 광부는 가정을 지킬 수 있는 직장으로 널리 주목받고 있었다.

당시 탄광촌에선 한때 똥개도 만 원짜리를 물고 다닌다는 속설이 나돌 정도의 번성을 누리기도 했었다. 하지만 그런 흥청거림은 권력이나 富를 거머쥔 자들을 지칭하는 것이었을 뿐 실제로 탄광 산업을 떠받치고 있던 사업 저변의 광부와는 거리가 먼 이야기였다.

그래도 광부는 그들만의 자긍심을 갖고 있었다.

1970년대 초반 세계적 Oil Shock의 직격탄을 맞은 우리의 중화학공업이 벼랑 끝에 몰렸을 때 광부가 석탄을 생산하여 유일한 동력원이었던 화력발전소를 돌림으로써 붕괴 직전의 산업을 다시 일으켜 세웠고 장작을 땔감으로 쓰던 가정집에 19공탄을 공급하여 지금의 이 나라 강토를 푸르게 만든 장본인이라고 자부하지만, 아무도 그런 사실을 알아주거나 제대로 대접하지 않는다며 한탄한다.

소설은 강원도 태백시 "가명: 한탄 광업소"의 지하 천6백m 갱도 천정의 지하수가 터져 물과 뒤엉킨 죽탄이 갱도를 차단하면서 시작된다. 죽탄은 갱도를 떠받치고 있던 갱목을 무너트리며 암석과 함께 140여m의 갱도를 매몰시킨다. 이 사고로 탄을 캐고 있던 광부 13명이 지하 막장에 갇히게 된다. 하지만 매몰된 갱도는 죽탄이 지상과 연결된 산소 공급망은 물론 통신망까지 완전히 차단해 사고는 한 치 앞을 예측할 수 없는 소용돌이에 휩싸이게 된다.

광업소는 즉각 구조 작업을 벌이지만 매몰된 갱도가 워낙 협소해 구조 장비를 투입할 수 없어 인력으로만 복구 작업을 벌이다 보니 구조는 지지부진할 수밖에 없었다.

그 과정에서 광업소는 피해 가족들에게 구조 진척 상황을 임기응변식 거짓말을 일삼아 피해 가족의 분노를 사게 되어 참다못한 가족들은 사고 상황실을 점거해 난동까지 벌이며 경찰과 대치하는 소동이 벌어진다. 하지만 가족은 집단 구금, 연행 등 경찰의 진압으로 일촉즉발의 순간에 처하게 된다. 그러나 천만다행으로 피해 가족 속에 섞여 있던 광산 지역 한 채탄 전문가가 경찰에 맞선 자해행위로 가까스로 위기를 모면하게 된다.

사고 발생 이전까지만 해도 광부는 인사권을 휘두르는 광업소에 굽실거리며 살아야 했다. 광업소가 목을 자르면 잘려야 했고 임금을 늦추거나 월급을 6개월짜리 어음으로 지급해도 할 말을 못 하는 갑과 을의 서러운 수모를 겪는 처지였다. 모래알처럼 흩어지던 그들도 뭉치면 힘이 되었지만, 집단행동으로 한때 광업소를 점거한 사실에 피해 가족은 스스로 자부하며 놀라게 된다.

소설의 주인공은 매몰 광부의 아내이다.

사경을 헤매는 남편이 구조되기만을 간절히 바라는 아내는 산소 부족으로 숨을 헐떡이고 타들어 가는 갈증과 허기를 남의 일로 여기지 못해 스스로 끼니를 서르며 가족 대기실을 지키는 사연은 듣는 이들의 가슴을 저미게 만든다.

그런 상황 속에서도 광업소가 사망한 광부를 뒷구멍으로 빼돌린다는 흉흉한 소문으로 가족의 애간장을 태우며 속을 끓인다. 아름아름 퍼지는 뜬소문은 매몰 광부 숫자를 훨씬 웃돌 정도도 흉흉했다. 그런 소문은 가족이 경찰과 대치할 당시 일촉즉발의 순간에 위기를 막아준 패거리에게서 퍼지는 것이었다. 패거리는 피해 가족의 위문품에 눈독을 들이는 빈대들이었다. 가족은 놈들을 쫓아 버리며 타들어 가던 속내를 다독인다.

지지부진하던 구조 작업은 결국 매몰 광부의 전원 사망이라는 비보로 사건은 끝나고 만다. 가족은 남편이 살아 돌아오기를 간절히 기원하면서 도 사실 한편으로는 절망을 예견하지 않은 것도 아니었다. 남편의 죽음 앞에 울부짖으며 아낙은 지지러져야 마땅하지만, 어찌 된 일인지 엎드려 통곡하는 이가 없다. 그게 이상스러웠다. 사실 아낙들은 다들 혼이 나간 탓이었다. 아낙들은 하나같이 바제된 채 멍하니 앉았을 뿐 말을 잊있다. 끝

광부 아리랑

(본문)

남편의 퇴근 시간에 이를 무렵.

아이 셋을 등교시키느라 아침부터 한바탕 전쟁을 치러야 했다. 아침마다 아이들에게 밥을 챙겨 먹이고 도시락을 싸 보내느라 야단법석을 떨어야 하는 나날이다. 큰아들 상수는 고2, 인수는 중3, 딸 수인은 중1이다. 사정이 이렇다 보니 아침이면 정신 차릴 겨를이 없다. 매일 반복되는 일상인데도 오늘은 어쩐지 나른한 느낌이다.

안방의 벽시계가 오전 9시 30분을 가리키고 있었다.

남편이 집에 발을 들여놓을 시간이다. 통근버스로 출근하고 퇴근하는 남편은 정해진 시간에 출퇴근하고 있다. 남편은 한탄 광업소 막장에서 선산부로 일하고 있는 광부이다. 서둘러 남편의 밥상을 차려야 했다. 멸치 육수에 두부와 애호박을 썰어 넣은 된장찌개를 연탄불에 올리고 김치 한 줌을 접시에 가지런히 담았다. 짭조름하게 볶은 멸치볶음과 무말랭이도 접시에 챙기고 석쇠에 올려 굽고 있던 고등어를 다시 한번 뒤집었다. 남편은 생선을 노릇하게 구워야 맛있게 먹는다.

밥상을 차리다 보니 어느덧 시계는 9시 40분에 이르러 있었다. 남편이 부엌문을 열고 들어올 시간이 지났는데도 아직 모습을 드러내지 않고 있다. 평소 같으면 벌써 탄가루 반들거리는 장화를 부엌 바닥에 벗어던지고 밥상머리에 앉고도 남을 일이었다. 이 시각쯤엔 회사 통근버스도 사택 앞 정류장에 도착해 있어야 하지만, 코빼기도 보이지 않으니, 웬일인가? 부엌 문을 열어젖히고 정류장을 훑어봐도 버스는 눈에 들어오지 않고 있었다. '오겠지' 하며 소반에 수저를 올려 아예 밥상을 차렸다.

광부 사택은 출입문이 따로 없다. 방 두 개와 부엌이 달린 게 전부여서 부엌이 출구고 부엌문이 내문을 겸하고 있는 구조다. 광업소가 건축비를 아끼기 위해 여러 가구를 횡대로 연결해 지은 탓이다. 다섯 동으로 이어진 이곳 D동에만 15가구가 옹기종기 모여 살고 있다. 일반인들은 이런 구조가 불편하리라 여길 수도 있겠으나 이만한 사택에 살 수 있는 것도, 번듯한 광업소의 광부였기에 망정이지 덕대 탄광 같은 군소 탄광에선 꿈도 꿀 수 없는 일이다.

남편은 퇴근이 늦어질 때는 꼭 사전에 연락해 주었다. 하지만 오늘은 어쩐 일인지 그런 연락도 없었다. 통근버스가 고장인가? 운전기사 남 씨가 아픈가? '그러면 그렇다고 전화라도 해야지.' 남편을 탓하며 연신 부엌문 고리를 잡고 정류장을 흘금거리지만, 남편은 그림자도 볼 수 없다. 노릇하게 구워놓은 고등어와 된장찌개는 꿈땅 식어버리고 말았다. 괜히 마음이 심란해 부뚜막에 궁둥이를 붙이고 주저앉아 버렸다.

광업소에 전화라도 한 번 걸어봐? 그래도 괜찮을까?

궁금해 견딜 수 없어 궁둥이를 안방 문지방으로 들이밀며 전화선을 확- 끌어당기자, 수화기가 바닥으로 굴러떨어지며 붕-하는 굉음을 뽑고 있었다. 그 소리에 흠칫 놀라 등골이 서늘했다. 다이얼에 손가락을 꽂아 넣긴

했어도 정작 돌리기를 주저하고 있었다. 한참을 그러다 에라 모르겠다며 다이얼을 돌렸다. 광업소에서 전화를 받으면 곧바로 끊어버릴 요량으로. 사고가 잦은 광업소 사람들은 미신을 잘 믿는다. 광업소는 여자가 아침에 전화를 걸어도 재수 없다고 타박한다. 분위기가 그렇다 보니 방어 태세는 어쩔 수 없는 거다.

"뚜-뚜-" 전화는 통화 중이었다. 그 소리에 되레 용기가 솟았다. 다시 다이얼을 돌렸지만, 전화기는 계속 통화 중 발신음을 뿜고 있었다. 문지방에 걸치고 있던 궁둥이를 아예 안방으로 들이밀어 다이얼을 본격적으로 돌리고 있었다. 손가락이 자꾸 다이얼 구멍에 끼어 신경이 쓰였지만, 복잡한 마음으로 인해 그런 것에는 신경 쓸 겨를이 없었다. 전화는 아무리 걸어도 계속 통화 중이었다.

"이눔에 탄광은 탄은 캐지 않고 전화질만 해대나!"

수화기를 던지듯 팽개치고는 '사곤가? 아니지. 사고는 무슨' 혼자 묻고 대답하기를 거듭하고 있었다. 한참이나 맥을 놓은 채 멍하니 앉아 남편이 빨리 들어오기만을 기다리고 있었다. 주인 없는 밥상을 물끄러미 바라보며 남편이 부엌문을 열고 성큼 들어서는 환상에 빠져있었다.

"상수 엄마 뭐하노?"

"저 여기 있어요. 근데 왜요?"

옆집 사택의 봉화 댁이 부엌문을 불쑥 열고 고개를 들이민다. 남편의 퇴근 시간을 잘 알고 있을 봉화 댁이 예고도 없이 남의 집에 덜컥 들어서는 건 별스러운 일이었다.

"광업소에 사고가 났다카던데."

"예? 사고요?"

"그래. 금천 갱 물통이 터졌단다."

"금천 갱이요?"

"그래. 병 반이 당했다는데 상수 아빠 병 반 아이가."

"맞아요. 병 반요."

가슴이 철렁했다.

"갱 속에 여럿이 갇혔다고 하더만."

"누구누구래요?"

"그건 나도 모른다. 우리 아저씨가 빨리 구조해야 한다며 급히 뛰어나갔다."

후다닥 방으로 들어가 TV를 켰다. 하지만 아침 뉴스는 이미 끝난 뒤였다.

"빨리 광업소로 가보거라."

"그럼요. 가다마다요."

신발이 발가락에 걸리기 무섭게 큰길로 냅다 뛰고 달렸다. 택시를 잡으려고 두리번거렸지만, 택시는 눈에 띄지 않았다. 황지 우회도로를 갈지자로 뛰고 달리며 눈을 번득여도 택시는 눈에 들어오지 않고 있었다.

"염병할 눔에 택시. 개똥도 약에 쓸라믄 없다더니"

욕지거리가 저절로 튀어나오고 있었다. 급한 마음에 무의식적으로 뛰고 달릴 뿐이었다. 아무리 달려도 끓은 다급한 마음을 따를 수 없이 인털했다. 광업소이 비탈길 진입로는 철떡이는 숨걸을 가로막있지만, 걸음을 넘출 수는 없었다. 광업소가 눈에 들어올 때까지도 택시는 끝내 잡히지 않았다. 얼마를 뛰었을까? 어렵게 광업소 정문에 다다라 광업소 광장을 한눈에 바라볼 수 있었다. 그런데 광업소 광장익 분위기는 평소와 전혀 다른 모습이었다. 평소 텅 비어 있는 주차장은 자동차들로 빼곡히고 구급차와 소방

차는 물론 경찰 기동대 차량까지 하나같이 발동을 걸어놓은 상황이었다. 뭔가 돌아가는 분위기가 심상치 않은 느낌이었다.

"빌어먹을 일이 터진기 맞구만."

갑자기 무릎이 접힐 것처럼 힘이 빠져 걸음을 뗄 수 없었다. 마음은 급하고 다리는 후들거렸다. "어쩌지? 어떻게 해"하며 떨어지지 않는 발길을 억지로 떼고 있었다. 대기하고 있는 차량이 하나같이 발동을 걸어놓고 있는 건 급박한 상황임을 예고하는 것이어서 마음이 불안했다. 어쩌면 다친 광부들이 곧 실려 나올 것만, 같은 느낌이어서 괜히 초조했다. 좀 더 확실한 상황을 파악하려면 생산과로 찾아가야 할 것 같아 걸음을 생산과를 향해 재촉하고 있었다.

남편은 16년째 막장 광부로만 일한 숙련 광부다. 안전시설이 허술한 덕대 광업소에서도 손가락 하나 다치지 않은 위인이다. 설사 지하갱도의 물통이 터졌다 해도 남편은 무사할 것이라 믿는다. 탄광 사고 상황은 생산과가 주무 부서이다. 생산과로 다가가는 발걸음이 자꾸 헛디뎌지고 비틀거렸다. 빤히 보이는 광업소 사무실이 백 리 길처럼 느껴지고 있었다.

어렵게 생산과 사무실까지 다다르긴 했지만, 선 듯 안으로 들어설 엄두를 낼 수 없어 문 앞에서 서성거리고 있었다. 생산과는 광업소의 석탄 생산을 총괄하는 부서이고 광부는 모두 생산과 소속이다. 그런 생산과는 광부의 상전이다. 생산 과장은 광업소에서 소장 승진이 담보된 으뜸 간부일 정도로 생산과는 광업소의 핵심 부서이다.

문틈으로 새 나오는 웅성거림에 귀를 곤두세워도 도통 말귀를 분간하기 어려워 답답해 견딜 수 없었다. 돌아가는 분위기를 살펴볼 때 뭔가 큰 일이 터진 건 분명했다. 그렇다면 당장 문을 박차고 들어가 무슨 일이냐고 따져 물어야 마땅하다. 하지만 나는 광부의 아내이다. 이러지도 저러지도 못해 발만 동동 구르고 있을 때 가죽점퍼 차림의 건장한 남자가 내 앞을 가로채 듯 사무실로 들어가고 있었다. 나는 그에게 묻혀가듯 빨려들었다. 생산과 는 한마디로 난장판이었다. 사무실은 수십 명이 전화통에 매달려 목청을 높이고 있었다. 마치 벌집을 쑤셔놓은 것처럼 혼란스러웠다.

"사고 발생 시간요? 새벽 6시 15분으로 파악하고 있습니다. 예. 예. 그 렇습니다."

"따르릉. 네. 사고 상황실입니다. 예? 그런 건 아닙니다."

"따르릉. 예 생산 과장입니다. 구조대는 이미 투입됐습니다. 그렇지 않 다니끼요."

통화 소리만으로는 구체적인 상황을 파악하기 어려운 분위기였다. 그때 가죽점퍼가 교환에게 전화 연결을 다그치고 있었다. 그의 목소리엔 잔뜩 힘이 들어가 있었다.

"교환. 정보과 연결해. 뭐? 통화 중이라고? 그거 끊고 이거부터 연결해."

곧이어 전화가 연결되자 당당하던 가죽점퍼는 상대가 상급자였던지 갑 자기 부드러워지고 있었다. 그의 목소리에 한껏 귀를 기울였다.

"긴 경삽니다. 사고 상황실인데요. 예. 매몰자가 다수 발생했습니다. 구 조 작업은 아직 본격적으로 착수되지 못한 상황입니다. 네? 제 말이 잘 안 들린다구요? 알겠습니다. 어이. 거기 좀 조용히 하시오."

형사는 손으로 수화기를 막은 채 좌중에 내고 소리쳤지만, 형사의 말은 금세 잡음에 녹아들고 말았다. 그는 할 수 없다는 듯 한쪽 귀를 손바닥으 로 막은 채 목소리를 한껏 높이며 통화하고 있었다. 상황실은 여전히 빗발 치는 전화로 요동치는 분위기였다.

"예. 예. 그렇습니다. 갱도 지하수가 터진 겁니다. 구조대가 구조 작업을 벌이고 있습니다만 결과는 아직 예단할 수 없습니다. 죄송합니다."

"예? 예? 그게 무슨 소리입니까? 저희도 그런 상황은 파악된 게 없는데요."

사고 발생은 어깨너머로도 충분히 짐작할 수 있었지만, 도무지 구체적인 사고 내용을 알 수 없어 답답하기 그지없었다. 사고는 어쩔 수 없다 하더라도 무엇보다 남편의 근황을 파악하는 게 급했다. 다행히 혼란스러운 분위기로 인해 아무도 나 같은 것에는 신경 쓸 겨를이 없는듯했다. 그런 난장판이 나로선 되레 다행스러웠다. 매몰자 명단을 내 눈으로 확인하기 전까지는 상황실을 절대로 나가지 않으리라 마음먹고 있었다. 여전히 전화통에 매달려 있던 가죽점퍼 형사는 매몰 광부 명단을 들먹이고 있었다.

"매몰 광부 명단요? 네. 알겠습니다. 계장님."

형사는 생산과 직원의 손에 들려있던 메모지를 빼앗듯 낚아채 명단을 읽어내리고 있었다. 메모지는 [매몰자 명단]이라는 제목 아래 십여 명의 이름이 적혀 있었다. 하지만 급히 휘갈겨 쓴 글씨여서 한눈에 읽기가 어려웠다. 명단을 불러대는 형사는 연신 더듬거리고 있었다. 그냥 듣고 있기엔 답답해 형사에게 바짝 다가가 팔꿈치 사이로 머리를 들이밀었다.

"저도 좀 봅시다."

"어? 어? 이건 뭐야?"

"우리 아저씨가 병 반이거든요."

"이 여자 누가 들여보냈어?"

상황실의 눈길이 모두 내게로 쏠려 있었다.

"이거. 생산 과장 당신이 책임질 거야?"

생산 과장은 형사에게 고개를 조아리며 사과를 거듭했다.

"죄송합니다. 정신이 없어 미처 몰랐습니다. 지금 당장 쫓아버리겠습니다."

과장은 턱으로 앞자리의 직원에게 나를 쫓아내라는 시늉을 했고 직원은 거친 손아귀로 내 옆구리를 잡아채며 상황실 밖으로 끌어내고 있었다. "잠깐요. 잠깐만요."를 거듭하며 발버둥 쳤지만, 몸뚱이는 이미 복도에 나동그라지고 말았다.

"어디라구. 함부로 들어와. 쌍."

쾅-하고 문을 닫으며 내뱉는 직원의 욕지거리가 고막을 후비고 들었다. '놈의 바짓가랑이라도 잡고 늘어져야 했는데.' 어렵게 들어간 상황실을 너무 쉽게 끌려 나온 게 못내 아쉬웠고 남편의 근황을 확인하지 못하고 쫓겨난 게 너무 속상했다. 복도에 주저앉아 신세를 한탄하다 말고 그 끝의 공중전화가 눈에 띄어 얼른 다가갔다.

남편이 집에 돌아와 있을지도 모른다는 생각에 황급히 다이얼을 돌렸다. '따르릉. 따르릉.' 남편을 부르는 전화벨 소리는 길었고 수화기를 든 내 손은 끝 모를 인내심을 발휘하고 있었다. 혹시 남편이 화장실에 갔거나 등물이라도 하고 있을지 모른다는 생각에 다시 걸고 또 걸었지만, 남편의 응답은 끝내 들을 수 없었다.

이번 사고에 대한 수습은 금세 끝날 일이 아니었다.

사고가 수습될 때까지 일단 버텨야 할 만한 곳을 찾아야 했다. 마침, 광장 끝머리에 피해 가족으로 여겨지는 이나 몇몇이 서성거리고 있었다. 그들에 대한 발견은 다행스러운 일이었다. 이럴 때일수록 혼자보다 함께 있어야 힘을 보탤 수 있다는 생각에 그들이 있는 곳으로 발길을 옮기고 있었다.

광장 한복판을 지날 때쯤 날벼락처럼 회오리바람이 몰아치고 있었다. 회오리바람은 나를 휘감듯 스치고 지나가 깜짝 놀랐다. 회오리바람은 김은 탄가루와 지푸라기를 꽈배기처럼 빙빙 말아 올리고 있었다. 광장은 온통 흙먼지로 둘러싸여 앞을 분간할 수 없을 정도였다. 회오리바람은 하늘 끝까지 날아오를 것처럼 몰아치다 말고 광장 건너편 오리나무 숲 그루터기에 감겨 스러져버리고 만다. 회오리바람에 휘감겨 하늘로 솟구치던 가랑잎과 지푸라기는 맥없이 땅바닥으로 우수수 곤두박질치고 있었다. 기분이 언짢았다. 어린 시절 우리는 회오리바람을 귀신 바람이라며 두려워했었다. 회오리바람에 휘말리면 영혼이 저승으로 끌려가게 된다며 바람을 피해 죽으라고 달아나곤 했었다.

피해 가족을 향해 광장을 가로질러 가는 걸음을 멈추지 않았다. 그들 중 누군가는 매몰자 명단을 알고 있을지 모른다는 생각에 걸음을 한층 재촉하고 있었다. 아낙들은 그들대로 내게 눈길을 꽂은 채 내가 빨리 다가오기를 바라는 눈치들이었다. 그들 가운데 때마침 5호 사택의 남철 엄마가 끼어 있어 반가웠다. 남철 엄마의 고향이 삼척시 원덕읍이어서 노곡면이 고향인 나와는 전부터 가깝게 지내 온 사이였다. 우리의 첫인사는 서로 남편에 대한 안부였다.

"상수 아빠도?"

"응. 거기도?"

"응. 우리도"

짧은 응답만으로도 피차의 처지를 단박에 알아차릴 수 있었다. 그러나 남철 엄마가 내게 물은 질문은 황당했다. 남철 엄마는 그냥 내게 묻는 게 아니라 당연히 매몰자 명단을 알고 있을 것으로 단정하는 투였다.

"생산과에서 나오던데 매몰자 명단은 봤겠지. 뭐"

"아닌데."

그런 투의 질문이 맘에 들지 않았지만, 남철 엄마는 서로 잘 아는 사이

여서 그냥 참아 넘길 수 있었다. 하지만 아낙들까지 우르르 나를 에워싸며 매몰자 명단을 연거푸 물어대는 바람에 정신을 차릴 수 없었다. 그들 역시 남철 엄마처럼 내가 매몰자 명단을 당연히 알고 있으려니 하는 것이었다.

"명단은 봤겠지. 뭐"

"매몰자가 몇이던가요?"

"나는 모르는데요."

"생산과에서 나오던데 좀 알려줘."

속을 까뒤집어 보일 수도 없어 난감했고 넘겨짚는 여편네들이 얄미웠다.

"정말 모른다니까."

"에이. 혼자만 알고 있지 말고 좀 알려주라니까."

"모른다는데 왜들 이래."

하나같이 나를 심문하듯 물고 늘어져 울화통이 치밀었다.

"답답하니 묻는 거잖아."

"아이참. 열 받아 죽겠네. 모른다는데 왜들 자꾸 속을 뒤집어."

"같이 알면 될 것을 그게 뭐 큰 재산이나 되는 것처럼 끝까지 숨겨."

처음 보는 년의 말투가 싸가지라곤 털끝만큼도 없어 괘씸했다. 더욱이 상황실에서 개처럼 끌려 나온 게 떠올라 울컥 치미는 울화통을 억누를 수 없었다.

"뭐? 이년이!"

다짜고짜 싸가지 년의 머리끄덩이를 잡은 채 땅바닥에 패대기를 치고 깔아뭉개며 몰라 탔다. 그 와중에 누군가 내 뒷덜미를 잡아채는 바람에 내가 되레 땅바닥에 나동그라지고 말았다. 엎치락 뒤치락거리는 몸싸움은 어느 쪽도 승리를 가름할 수 없었다. 씨움온 남철 엄마가 뜯어밀려 사까스로 끝낳지만, 분통을 참을 수 없어 씩씩거렸다. 옷은 흙투성이였고 머리카락이 한 줌이나 뽑힌 채 헝클어진 모습이었다.

"남편 목숨이 경각에 달렸는데 이게 무슨 짓들이야."

남철 엄마의 일갈로 좌정은 가라앉고 있었지만 분은 풀리지 않고 있었다.

"너 이년. 다시 만나기만 해봐. 그땐 가랭이를 확 찢어버릴 테니."

"그래. 누구 가랭이가 찢어지나 두고 보자"

상대 역시 한 치도 물러서지 않으며 악다구니로 맞서고 있어 싸가지 년의 얼굴을 똑똑히 기억해 두었다. 언제든 길거리에서 만나면 모가지를 비틀어 버릴 작정으로. 요동치던 분위기가 조금 가라앉게 되자 남철 엄마는 신세 한탄을 늘어놓기 시작했다.

"우리 아저씬 병 반 간지. 열흘도 안 됐는데 속 터져 죽겠네."

목젖 사이로 비집고 나온 목소리는 반쯤 쉬었고 눈에는 그렁그렁 눈물이 맺혀져 있었다. 누구든 한마디만 거들어도 눈물이 폭포수처럼 쏟아질 모양새였다. 얼른 남철 엄마의 손을 맞잡고 위로의 말을 건넸다.

"아직 확실한 것도 아닌데 뭐."

"버선목 뒤집으나 마나 그기 그거지."

나 역시 남을 위로할 만한 처지는 아니었지만, 남편의 사고 소식에 매몰된 남철 엄마로선 이미 그런 정도의 위로로는 기별도 가지 않는듯했다. 아낙들 역시 저마다 숙연한 모습을 감추지 못하고 있었다. 광업소는 그때까지도 무반응이었다. 아낙들은 광장 구석에 죽친 채 상황실에 마냥 눈길을 매달고 있을 따름이었다. 이제나저제나 하며 광업소의 상황 설명을 고대하는 모습이었지만 광업소는 아무 일도 없었다는 것처럼 태연했다.

처음엔 흐트러진 모습을 보이지 않으려 애쓰던 아낙들의 몸짓도 한나절을 넘기면서 저마다 광장바닥에 퍼지르고 앉아 장기전에 돌입하는 모양새였다. 광업소의 사고 상황실 창문은 여전히 굳게 닫혔고 어쩌다 한두 명이 들락거리기라도 할라치면 아낙들의 눈길은 일제히 그곳으로 집중되고 있었다. 해 질 녘까지도 광업소는 이렇다 할 상황의 변화를 보이지 않고 있어 답답하기 그지없었다.

저녁때가 되면서 사고 소식을 전해 들은 친인척과 학교에서 돌아온 아이들까지 모여들어 피해 가족의 수는 크게 불어나 있었다. 그들 가운데 누군가 챙겨 온 소형 라디오가 피해 가족의 유일한 정보통 역할을 톡톡히 하고 있었디. 오후 5시가 되사 방송국의 성기뉴스가 보도되고 있었다.

"KBS 5시 뉴스입니다."

가족이 한자리에 모여 라디오에 귀를 기울였다.

"좀 크게 틀어봐요."

가족은 라디오 볼륨이 최대한 켜졌어도 더 크게 틀라고 야단이었다.

"더 크게는, 안 되나요?"

라디오 주인의 목소리는 짜증이 섞여 나오고 있었다.

"최대한 크게 틀었다니까요."

"태백시 탄광 사고 속봅니다. 오늘 새벽 6시 40분쯤 강원도 태백시 한탄 광업소 지하 천6백 미터 갱도의 지하수가 터졌습니다. 이 사고로 탄을 캐더 광원 열세 명이 주 딘에 매몰폐 구고 작업을 벌이고 있습니다. 사고 현장은 마장과 연결된 전화선이 끊겨 매몰 광부의 생사를 파악하지 못하고 있습니다. 광업소 측은 2백여 명의 구조대를 투입해 붕괴한 갱도복구 작업을 벌이고 있습니다 이 시각 현재 매몰된 광원은 다음과 같습니다. 신산부 44살 김남수. 서산부 35살 이김재. 42살 육신영. 아낙들은 남편의 이름이 거명될 때마다 자지러졌고 내 남편 정인회는 맨 끄드머리에 서넝뇌었다.

남편의 이름이 거명되는 순간 나는 나도 몰래 "안 돼"라고 소리치며 미친 듯이 날뛰며 광장을 향해 달리고 있었다. 몸은 광장 한복판을 거쳐 오리나무 숲 절개지에서 멈추게 되었다. 차오르는 숨을 몰아쉬며 절개지 석축에 양손을 짚어 휘청거리는 몸을 간신이 지탱하며 어금니를 깨물고 쏟아지는 눈물을 삼켜야 했다. 두 손으로 얼굴을 감싸고 눈물샘을 틀어막아도 눈물은 속절없이 솟구치고 있었다.

상황이 이처럼 급박한데도 아무런 반응조차 없는 광업소의 뻔뻔스러움이 괘씸하고 분했다. 무시당하고 짓밟히는 처지가 한없이 서러웠다. 그래도 다급할수록 마음을 가다듬어야 한다고 스스로 다졌다. 설사 갱도가 매몰됐다 하더라도 남편은 반드시 대피했을 것이라 믿고 있다. 이번 사고는 갱도 천장의 물통이 터졌다고 했다. 물통은 광맥 사이에 고인 지하수를 이르는 말이다.

수맥이 터지면 석탄은 물과 반죽 되어 갱도로 밀려들어 좁은 갱도를 가로막게 된다. 무너진 갱목과 암석이 죽탄에 뒤섞여 갱도를 완전히 차단하는 사고다. 막장으로 연결된 전화선이 끊겼고 산소 공급망도 차단되었다고 했다. 그렇다면 매몰 광부들은 구조될 때까지 지하 막장의 공기로만 견뎌야 할 판이다. 그 속의 산소가 충분할 리 없다.

무엇보다 부족한 산소를 공급하는 것이 제일 급한 문제이다. 매몰 광부가 숨을 쉴 수 있어야 하기 때문이다. 매몰 광부의 구조는 그다음의 일이다. 갱도를 막고 있는 죽 탄에 구멍을 내서라도 산소 공급망을 복구해야 하지만 현실적으로 해결하기란 어려운 문제이다. 죽탄이 수십 미터의 갱도를 가로막고 있으니 걷어내는 작업이 하루 이틀에 끝날 수 있는 일이 아닌, 것이다. 이를 어쩌는가! 탄광 지역의 광산 사고가 비일비재하다 보니 가족들도 남편을 통한 귀동냥을 통해 얻은 지하갱도 상태를 훤히 꿰뚫어 볼 정도다.

저녁 7시가 되자 또다시 방송국은 사고 뉴스를 속보로 전하고 있었다.

"KBS 7시 뉴스입니다. 한탄 광업소 사고 속보입니다. 광업소의 작업일지에는 13명의 광부가 사고지점 부근에서 작업하고 있었다고 합니다. 사고지점도 막장이 아닌, 지하 천6백15 미터 지점으로 확인되고 있어 막장에서 작업하던 선산부 대부분은 대피할 수 있었을 것으로 전문가들은 내다보고 있습니다. 광업소 측은 구조에 총력을 기울이고 있다고 발표했습니다. 광업소는 삼사일 이내의 구조를 목표로 매몰 갱도 굴진 작업을 펼치고 있나고 설녕했습니다."

뉴스대로라면 사고지점이 막장과는 수십 미터 이상 떨어졌다. 어쩜 그이상일 수도 있겠지만 죽탄이 쓰나미처럼 속도가 빠른 것은 아니다. 그렇다면 남편은 충분히 대피할 수 있었을 것이다. 남편의 몸놀림은 재빠르다. 언젠가 남편은 사택 천장에서 방바닥으로 떨어져 달아나는 생쥐를 맨손으로 붙잡을 정도였다. 그런 남편이라면 그깟 지하 물통쯤 피하는 것은 아무것도 아닐 것이었다.

문제는 구조가 완료될 때까지의 산소 부족이다. 매몰 광부의 생사는 오직 구조 시간 단축에 달려있다. 광업소는 2백 명의 구조대를 투입했다고했다. 이삼일에 구조할 수 있을 것이라 했지만 그걸 믿을 가족은 하나도 없다. 구조대원 한 명이 하루에 20미터 정도씩 파고들어도 낙상까시의 관봉은 일주일 이상 소요될 것이다. 그 정도의 기간이라년 막상의 산소 결핍은 바닥에 이를 것이다. 어쩌면 산소 부족을 아슬아슬하게 넘길 수 있지 않을까 싶기두 하다. 걱정은 태산처럼 쌓이고 있다.

그나마 예측이 그쯤에 이르자 마냥 초조히고 디급하던 마음이 조금은 가벼위지고 있었다. 눈두덩으로 번진 눈물 자국을 손등으로 비벼내며 남편이 잘 버텨주기만을 바랄 뿐이다. 남편의 안녕을 부처님과 조상님께 손바닥이 달도록 빌고 또 빌었다. 밝은 마음 밝은 생각만 하기로 마음을 다져 먹었다.

날이 어둑해질 무렵 광업소는 그제야 광장 한편에 대형 텐트를 치고 있었다. 가족 임시 대기실이라고 했다. 대기실이 설치되는 걸 보면 구조 작업이 장기화할 것이라는, 의미이다. 마음을 더욱 굳게 먹어야 할 것 같았다. 천막으로 들어가는 게 찝찝했지만, 마땅히 비빌 언덕이 없으니 어쩔 수 없었다. 바닥은 얄팍한 비닐을 깔아놓은 게 전부였다. 아무렇게나 널려있는 신문지를 깔고 엉덩짝을 붙여야 했다. 천막 바닥의 냉기가 스멀스멀 기어오르고 있었다. 해발 6백 미터의 고랭지인 태백시는 한여름에도 홑이불 하나쯤 덮어야 잠을 잘 수 있는 곳이다. 그런데도 광업소는 신문지 한 장으로 버티라는 것이어서 한숨이 저절로 새 나오고 있었다.

학교에서 돌아온 아이들이 엄마 품으로 파고들어도 달리 해줄 게 없어 안쓰러웠다. 아버지에 대한 수인이의 궁금증은 그 입술에 손가락을 눌러 막았다. 상수는 장남답게 "곧 나오시겠지." 하며 어미의 응답을 대신해 주었고 둘째는 뜨악한 표정을 감추지 못하고 있었다. 아이들에게는 광산 부인회가 끓여놓은 국밥을 챙겨주면서도 허기진 남편이 떠올라 내 입속에는 한술도 떠 넣을 수 없었다. 아이들을 천막 속에 재울 수 없어 집으로 돌려보내고도 조바심에 뜬눈으로 밤을 지새워야 했다.

다음 날 아침. 가족 대기실에 일간신문이 날아들었다. 배달원이 던지고 간 것이어서 아무것이나 집어 들고 읽으면 되었다. 지방신문 한 부를 챙겨들었다. 지역의 사고 기사는 지방신문이 좀 더 자세한 것이니. 신문은 "광부 13명 매몰"을 1면 제목으로 달았고 그 아래로 사고 발생 내용이 깨알

처럼 적혀 있었다. 그토록 애태우며 알고자 했던 매몰자 명단도 사고 상황
도 낱낱이 기재돼 있었다.

사고지점은 갱 입구로부터 지하 천642 미터. 사고원인은 지하수 유출
이고 갱도 위에 고여 있던 수백 톤의 지하수가 터졌기 때문이었다. 죽탄이
갱도를 140m나 틀어막고 있는 것으로 추정된다고 했다. 매몰 광부의 생
사 확률은 50%. 제발 남편이 그 50%에 들어가 있지 않기를 간절히 바랄
뿐이었다. 차단된 갱도는 갱목과 돌무더기로 뒤엉켜 산소 공급은 물론 전
기 통신선마저 끊겨버린 상태다. 신문의 보도 내용은 구체적이었다. 구조
까시는 빨라야 1수일 이상 소요될 것이라 했다.

과연 그 1주일 동안 남편이 견뎌낼 수 있을지가 걱정이었다. 꼭 견뎌낼
수 있기를 그저 하늘에 마길 수밖에 없었다. 남편을 위해 아내인 내가 도울
수 있는 것이, 아무것도 없다는 게 안타까울 따름이다. 이삼일에 구조할 것
이라는 광업소 측의 첫날 발표는 벌써 거짓으로 드러나고 말았다.

신문 보도를 살펴볼 때 사고 현장은 예상보다 훨씬 심각한 상황이었다.
무엇보다 신문이 산소 공급망이 끊겨버린 걸 크게 부각해 주어 고마웠다.
매몰 광부들이 그 속에서 얼마를 비틸 수 있을지 걱정이었다. 사고 갱도는
지난해 가을 가족의 현장 체험 당시 직접 들어가 본 곳이어서 갱도 내부
를 어렴풋이 짐작할 수 있었다. 그곳의 공간은 아주 좁은 데다 습하며 덥
고 딥딥했있나. 생고 친싱은 쌀빙쌀이 갱목을 나고 흘러내리고 있었고 임
시대피소라는 곳도 갱도 바닥보나 2m쯤 높은 눈덕에 불과했다. 제한된 산
소로 13명이 일주일을 버티기엔 턱없이 부족할 게 뻔하다. 마실 물도 없
거니와 남편은 달랑 반찬만 챙겨 갔으니, 허기는 또 어떻게 건너낼 수 있
을지 걱정이 태산이었다.

2년 전. 8지 탄광 물통 사고 딩시 TV를 시정하넌 남편은 광부가 목에

두른 땀수건을 바닥의 갱내 수에 적셔 입을 막고 있으면 갈증을 조금은 풀수 있어 좀 더 오래 버틸 수 있다고 했다. 남편은 그런 기지를 백분 발휘하고도 남을 위인이다. 신문을 읽고 있던 그때 누군가가 거친 욕설을 내뱉고 있었다.

"이 새끼들 현장이 이렇게 심각한데도 가족에겐 한마디 설명도 없으니 이런 놈들은 몽둥이찜질이 약이야. 약."

울분을 참고 있던 가족들이 맞장구를 치고 나섰다.

"그래. 맞다. 맞아."

"그냥 둬선 안 될 놈들이야."

대기실이 분노의 활화산처럼 요동치기 시작했다.

"아직 살아있기나 한 건지. 원."

"씨발 놈들. 구조 작업도 쇼하는 거 아니야?"

광업소를 질타하는 욕설로 가족 대기실은 부글부글 끓고 있었다. 그때. 30대 중반의 한 젊은이가 벌떡 일어나며 소리쳤다.

"우리 모두 상황실로 쳐들어갑시다. "

그의 한 마디는 기름에 불을 지르는 것이었다. 약속이나 한 것처럼 가족들은 일제히 상황실을 향해 달려가고 있었다. 누가 이끄는 것도 떠미는 것도 아니었다. 앞은 남자이고 뒤는 부녀자들이 앞서거나 뒤서거니 하는 대형이었다. 비록 오합지졸의 대형이긴 해도 분노는 하늘을 찌를 듯했다.

"자. 다 함께 달려갑시다."

"와-"

함성은 높았다. 들끓는 분노는 어떤 요새도 단번에 무너뜨릴 기세였다. 가족 대기실에서 광장을 가로지르는 상황실까지는 70여m. 상황실 문을 박차고 들이닥친 가족들의 이글거리는 분노는 불꽃처럼 타오르고 있었다.

상황실은 가족에 의해 순식간에 돌파되었다.

"죽여."

"죽여버려.'

상황실 직원은 10여 명에 불과해 40여 명의 성난 가족들에겐 상대가 될 수 없었다. 직원들은 혼비백산했고 널브러진 쓰레기통과 의자는 순식간에 흉기로 돌변하고 있었다. 닥치는 대로 부수고 던지고 마구 걷어찼다. 상황실은 온통 비명으로 터져나갈 듯했고 놈들이 애써 감추려던 매몰자 명단과 갱도복구 추진 계획서는 바닥으로 흩날려 발길에 짓밟혔다. 바닥으로 굴러떨어진 수화기의 굉음이 난장판의 분위기를 대변하고 있었다.

"씨발눔아. 이렇게 노닥거리믄 죽어가는 사람이 살아나와."

"이 새끼야. 내 남편 살려놔."

"네놈들도 한번 죽어봐라."

가족이 쳐들어오리라곤 차마 짐작도 못 한 직원들은 그저 당하고만 있을 뿐이었다. 광부는 깔아뭉개면 뭉개는 대로 뭉개졌고 걷어차면 차이는 대로 고꾸라지고 흩어지는 모래알이었다. 그러나 그들도 뭉치면 힘이 되었고 무서운 폭발력을 발휘할 수 있었다. 직원들은 속수무책으로 당할 뿐 항거할 엄두조차 내지 못했다. 전날 상황실에서 나를 끌어내 패대기친 놈의 멱살을 잡았다. 새파랗게 질린 놈의 얼굴은 이미 누군가에게 얻어맞이 피투성이었고 다리에서 절룩이고 있었다. 남철네가 놈의 허리띠를 틀어쥐었고 내가 녀석의 바짓가랑이를 붙잡고 사빠트려 등짝을 마구 짓밟았다. 놈은 바닥으로 고꾸라져 비명을 질렀고 생산 과장은 남정네들의 몰매로 전신이 피투성이가 된 채 바닥을 엉금엉금 기고 있었다. 남정네들의 억센 주먹은 놈들의 옆구리를 비수처럼 파고들었고 발길질은 하이에나처럼 악착같았다.

"씨발. 좆두 아닌 것들이."

"모가지를 그냥 칵!"

누군가 내친김에 소장실도 무너뜨려야 한다고 소리쳤고 소장실 출입문은 금세 부서져 너덜거렸다. 소장실은 상황판만 어지럽게 널려있을 뿐 텅비어 있었다. 감히 넘겨 볼 수도 넘겨봐서도 안 되었던 철옹성의 보루는 썩어빠진 나뭇등걸에, 불과했다.

그때였다. 소장의 책상을 밟고 올라선 30대 젊은이는 "여러분"을 외치며 가족의 흥분된 분위기를 가라앉히려는 손짓을 반복하고 있었다. 그때야 나는 그가 누구인지를 알아볼 수 있었다. 그는 다름 아닌 성진 광업소 김은철 노조위원장 후보의 선거 대책 본부장이었다. 김은철 후보가 정견을 발표할 때, 그는 뒤에서 연신 구호를 외쳤다. 그는 남편과도 잘 아는 사이다. 그의 말투나 외모로 볼 때 탄을 캐 먹고 사는 광부는 아닌 듯했지만 왜 이 자리에 있는지 궁금했다. 그런 건 별로 중요치 않았다. 가족은 범상치 않은 그의 지휘력을 따르며 감동할 뿐이었다. 그는 큰 소리로 연설하듯 말을 이었다.

"광업소는 제압되었습니다. 우리는 지금 광부가 광업소의 진정한 주인이라는 사실을 증명하고 있습니다. 이제부터 우리는 사측과의 동등한 위치에서 모든 사안을 요구하고 협의하게 될 것입니다."

"옳소."

"만세."

생전 처음 느껴보는 승리의 쾌감은 짜릿했다. 만세 소리는 광업소를 떠나보낼 듯했고 가족은 의기양양했다. 굽실거리며 살아온 지난날은 까마득히 잊혔고 명치를 누르고 있던 응어리는 봄날의 눈 녹듯 했다. 광업소의 당당한 위세가 그렇게 쉽게 무너지리라고는 차마 예상치 못했었다.

그때 누군가 "경찰이다. 경찰이 오고 있다"라고 소리쳤고 뒤이어 전경을 태운 차량이 광업소 광장을 향해 들이닥치고 있었다. 놀란 가족은 누구랄 것도 없이 대기실을 향해 다투어 뛰고 있었다. 광업소 광장은 혼비백산한 가족들의 줄행랑으로 줄을 이었고 가족 대기실은 혼란의 도가니였다. 광업소 타도를 주도한 젊은이는 어느새 그 모습을 찾아볼 수 없었다.

그런 와중에도 누군가는 경찰에 맞서 싸워야 한다고 소리쳤고, 웅성거리던 대기실은 조금씩 대항의 분위기로 뭉쳐지고 있었다. 대기실은 권력에 대항하는 전초 기지로 다져지고 있었으며 투쟁의 은신처로 부상하고 있었다. 가족은 돌과 각목을 주워 모았고 방바닥에 버려진 못 끄트머리까지도 다급히 방어용 무기로 챙기느라 소용돌이치고 있었다.

가족이 광업소로 쳐들어간 것도, 경찰의 체포 작전에 방어망을 구축하고 있는 것도 결코 사전에 계획된 것은 아니었다. 다만 쳐들어가야만 할 것 같아 쳐들어갔고 맞서야 한다는 일념으로 맞설 뿐이었다. 한쪽에선 방어망 구축으로 소란스러웠고 또 한쪽에선 소주잔이 빠르게 돌려지고 있었다. 거나해진 남정네들은 빈 소주병을 움켜쥔 채 투혼을 다지는 목소리가 높았다. 전경은 가족 대기실을 에워싸며 압박했고 가족은 돌멩이와 각목을 움켜쥔 채 투혼을 다지고 있었다. 전경의 진압봉과 방패 부딪치는 소리가 신경을 곤두세우고 있었지만, 가족은 결코, 굴복하지 않겠다는 불굴의 의지로 다져져 있었다.

"여러분은 포위됐다. 반항하는 자는 가치 없이 체포될 것이다."

경찰 지휘관의 목소리는 위협적이었고 대기실 분위기는 침울했다.

"씨발. 저것들이 무슨 쪽바리 제국 순사들이야 뭐야"

거나한 남정네들이 버럭 화를 내며 텐트 밖으로 달려 나갔고 아낙들도 고개를 내민 채 악다구니로 맞서고 있었다. 가족은 빈 소주병과 돌을 움켜쥔 그야말로 결사 항전의 태세였다. 경찰 또한 강경했다. 횡대로 정렬한 전경은 방패와 곤봉을 고추든 채 금방이라도 쓸어버릴 태세로 압박하며 간격을 좁혀들고 있었다. 압박 강도가 높아지는 만큼 가족의 방어공간은 좁아지고 있었다. 위협적인 경찰의 발자국은 가족의 숨통을 죄었고 돌멩이를 움켜쥔 대항의 손은 조금씩 맥이 풀려 지고 있었다. 곧추들고 있던 각목은 기울었고 빈 소주병은 바닥으로 굴러떨어져 나뒹굴었다. 가족은 경찰의 압박에 겁먹은 강아지처럼 이리저리 몰리며 웅크린 모양새로 쪼그라들고 있었다. 방어 대열이 무너지는 것은 불 보듯 뻔했다. 위기의 순간으로 몰리고 있었다. 그때 한 남자가 쏜살같이 테트 밖으로 달려 나가며 깨진 소주병을 자기 목덜미에 대고 자해 자세를 취하고는 벽력같이 소리치고 있었다.

"씨발. 한 발짝만 더 와봐 이걸로 내 목을, 따버릴 테니."

그의 목덜미에선 이미 핏방울이 줄줄 흐르고 있었다. 경찰은 멈칫했고 가족의 눈길은 그에게로 쏠려 있었다. 그는 다름 아닌 50대 초반의 깡마른 매부리코였다. 딱히 어느 가족과도 어울리지 않았고 40대 후반의 지인과 줄곧 소주잔만 기울이던 이였다. 사고 소식을 듣고 찾아온 친인척으로 짐작될 뿐 아무도 관심을 두지 않았었다. 그가 소주를, 들이킬 때마다 오죽 속이 탔으면 저렇게 계속 마셔댈까 했다.

어느 가족의 친지인가는 중요하지 않았다. 경찰의 진압을 온몸으로 막아주는 그가 고마울 따름이었다. 그의 돌발적인 자해 위협에 당황한 경찰은 더는 가까이 다가오지 못했고 가족은 마음속으로 쾌재를 불렀다. 경찰은 그에게 자제를 촉구하며 압박 강도를 늦추는 기미를 보이고 있었다. 그는 그럴수록 자해의 강도를 높이며 욕설로 맞섰다. 경찰은 그를 달래려 애썼지만, 그는 한 치도 물러서지 않고 있었다.

"그래 어디 한번 쓸어봐. 어떻게 되나 보자구"

경찰은 난감해 어쩔 줄 몰랐다.

"제발 그거 치우라."

"어이, 대장. 네가 내 목 좀 따주라. 어차피 살고 싶지 않은데 제발 부탁이다."

경찰 지휘관은 연신 손사래를 저으며 그를 달랠 뿐 닦아서지 못하고 있었다.

"알았소. 더 이상 압박하지 않을 테니 다들 대기실로 들어가시오"

경찰 지휘관은 병력을 물릴 테니 소동을 중지하라고 당부하고는 병력을 뒤로 불리고 있었다. 지루하게 이어지던 대치 상황은 그렇게 끝을 맺을 수 있었지만, 상황이 완전히 끝난 것은 아니었다. 다만 어렵게 피아간의 묘수를 찾아냈을 뿐, 살벌한 분위기는 여전히 지속되고 있었다. 경찰은 더 이상의 사고 발생 없이 병력을 물릴 수 있었고 가족은 공방 없이 대기실로 들어갈 수 있었다. 경찰은 상황실과 가족 대기실 입구에 경계병을 배치했고 가족은 수시로 척후를 내보내 경계 태세를 감시하는 상황으로 전환되었다. 위기를 타개한 영웅에겐 술잔이 넘치도록 소주가 부어졌고 영웅의 자세는 당당했다.

"오늘 제삿날 받을 작정이었는데 시시하게 끝나고 말았구먼."

"시시한 게 아니었지요."

"그럼요. 아슬아슬했지요. 신생이 아니있음, 큰 낭패를 낭할 뻔했어요."

영웅은 가족에게 당부하기를 잊지 않았다

"사고는 하루 이틀에 끝날 일이 아니오. 저것들은 끝까지 바짝 조여야 해."

"그럽시다. 선생의 지도력이 절대적으로 필요힐 깁니다"

"그럼요. 우리 모두 신생의 밑을 따를 겁니다."

소용돌이는 가족의 완전한 승리로 귀착되었다. 대기실에 TV와 난로가 설치되었고 광업소에서 보내온 라면과 음료수 상자가 쌓이고 있었다. 시청과 여성단체 협의회에서도 간식거리를 지원해 주어 위문품은 보기만 해도 배가 불렀다. 광업소 관계자는 위문품을 앞으로도 부족함 없이 공급할 거라고 전하고 돌아갔다. 아이들은 컵라면으로 배를 채우느라 소란스러웠고 어른들은 소주에 조미 오징어를 씹으며 마음껏 여유를 누리고 있었다. 기울었던 사측과 가족 간의 관계는 완전히 뒤바뀌었다. 30대 젊은이의 말대로 근로자와 사측은 평형성을 이루는 상태가 유지되고 있었다. 광업소는 사고 발생 후, 처음으로 구조 진척 상황을 브리핑할 것이라고, 통보해 왔다.

"짜식들 이제야 사람을 알아보는구먼."

"종간나 새끼들은 코피가 터져야 뭘 안다니까"

잔뜩 목에 힘이 들어가 있던 광업소의 목은 꺾였고 거칠게 사방을 휘젓던 꼬리는 흐느적거렸다. 가족은 광업소 측의 유화적 태도가 계속 이어지길 바라고 있지만 언제 돌변할지 모를 일이라며 경계를 늦추지 않는 분위기였다. 사실 가족의 콧대는 한껏 높아 보였지만 마음 한편으로는 차후 광업소의 보복을 은근히 걱정하는 눈치들이었다.

구조 상황 설명에 나선 생산 과장은 망가진 금테 안경을 검은 뿔테안경으로 바꿔 끼었고 얼굴은 아직도 멍 자국이 흐릿했다. 피해 가족의 태도는 의식적으로 더 냉랭한 분위기를 유지하려 애쓰고 있었다. 생산 과장은 아무 일도 없었다는 듯 구조 진척 상황을 차분히 설명하고 있었다.

"이곳이 사고지점이 되겠습니다. 사고지점은 막장과 연결되는 갱도여서 상당히 좁은 편입니다. 갱도는 가로 2m에, 높이 1.8m입니다. 갱도는 물통이 터지면서 죽탄과 암석 더미가 갱도를 완전히 차단한 상태입니다. 구조 작업이 지체되고 있는 것은, 매몰 갱도가 좁은 데다 부러진 갱목과 암석이 뒤엉켜 작업 속도를 내지 못하고 있는 상황입니다. 매우 죄송스럽게 생각합니다. 하지만 광업소는 매몰 광원의 구조 작업에 모든 역량을 쏟아부어 최선을 다하고 있다는 말씀을 드릴 수 있습니다."

상황을 설명하는 생산 과장의 태도는 정중했고 누군가 질문을 던졌다.

"구조 인원을 더 투입하면 속도를 낼 수 있는 거 아닙니까?"

"공간이 워낙 좁아 구조대의 추가 투입은 어렵습니다. 그러나 광업소는 시금까지 최선을 다해왔으며 매몰자가 완전히 구조될 때까지도 멈춤 없이 그럴 것입니다."

구조 상황 설명이란 게 신문 기사와 별반 다를 게 없었다. 누군가 퉁명스럽게 쏘아붙였다.

"차라리 신문을 읽는 게 낫겠어."

"그따위 얘긴 집어치우고 언제 구조되는지나 대답하시오"

잠시 뜸을 들이던 생산 과장이 조심스럽게 입을 열었다.

"광업소는 구조에 최선을 디히고 있습니다."

"한 명이라도 희생되면 우린 절대로 그냥 있지 않을 거요."

가족은 돌아가며 생산 과장의 기를 죽이고 있었다.

"광입소는 구조에 모든 역방을 보으고 있습니다. 지금처럼 작입이 신행된디면 이심일 내에 일부 구조도 가능하시 않을까 예상하고는 있습니다."

천금 같은 소리였다.

"정말입니까?"

"그 말 믿어도 됩니까?"

"매몰지들괴 소통은 됩니끼?"

가족들이 다짐받듯 되묻자, 그는 "그렇게 전망된다는 겁니다."라는 말로 한 발 빼었다. 질문 공세는 소나기처럼 퍼부어졌고 그는 진땀을 흘렸다. 그가 돌아간 후. 침통하던 대기실 분위기는 웃음소리까지 흘러나올 정도로 밝아지고 있었다.

남편이 갱 속에서 뚜벅뚜벅 걸어 나오는 상상으로 밤새 뒤척였다. 가슴이 벅차오르는 설렘으로 잠을 이룰 수 없었기 때문이다. 지하갱도에 매몰된 남편이 낼 모래는 구조될 것이라니 아침 해가 하루 두 번이나 솟기를 바랐다. 살아 돌아올 남편에게 어떤 위로의 말을 해줄까를 한참이나 고민했다. "여보. 사랑해. 너무너무 보고 싶었어. 내가 얼마나 걱정했는지 알기나 해? 기다리느라 눈이 빠지는 줄 알았어. 당신은 내가 하루도 못 보면 안달하는 거 알고 있지?" 상상만으로도 행복했다. 아이 셋을 낳아 기르면서도 아직 남편에게 한 번도 "여보"라고 부르지 못했다. 어려서부터 한마을에 살면서 오빠라 불렀고 정말 오빠처럼 생각하기에 그냥 오빠라 부르고 있는 사이다.

어느 날. 사택 아랫방에서 아이들이 한방에 있다는 생각을 잊고 나도 몰래 남편을 향해 "오빠"라고 불렀다가 세 남자가 한꺼번에 "으응?"하고 돌아보는 바람에 얼마나 민망했던지 모른다. 상수와 인수는 수인이가 부르는 것으로 착각했고 남편은 남편대로 아내의 목소리에 난감함을 감추지 못했다. 아이들은 오빠라 부르는 제 어미를 놀렸고 수인은 아예 제 아버지를 오빠라 불러 함박웃음을 자아내기도 했었다.

이참에 아주 "여보" 라 불러? 남편은 둘만 있을 때는 나를 천태평이라는 별명을 불러댄다. 나의 천씨 성에 성격이 태평스럽다 하여 지은 별명이다. 남편이 구조된 기쁨에 혹여 자신도 모르게 아내를 "어이. 천태평"하고 부르게 되면 어쩌나 싶어 살짝 걱정스러웠다. 별명이 공개되어 사택 아낙들의 놀림감이 되면, 어쩌나 싶어서였다. 처음엔 천태평이란 별명이 싫다고 고개를 저었다. 하지만 오래도록 살을 맞대고 살다 보니, 장난삼아 불러대는 남편의 신경을 대놓고 거스를 수 없었다. 그냥 자꾸 넘기다 보니 이젠 아예 남편의 입에는 천태평이 붙었고 나 역시 면역이 쌓여 그냥 넘겨 버리고 있다. 그래도 심술보가 터지는 날에는 남편에게 대들기도 한다.

"천태평이 뭐 어쨌다는 거야. 아들을 못 낳았어. 딸을 못 낳았어. 살림을 못 해, 몸매도 이만하믄." 하며 살집 두꺼운 옆구리를 걷어 올릴라치면 남편은 얼른 내 옷깃을 붙잡으며 "에이 왜 그래"하며 그대로 껴안고 방바닥을 나뒹굴곤 한다. 남편은 아내의 희고 촉촉한 피부를 꿀, 피부라며 추켜세우기를 마다하지 않는다. 남편은 통통한 내 몸매가 더없이 사랑스럽다며 전신을 애무하며 숨을 헐떡인다. 그때마다 나는 황홀경에 빠져들어 천상으로 날아오르는 느낌을 감출 수 없다. 느닷없는 추억들을 떠올리다 피식- 하고 입가에 미소가 흘렀다.

16년 전. 남편이 딘꿩에 빌을 들어놓을 당시 태백 탄광촌은 활기가 넘쳤다. 그땐 덕대 탄광 말고는 광부 자리를 구하기가 여간 어려운 게 아니었다. 덕대 탄광은 덩치가 큰 광업소의 헐렁한 광구 하나를 임대해 탄을 캐는 하청업소다. 큰 딘꿩에서는 서를벼보시노 않는 칼날 같은 산꼭대기에 구멍을 내고 반을 캐는 난광이 덕대업체이다. 그렇게 캐낸 탄은 저 탄장까지 등짐으로 져 날라야 하고 탄질도 엉망이어서 몇 달이고 기차 역두(驛頭)에 쌓아두어야 했다. 상황이 그렇다 보니 광부는 세날싸에 임금을 받을 수도 없었다.

밀린 월급도 헌금이 아닌 6개월싸리 어음으로 지급되었다. 당장 생활이

급한 처지인지라 어음은 큰 손해를 보면서 할인해야 했고 쥐꼬리만 한 현금으로 바꾸어 손에 쥐어본댔자 쌀집과 부식 가게 외상값을 틀어막느라 덕대 광부의 생활은 항상 쪼들렸다. 1년 내내 봉지 쌀로 연명해야 했고 그것마저 어려워지면 굶는 날도 허다했다. 연탄 살 돈이 없어 폐탄더미를 뒤져 무연탄을 물에 비벼 조개탄을 만드는 일로 손은 물 마를 날이 없었다.

덕대 사장도 탄을 캐는 광부들만큼이나 힘들긴 마찬가지였다. 어렵게 도시 연탄공장과 납품 계약을 맺고도 철도청의 화차를 배정받지 못해 역무원에게 줄을 대느라 목을 매야 했다. 탄광 지역의 기차역 화차 담당자를 요정에 모셔놓고 돈뭉치를 건네고서야 비로써 화차를 배정받아 역두(驛頭)에 쌓아놓은 탄을 도시 연탄공장에 내다 팔 수 있었으니. 딱히 누굴 탓할 수도 없었다.

그러다가도 4천5백 칼로리의 탄 맥이라도 하나 잡는 날에는 골골대던 덕대 사장이 하루아침에 돈방석을 깔고 앉기도 한다. 용천 탄광의 박 사장이 그런 경우다. 그는 12명의 광부에게 월급 줄 형편도 못되어 툭하면 멱살을 잡힌 채 이리저리 끌려다니는 신세였다 하지만 어쩌다 노다지 탄맥을 잡게 되자 고급 외제 차로 요정을 휩쓸고 다녔다. 그런 횡재도 타고난 팔자가 있어야 하는 법. 탄광촌은 똥개도 만 원짜리를 물고 다닌다는 황금기도 있었다. 지금은 어림없는 꿈같은 이야기이다.

광부는 월급만이라도 제대로 받을 수 있는 광업소에서 일하는 게 제일 큰 바람이다. 오죽하면 남편이 덕대 탄광에서 이곳 한탄 광업소로 옮기게 되자 시내 송이슈퍼 아주머니는 외상 봉지 쌀 팔자에서 졸업이라며 내 등을 토닥여 주기까지 했다.

무엇보다 다행인 것은, 남편이 진폐증에 걸리지 않은 것이었다. 안전시설이 엉망인 덕대 탄광에서 16년이나 탄을 캐고도 진폐증에 걸리지 않은 광부는 보기 드문 사례이다. 남편은 꼼꼼하고 참을성 많은 성격이어서 갱내에서는 꼭 방진 마스크를 쓰고 작업한다고 말했다. 진폐증은 탄가루가 호흡기를 타고 들어가 폐를 석고처럼 딱딱하게 만들어 진폐 환자는 숨을 쉴 수 없게 만드는 불치병이다.

진폐증에 걸리는 것도 문제지만 환자 등급 판정이라도 제대로 받을 수만 있어도 그나마 다행이다. 진폐증 판정을 받게 되면 전문 치료병원에서 장기 치료를 받거나 합병증 예방약이라도 처방받아 수명을 연장할 수 있지만 돈도 없고 줄도 댈 수 없는 환자는 아무리 콜록거려도 약 한 첩 제대로 써보지 못한 재 숙어가야 한다. 가래가 목구멍을 틀어막아도 그냥 죽어야만 하는 팔자가 진폐증 환자의 말로다. 그러다 보니 태백 탄광 지역에선 진폐증으로 고통받는 환지가 의료진에게 돈을 쓰고 노동부에 줄을 대는 웃지 못할 촌극이 왕왕 벌어지고 있다.

56살 노인선씨는 이름 없는 덕대 탄광을 전전하다 중증 진폐증에 걸렸지만, 광부였다는 사실 증명서를 발급받을 수 없어 약 한 첩 써보지도 못한 채 숨을 거두고 말았다. 덕대 탄광이라는 게 있다가도 하루아침에 없어지는 일이 비일비재하다 보니 광부였다는 사실 증명서조차 발급받을 수 없는 경우가 허다하기 때문이다. 설사 사실 증명서를 발급받았다 하더라도 제대로 된 등급을 인정받기란 여간 까다로운 게 아니다. 한산 탄광의 정수현씨는 후산부로 일히니 니니들 다저 35만 원을 쓰고 상애 5능급을 받을 수 있었지만, 돈을 쓸 수 잆있던 김길천씨는 허리를 다치고도 보상비 한 푼 받지 못한 채 방바닥에 누워 죽을 날만 기다리고 있는 신세이다

이삼일 후에는 일부 구조될 것이리던 예측은 또 무산되있나. 생산 과상이 십언은 쳐음이 이니었다. 그러면서도 팡업소는 十소가 늦어지는 이유

를 설명하기는커녕 모르쇠로 일관하고 있다. 가슴이 터질 것만 같고 명치에 납덩이가 매달린 느낌을 지울 수가 없다. 피해 가족은 또다시 광업소로부터 무시당하고 있다며 다시 쳐들어가야 한다고 목소리를 높이고 있었다.

"저 새끼들. 또 저 꼴이라니까."

"그러게. 구조가 늦어지면 이유라도 설명해야지."

"제 버릇 어디 개 주겠어."

구조가 늦어지고 있는 가운데 가족 대기실엔 매몰 광부가 죽어 나간다는 소문이 퍼져 긴장이 극도로 고조되고 있는 분위기이다. 가족은 그런 소문에 신경을 곤두세울 수밖에 없다. 흉흉한 소문은 매몰 광부들이 모두 죽었다느니 광업소가 사망자를 빼돌리고 있다는 것이었다. 소문은 옹기종기 모여 앉은 사람들 틈바구니에서 아름아름 부풀려지고 있었다. 엿들으면 애간장이 타고 안 들으면 궁금해 배길 수 없다.

매부리코와 그를 따르는 40대 후반이 주고받는 귓속말이 신경을 곤두세우고 있었다. 매부리코는 광산에 관한 상황은 물론 탄광의 속사정까지 속속들이 꿰고 있는 데다 가족이 위기에 처했을 때 경찰에 맞서 가족을 구해준 전력으로 인해 그의 일거수일투족은 매몰 광부의 생사를 가름하는 가늠자 역할을 하고 있었다. 누구나 그의 말은 믿을 수밖에 없는 분위기였다.

"통리 갱도로 시체 여섯 구 나갔다더라."

"어서 들었는데?"

"통리 갱도에서 일하는 춘발이가 그라데."

"통리 갱도가 여기와 무슨 상관인데?"

"얼마 전. 금천 갱도에서 통리로 연결된 비상 갱도가 뚫렸다네."

"비상 갱도는 왜?"

"왜는. 이럴 때를 위해서겠지."

"빼돌린 사망 광부는 누군지는 밝혀졌어?"

"얼굴이 짓이겨져 분간할 수 없었다더라."

"죽일 놈들 얼굴이라도 좀 씻어주지."

"그깟. 시커먼 탄 물에 씻어봤자 뭐 하겠노. 그 밥에, 그 나물이지."

40대 후반은 귓속말로 소곤거리고 매부리코는 상황을 판단하는 것이었다. 소문은 꼬리를 물었고 입에서 입으로 옮겨지며 눈덩이처럼 커지고 있었다. 가족의 생사가 걸린 정보를 그냥 지나칠 수 없다 보니 귀동냥에 매달리다 보면 매볼 광부들이 수도 없이 죽어가는 상황이다. 딱 잘라 말하는 이는 없고 소문의 근원도 아리송하다. 좋게 말하면 정보이고 아니면 카더라여서 소문은 애간장을 태우게 만든다.

해 질 무렵. 생산 과장이 가족 대기실에 다시 고개를 들이밀었다. 그의 옆구리엔 상황판이 들려있었지만, 가족의 눈초리는 얼음장처럼 차가웠다. 광업소 측도 괴소문을 듣고 있었던 모양이었다. 그는 공식적인 발표만 믿어야 한다며 유언비어는 혼란만 일으킬 뿐이라고 강조했지만, 가족의 고막을 파고들기에는 어림없었다. 남철 삼촌이 생산 과장에게 쏘아붙였나.

"거. 헷소리 집어치우고 구조 상황이나 말해."

화를 삭이지 못한 그는 아예 반말이었다. 생산 과장은 머뭇거리며 상황을 설명하기 시작했다.

"현재모신 13명 모두 살아있다고 장담할 순 없지만 분명 살아있는 광원도 여럿 있다고 봅니다. 이 도표에서 아랫부분의 갱도가 죽탄으로 막혀있는 부분입니다."

그는 광부를 광원이라 부르며 가족들에게 예의를 갖추느라 애쓰고 있었다. 광부니 광원이니 거기가 거기지만 정부가 농부를 농민으로 어부를 어민으로 바꾸면서 광부도 덩달아 광원으로 고쳐 불리게 된 것이지만, 광산촌에서 광부들은 광부를 광원으로 부르는 이는 거의 없다. 정작 당사자들은 광원이라면 생뚱한 사람으로 느껴진다고 말한다.

"이보시오. 매몰자들이 살아있다는 거야? 아니라는 거야."

누군가 과장의 아리송한 말머리를 반말로 잘랐지만, 과장은 못 들은 체했다.

"도표의 윗부분이 채준 막장입니다. 사고지점보다 2m가량 높은 곳이어서 이 공간으로 대피한 광원은 틀림없이 살아있을 것으로 판단됩니다."

"채준 막장이 뭐요?"

준석이 이모부였다.

"채탄 준비 막장이요 채탄 준비 막장!"

매부리코가 쏘아붙이듯 했다. 준석 이모부는 원주에서 동서의 사고 소식을 듣고 달려온 친척이니 그가 광산 전문 용어를 알 리 없지만 마음이 급한 피해 가족은 그런 질문조차도 짜증스러워하고 있었다. 하지만 생산 과장은 달랐다. 그는 채준 막장을 알뜰하게 설명하고 있었다.

"채준 막장은 무연탄 생산을 위한 거점이라 보면 됩니다. 이를테면 히말라야 정상을 정복하기 위해 설치하는 베이스캠프쯤으로 이해하면 됩니다. 채준 막장은 지금 매몰 광원의 보루 역할을 하고 있다고 보면, 되겠습니다. 이왕 상황 설명에 나온 김에 이쯤에서 특별한 구조 상황을 하나 설명해 드리겠습니다. 구조대는 오늘부터 갱도 굴착과 함께 우회 갱도 개설 작업 추진을 위해 암석 등 발파에 따른 시추 작업을 벌이고 있다는 말씀을 드립니다."

"암반 시추요? 뜬금없이 그건 또 뭐요?

"그건 양면 구조 작업이라 할 수 있습니다. 암석 시추가 끝나게 되면 곧

바로 우회 갱도 굴진에 착수할 수 있도록 만반의 준비를 서두를 것입니다. 암석의 강도는 물론 그에 따른 소 발파도 가능할 수 있는지를 심도 있게 검토하고 있습니다. 발파작업은 갱도 붕괴와 같은 2차 사고 위험을 배제할 수 없어 조심스럽습니다만, 사고 현장이 워낙 다급하고 까다로워 우회 갱도 개설을 계획하는 것임을 작업 개시 전 말씀을 드리는 겁니다."

"검토만 할 것이 아니라 빨리 시행해야지. 시행은 언제 할 거요?"

"착수 단계에 이르게 되면 사전에 여러분께 말씀드릴 겁니다."

"140m의 매몰 갱도는 정확히 몇 미터나 파고들어 갔습니까?"

도계광업소의 후산부로 일하고 있는 인철 큰아버지의 질문이었다.

"140m가 조금 넘는 것으로 파악하고 있습니다."

"이보시오. 매몰 구간을 묻는 게 아니라 진척 상황을 묻는 거요. 말귀를 똑바로 알아들으시오. 또 구조 인력은 몇 명이나 투입돼 있습니까?"

"130명 안팎입니다"

"언론에서는 2백 명이라던데 130명이라는 숫자는 또 뭐요?"

"구조대원은 그날 상황에 따라 달라질 수 있습니다."

"장비는?"

"갱도가 좁아 장비 투입이 불가능한 실정입니다"

"그럼. 인력으로만 작업한다는 거잖아요."

"이쩔 수 없는 상황입니니."

"매몰 갱도를 얼미니 파고 들어갔느냐고 물었는데 왜 그 대답은 왜 하지 않는 거요.."

"34m쯤 파고 들어간 것으로 파악하고 있습니다."

"뭐 34m? 아직 거기에 머물렀으면서도 당신은 오늘 구조될 거라고 했잖아."

"뭐 저런 새끼가 있어."

"저 새끼. 죽여! 죽여버려!"

누군가 그를 향해 물병을 던졌고 그것은 집단 폭력의 시동이었다. 장정들이 와락 달려들어 과장을 패고 짓밟고 있었다. 과장은 새우처럼 몸을 웅크린 채 움찔거릴 뿐 저항 같은 건 아예 없었다. 입술에서 터져 나온 핏방울이 상황판을 붉게 물들이고 비명이 사방으로 퍼지고 있었다. 텐트 외곽에 배치돼 있던 전경이 달려와 집단 폭력은 일단 멈추었다. 경찰은 인력을 추가로 배치하며 가족 대기실의 감시를 강화했고 분을 삭이지 못한 가족들은 대기실 밖으로 빈 소주병을 내던지며 발악했다. 신경이 극도로 날카로워진 가족은 부글부글 끓어오르는 화를 삭이지 못해, 안달이었다.

뒤이어 광업소장이 가족 대기실을 찾을 거라고 통보해 왔다. 가족은 소장의 콧대도 깔아뭉개야 한다며 소장이 나타나기만을 잔뜩 벼르고 있었다. 한참 후. 대기실에 들어선 소장의 풍모는 만만치 않은 모양새였다. 씨름 선수를 연상케 하는 탄탄한 체격으로 당차 보였다. 오똑한 코와 각진 턱으로 볼 때 강직한 사람으로 보였다. 그는 잠시 좌정을 훑어본 후 입을 열었다.

"한탄 광업소장 한기석입니다. 그동안 갱내에서 구조 작업을 지휘하느라 찾아뵙지 못했습니다. 사고 현장이 워낙 다급합니다. 저는 구조 상황을 설명하고 지금 즉시 현장으로 달려가야 합니다."

대기실 분위기는 냉랭했지만, 소장은 상관치 않는 눈치였다.

"이번 사고에 대해 광업소는 어떤 말로도 변명할 수 없습니다. 모든 책임은 제게 있습니다. 제 잘못에 대해서는 사후에 민, 형사적 책임은 물론 도의적 책임도 결코, 회피하지 않을 것입니다. 지금은 누구의 잘못을 따지기에 앞서 구조가 우선돼야 합니다. 구조 작업이 진행되는 동안 여러분께서도 무분별한 행동은 자제해 주시길 정중히 부탁드립니다. 집단적 행동은 구조 작업에 방해가 될 뿐이며 그 피해는 오롯이 매몰 광부에게 돌아가게 될 것이기 때문입니다."

소장의 설명은 가족에게 예를 갖추면서도 가족들에게는 은근히 협박성 자제를 요구하는 것이었으며 그런 그의 태도는 당당하면서도 어딘지 모르게 진지해 보였다.

"여러 말 말고 사람이나 살려내시오."

"최선을 다하고 있습니다."

누군가 느슨하고 흔한 말로 낚날했고 소장 역시 그런 투의 말로 답변하고 있었다. 그때 매부리코가 소장의 말을 자르며 대들듯 쏘아붙였다. 그의 그런 태도는 가족의 의중을 함축하고 있는 것이었다.

"거. 최선. 최선 하는데, 말로만 그러지 말고 최선이 뭔가를 보이시오."

그의 공격적 발언은 가족들을 자극하는 촉매제였다. 가족은 그의 닦달에 힘을 얻은 듯 저마다 손을 들고 할 말을 쏟아내고 있었다.

"저는 선산부 정인영의 아내입니다. 구조 구조하는데 도대체 내 남편이 언제 살아나올 수 있다는 거요. 생산 과장은 오늘 오전에 구조될 거라 했지만 그 말은 헛소리였습니다. 도대체 그런 거짓말을 언제까지 믿으라는 겁니까."

수장은 짧은 한숨을 삼키며 대답하려 했지만, 또 다른 가족이 소장의 말을 가로막고 나섰다.

"구조가 가능하기나 한가요. 솔직히 털어놔 보세요."

머뭇거리던 소장은 뭔가 마음의 결정이라도 한 듯, 단호한 태도로 한 발더 나서며 입을 열고 있었다.

"그렇습니다. 여러분의 말씀대로 구조가 성공할 수 있을지 아닌지에 내

한 사실을 지금으로선 확신할 수 없습니다. 매몰된 갱도를 1.5m 너비로 파고 있지만, 끊임없이 밀려드는 죽 탄으로 인해 사실 한 발짝도 진입하기도 어려운 상태입니다. 구조대는 허리 한번 펴지 못한 채 밀려드는 죽탄을 손으로 후벼 내고 앞에서 퍼낸 죽탄을 뒤에서 걷어내고 있는 형편입니다. 그렇게 악전고투하고 있는 구조대를 누구도 탓할 수는 없습니다."

소장은 솔직했고 대기실은 숙연했다.

"그러니 어쩌겠다는 거요?"

누군가 신경질적으로 내뱉듯 쏘아댔다.

"실상을 이해해 달라는 겁니다. 다그친다고 해결될 일이 아니라는 겁니다."

소장의 설명은 생산 과장의 임기응변식 겉치레 답변과는 사뭇 달랐다. 현장의 비관적 상황도 가감 없이 실토하는 진정성에 가족들도 일정 부분 공감하는 분위기로 돌아서고 있었다. 그때 구석 자리에서는 갑자기 누군가의 훌쩍이는 소리가 들렸고 불꽃처럼 이글거리던 분노가 한탄과 탄식으로 바뀌었다. 참담한 현장 상황은 차라리 아니 듣느니만 못했다.

살려달라고 애걸하며 팔을 휘젓는 남편의 손이 가슴팍을 할퀴는 것만 같아 몸을 웅크려야 했다. 산소 부족으로 숨을 헐떡일 남편을 생각하면 마음 놓고 숨을 들이켜는 것조차 죄스럽다. 그동안 아무것도 삼키지 못해 창자가 꼬여도 지하갱도에 갇힌 남편의 처지에 비하면 과분했다. 남철 엄마의 느닷없는 훌쩍임이 가족들의 눈물샘을 자극하고 있었다. 그때였다. 누군가 돌발적 제안을 하고 나섰다.

"소장님. 그냥 이렇게 앉아서 기다릴 수 없는 거 아닙니까. 우리도 구조에 나서겠소."

"지금 구조 인력이 부족해서가 아닙니다."

"답답해 견딜 수 없어 그럽니다."

또 다른 가족은 아예 구조대로 보내달라고 자청하기도 했다.

"나는 장성광업소 채탄 기술반장인데 나도 갱으로 들어가 구조에 가담하겠소."

저마다 구조 작업에 참여하겠다는 의견이 분분했다. 소장이 양손을 저으며 분위기를 가라앉히려 애쓰고 있었다.

"여러분 가운데 채탄 기술이 특출한 광원도 여럿 있는 것으로 알고 있습니다. 하지만 가족이 사고 현장에 투입되면 현장 구조대원과 달리, 흥분하게 될 것입니다. 구소 현상에서의 안전은 최우선입니다. 안전을 유지하지 못하면 또 다른 사고를 유발할 수 있습니다."

그때 순임이 이모부가 느닷없이 가족의 동의를 구하고 나섰다.

"소장은 무조건 안 된다고 말합니다. 이것은 우리의 현장 접근을 차단하려는 의도일 수 있습니다. 우리가 볼 때 광업소 측의 구조 작업은 지지부진한 것 같습니다. 우리는 지금 남편과 형제가 사경을 헤매고 있는 절박한 상황입니다. 구조 작업에 참여할 수 없다면 적어도 현장을 확인할 수는 있어야 합니다. 지금까지 광업소는 우리에게 많은 깃을 김추있습니다. 그 현장을 직접 보아야겠습니다. 이제 더는 광업소의 말을 믿을 수 없지 않습니까. 우리가 현장을 확인하는 것은 어떻습니까. 여러분!"

"그저 진민 좋은 생각이요."

"좋소. 좋아."

"찬성합니다."

가족은 한목소리를 냈고 소장은 난감한 얼굴을 감추지 못히면서도 목소리를 높이며 자제를 촉구하고 나섰다.

"사고 현장은 구조대도 돌이설 공간이 없을 징도로 좁습니다. 2차 사고 유발도 걱정해야 합니다."

순임이 이모부도 물러서지 않고 있었다.

"그러니까 일단 들어가 보자는 겁니다. 그 현장이 소장의 말대로인지 우리의 눈으로 직접 확인이라도 하자는 거 아닙니까. 소장이 걱정하는 경거망동은 절대 없을 것입니다."

머뭇거리던 소장은 어쩔 수 없다는 듯 고개를 끄떡였다.

"일단 구조대와 상의하겠습니다."

소장이 돌아간 다음 대기실은 대표를 뽑느라 소란스러웠다. 여러 의견이 많지만, 문제를 제기한 순임이 이모부와 천일 탄광에서 선산부로 일하고 있는 27살의 장경일씨가 가족의 대표로 선정되었다. 한참 후. 광업소가 입갱 허락 통보를 보내주었다. 입갱 허락을 받은 가족 대표가 현장 답사에 나섰고 가족은 대표가 빨리 돌아오길 가슴 조이며 기다렸다. 그들이 현장을 확인하고 돌아오기까지는 무려 3시간이 걸렸다. 가족은 현장 답사 후. 돌아온 가족 대표의 표정을 조심스럽게 살피고 있었고 현장을 둘러본 가족 대표의 얼굴은 어두웠다.

"궁금해 죽겠소. 빨리 좀 설명해 보시오."

가족들이 다그쳐도 순임이 이모부는 한참이나, 머뭇거리다 입을 열기 시작했다.

"우리는 현장을 보고 돌아오는 데만 3시간이 걸렸습니다."

가족은 모두 귀를 기울였다.

"사고 현장은 지하 천6백m이지만 광차로 이동할 수 있는 거리는 8백여 m에 불과했고 나머지 구간은 기어가듯 접근해야 했습니다. 그 현장은 아직도 곳곳에서 지하수가 분출하고 있었고 천장에서 쏟아진 암석 더미가 발길을 붙잡았습니다."

대기실은 찬물을 끼얹은 듯 숙연했다.

"매몰 현장은 암석과 갱목이 뒤엉켜 삽 한 자루 들어갈 틈도 없을 정도였고 구조대원은 소장의 말대로 갱 바닥에 엎드린 채 앞에서 죽 탄을 손으로 걷어내고 그렇게 파낸 죽 탄을 뒤에서 받아내고 있었습니다. 구조를 위한 통로를 구축하는 것이 아니라, 그냥 구멍을 내는 것이었습니다. 매몰 광부도 그렇겠지만 고통을 온몸으로 떠안고 있는 구조대원들 또한 실로 눈물겨울 정도의 참담한 모습들이었습니다."

그의 눈가엔 그렁그렁 눈물이 맺혀 있었다.

"진짜 그렇게 심각하단 말이오?"

"설마. 거짓을 말하겠습니까. 갱도를 가로막은 갱목은 소형 톱으로 자르고 돌덩이는 망치와 징으로 깨고 있었습니다."

"그런 꼴이면 매몰 광부는 도대체 언제 구조되겠습니까."

"그 현장에 장비를 투입 시킬 수 없으니 어쩌겠습니까. 더 큰 문제는 사고 주변 갱도가 언제 또 무너질지 몰라 구조대원들이 불안해하고 있다는 사실입니다. 사고 현장은 그야말로 최악이었습니다."

아무도 디는 묻지 못했고 가족 대기실은 한참이나 무거운 침묵이 흐르고 있을 뿐이었다. 광업소의 발표라면 아무도 믿지 않았을 테지만 피해 가족이 눈으로 직접 보고 온 사실을 거짓이라고 몰아붙일 수는 없었다. 35호 시백 할미니가 슬픔을 터트러 가뜩이나 침통해신 분위기에 기름을 끼얹고 있다. 노인의 눈은 눈물도 범벅을 이루었고 신세 한탄은 피해 가족의 가슴을 헤집고 들었다.

"아이고 내 딸자야. 전생에 무슨 죄를 지어 넘편 먼저 보내고 그섯노 보자라 자식까지 앞세우게 됐던 말인고. 아이고. 민저 죽을 목숨은 이 어민데 생사람을 이쩌자고 저렇게, 흑- 흑-."

"엄마 왜 그래. 형이 죽었다는 것두 아닌데."

노인의 둘째 아들이 어미의 입을 막아보려 애쓰고 있었지만 허사였다.

"이눔아. 나는 안다. 다 알아."

노인의 신세 한탄은 끝이 없었다. 올해로 78세인 37호 사택 할머니는 28년 전 남편을 탄광에 묻고 두 아들까지 광부로 막장에 들여보내고는 항상 칼날을 밟고 사는 일상이라고 했다. 자라 보고 놀란 가슴 솥뚜껑 보고 놀란다는 속담처럼 노인이 겁먹는 까닭은 당연했다. 노인의 한탄에 가족들도 저마다 돌아앉아 눈물을 찍어내고 있어 대기실은 초상집처럼, 처연했다.

마주 앉아 소주잔을 홀짝이던 매부리코와 40대 후반이 소곤거리고 있었다.

"구조대를 만났는데.

"그런데?"

"통리 재로 시체가 또 나왔다네."

"또?"

"그렇다니까!"

"몇구나?"

구조대를 만났다는 말에 귀가 솔깃했다. 구조대의 교대 시간이 새벽이나 한밤으로 일정치 않은 데다 광업소가 구조대를 통근버스로 단체 이동시키고 있어 피해 가족은 구조대의 접촉이 차단된 상태였다. 가족은 소곤거리는 그들의 소리에도 귀를 기울이지 않을 수 없었다. 40대 후반이 종이컵의 소주를 홀짝 마시고 새우깡을 한입 털어 넣으며 손으로 다섯 손가락을 펼쳐 보였다.

"다섯?"

그가 고개를 끄덕이자, 매부리코가 정색했다.

"시끄럽다. 시체 나왔다는 소문 합치믄 20구도 넘을 거다."

사실이 그랬다. 믿자니 가슴 터지고 안 믿자니, 답답해 견딜 수 없다. 한 쪽은 소문을 퍼트리고 또 한쪽은 제지하는 것이니 어느 쪽을 믿어야 할지 분간할 수 없어 차라리 귀를 틀어막고 싶을, 지경이었다. 허튼 소문일지라도 그냥 흘려버릴 수 없는 처지가 안타까울 뿐이었다. 빼돌려지는 시체가 절대 없기를 바라지만 만약 있다면 제발 내 남편만은 아니길 간절히 빌 뿐이었다.

"여러분 새벽잠을 깨워서 죄송합니다."

소장이 느닷없이 꼭두새벽에 대기실을 찾아 가슴을 철렁 내려앉게 했다. 소장의 얼굴은 수염으로 덥수룩했고 옷은 죽탄으로 칠갑 되어있었다. 그는 구조 작업을 지휘하다 곧바로 달려온 것이라 했지만 가족은 소장의 그런 차림새가 잔뜩 긴장하게 만들어 신경을 곤두세웠다.

"아니. 예고도 없이 그렇게 불쑥 찾아오면 어쩝니까. "

가족늘의 타박에 소장이 머쓱한 표정이었다.

"급히 전해드려야 할 것 같아서요."

"?"

"조금 전. 채순 막장의 관통 작업이 착수되었습니다."

"이제 시작에 불과한 건데 그게 뭐 그리 중요한 겁니까"

채준 막장은 선산부가 대피한 장소와 가장 가까운 곳입니다."

"어느 정도로 가까운네요?"

"4미터쯤입니나."

소장은 채준 막장의 관통 작업은 구조를 최대한 앞당길 수 있는 작업계획이라 설명했으며 가족들에게 빨리 알려주어야 할 사안이라는 것이었다. 또한 가족의 동의가 필요하다는 말이었다.

"그곳 작업이 그만큼 위험한가요?"

"그곳은 암석 지대입니다. 암석은 발파해야만 하는데 아무리 소 발파지만 워낙 가까운 거리니까 걱정이 따르는 거지요"

"위험한데 왜 발파하며 작업하는 겁니까"

"이제는 갇힌 광원의 산소 부족을 걱정하지 않을 수 없어서요."

"관통 작업은 얼마나 걸립니까?"

"글쎄요. 한나절이면 가능할 겁니다."

"그럼. 죽탄 매몰 갱도는 포기한 거요?"

"아닙니다. 구조대를 두 배로 늘렸습니다. 죽탄매몰 갱도 작업은 계속 진행하면서 채준 막장 관통 작업을 동시에 추진하는 겁니다. 생존 가능성이 훨씬 높은 채준 막장의 광원부터 구조하고 보자는 것입니다. 어느 곳이든 갇힌 광원들의 안전은 최대한 확보할 것이며 또한 그 기조는 철저히 유지될 겁니다."

"더 일찍 하지 왜 이제 하는 겁니까?"

"발파에 따른 위험 요소 때문에 주저하다가 더 이상 미룰 수 없어 이제야 착수하게 된 것입니다. 비상조치로 해석해 주셨으면 좋겠습니다."

"비상조치?"

"그렇습니다. 더 지체되면 매몰 광원들의 산소 부족 현상으로 인한 생존을 담보할 수 없기 때문입니다."

"암석 발파가 얼마나 안전할지 원."

"정밀탐사 결과 암석이 예상했던 것보다 의외로 단단하지 않았습니다. 극소형 발파로 작업을 서두르고자 하는 것이니 안전은 충분히 담보될 것이라고 장담할 수 있습니다."

"거긴 몇 명쯤 대피해 있다고 봅니까?"

"글쎄요. 예측하기는 어렵지만 일단 작업일지 상으로는 네 명입니다. 그곳으로 비상 대피한 광원도 몇 명쯤 더 있을 것으로 충분히 추정할 수 있습니다. 그렇게 본다면 그곳의 생존 광원은 작업일지보다 더 늘어날 수 있을 것으로, 예상되는 것입니다. 이것이야말로 매몰 광원들에겐 아주 중요한 사안이 아니라 할 수 없습니다."

"한나절이면 관통할 수 있다는데 그거 장담할 수 있습니까?

"그리 오래 걸리지는 않을 것으로 봅니다. 아무리 늦어도 내일 오전쯤에는 천공 작업은 물론 탐침까지도 끝낼 수 있을 것으로 예상하고, 있습니다."

일문일답의 질문은 숨 가쁘게 진행되었다. 소장도 즉답을 피하지 않았다. 가족은 소장의 말에 모든 희망을 걸었고 또 그럴 수밖에 없는 실정이었다. 매몰 광부 구조의 마지막 에이스 카드라는 소장의 표현에 가족 대기실의 기대감은 한껏 고조되고 있었다. 저녁때쯤이면 남편을 껴안고 춤출 수 있다는 환상으로 가족들은 저마다 한껏 상기된 표정들이었다. 생존이라는 말만으로도 가슴에 온기가 돋아나고 있었다.

"아니. 천공은 뭐고 탐침은 또 뭐야!"

누군가 중얼거렸다. 반전의 분위기 설실했던 소장은 질문에 너없이 진지하고 친절히 설명하고 있었다.

"천공(穿孔)은 채준 막장에 대한 유무를 판단하기 위해 암석에 지름 4cm의 구멍을 내는 작업이며 탐침(探針)은 천공된 구멍으로 사람의 위를 내시경으로 살피듯 생사를 확인하는 작업입니다. 천공 작업으로도 산소 공급이 가능하므로 생존지 구조는 시간문제가 될 수 있습니다. 여러분께서도 아시다시피 이보다 더 상황이 악화한 탄광 막장에서 16일 만에 살아나 온 기적의 광원도 있지 않습니까. 지켜봐 주십시오. 광업소는 여러분의 기대에 응답할 것입니다."

소장은 김창선씨를 두고 하는 말이었다. 김창선씨는 경북 구봉광산 매몰 사고 당시 수직갱도 막장에 갇힌 채 16일 만에 기적적으로 구조된 광부이다. 당시 광업소 측은 김 씨의 사망을 예단해 구조 작업조차 포기한 채 갱도 복원작업을 벌이고 있었다. 그는 공기 주입기를 타고 떨어지는 물방울을 도시락으로 받아 목을 축이며 16일을 견뎌낸 위인이다. 구봉 광업소는 갱도 복구 작업을 벌이던 중에 살아있는 그를 발견해 목숨을 건진 천운의 사나이다.

그때 그의 사고 상황과 비교해 보면 이번 사고는 충분히 희망을 걸어도 될 일이었다. 그것만으로도 가슴은 벅찼고 흥분은 달아오르기에 충분했다. 소장은 지푸라기라도 잡으려는 피해 가족의 다급함을 잘도 읽고 있었다. 하지만 그때 매부리코가 소장의 설명에 이의를 달고 나섰다.

"아무리 소 발파라도 위험은 도사리고 있는 거 아닙니까?"

소장은 그의 의문에 대해 좀 더 구체적으로 설명하기 시작했다.

"발파는 1회에 20cm 정도로 아주 미세한 데다, 그것도 시간의 간격을 두고 발파하는 시간차 발파여서 생존자에게는 피해를 주지 않을 것으로, 판단됩니다. 여러분 이번만은 광업소를 믿어주십시오. 저는 다시 현장에 들어가야 합니다."

가족은 소장에게 격려 박수를 보냈고 그동안 광업소와 쌓인 갈등의 응어리는 순식간에 이해와 합의로 봉합되는 분위기였다. 그러나 그것도 잠시. 소장이 미처 사라지기도 전에 매부리코의 어깃장이 시작되고 있었다.

"4m 앞에서 암석을 발파하는 건 생존자의 고막을 터트리자는 거와 마찬가지잖아!"

가족 대기실 분위기는 금세 찬물을 끼얹은 듯 싸늘해지고 있었다.

"꽉 막힌 공간에서 그런 발파로 멀쩡히 견뎌낼 장사가 어디 있겠냐구."

그의 이론은 항상 정연하여 아무도 반론을 제기하지 못했다.

"사람을 살려서 데리고 나올 거라면 그러면, 안되지."

그는 시간이 지체되더라도 위험부담이 낮은 매몰 갱도 굴진 작업에 구조대를 더 투입해서라도 집중해 구조 작업을 벌여야 한다는 것이었다. 그것만이 생명 존중의 길이며 시신이라도 온전히 수습할 수 있는 것이라는, 주장이있나. 그의 주상은 일복요연했고 기대감으로 한껏 부풀어 있던 대기실 분위기는 싸늘하게 식어 가고 있었다. 40대까지 덩달아 매부리코의 주장을 거들고 나서 가족들의 속을 끓였다.

"그래도 죽 탄에 산소가 어느 정도 녹아 있을 것이니. 시간이 좀 더 지체되더라도 광부의 안전을 위해서는 매몰 갱도 쪽을 택하는 것이, 옳은 일인 것만은 틀림없지."

그의 주장은 엉뚱했다. 죽 탄의 산소로 사람이 연명할 수 있다니 말이 되는 소리인가! 그렇다면 사람이 물에 빠져도 물속에 산소가 녹아 있으니 죽지 말아야 한다. 그런데 사람은 물에 빠지면 채 5분도 안 돼 죽는다. 가족의 걱정은 걷잡을 수 없이 깊어만 갔고 그런 속내를 읽고 있던 그들은 가족의 걱정스러움을 더욱 부추겨 너덜거리는 가슴을 길기길기 찢고 들었다.

"허 참. 발파는 말려야 하는데, 왜들 가만히 있는시 원.

매몰 갱도 굴진 작업은 아무리 빨라도 2주일 이상 지체될 수밖에 없다. 2주일이나 지체되는 쪽을 선택해야 한다니 차라리 생환을 포기하라는 깃이어서, 이래저래 가슴이 터질 일이었다. 그래도 그는 경찰이 들이닥쳤을 때 좁혀드는 압박을 온몸으로 막아주었고 딘굉 성황을 꿰뚫고 있는 까닭에 아무도 그의 주장을 정면으로 반박할 수 없었다. 연거푸 소주잔을 비운 매부리코는 라면 봉지를 하나 더 찢어 입에 털어 넣고는 바람을 일으키듯 획 나가버리는 것이었다. 그의 턱밑에서 히죽이고 있던 40대도 그 뒤를 따라 나가 그들의 자리는 텅 비어 있었다. 아낙들은 그때다 싶어 서로 입을 맞추었다,

"너무 한거 아니야!"

"그러게. 툭하믄 시체 나왔다고 하더니만 이젠 대놓고 구조 작업을 길게 가야 한다니 말이야."

가족은 속이 뒤집혀 더는 참을 수 없다는 하소연이었다.

"저 사람 누구 가족이오?"

"…"

아무도 답하는 사람이 없었다.

"아니. 피해 가족도 아니잖아."

"위문품 빈댄가? 광산사고 때마다 그런 놈이 있다던데"

"더 오래 붙어먹으려고 구조 작업을 지연시키려는 거잖아. "

다시 가족 대기실에 들어온 놈들은 조미 오징어를 봉지째 주머니에 구겨 넣고 태연히 소주잔을 기울이고 있었다. 그들에게 쏠린 눈길은 차가웠다. 그들은 가족의 그런 분위기를 읽지 못한 채 또다시 우회 갱도 관통 작업을 거듭 비판하고 있었다.

"발파작업은 하나 마나라니까. 다이너마이트 폭파로 멀쩡한 사람의 귀를 찢고 아예 죽여버리려는 거지 뭐야."

"내 말이. 그것도 모르고. 쯔 쯔."

더는 참고 있을 수 없었다. 내가 그들에게 가까이 다가가 대들 듯 따졌다.

"하나 마나라니요. 그럼 내 남편이 죽는단 말이요. 아저씨가 내 남편 죽기를 바라는 건가요?"

"이 아줌마. 순진하긴 그렇다면 그런 줄 알아."

놈은 눈깔을 치뜨며 반말을 지껄여대고 있었다.

"이 인간이. 엇다대구 반말이야. 반말이."

"어허. 이 아줌마 제정신이, 아이구먼."

"그래 제정신이 아니다. 사람 목숨 놓고 함부로 떠들어 대는 네놈은 제정신이냐."

"이 아줌마야. 보나, 마나라니까"

놈들이 펼쳐놓은 라면 봉지를 발로 확- 밟아버리고 소주병을 걷어찼다. 술병이 뒤집히며 소주가 바닥으로 콸콸 쏟아지고 있었다. 놈은 그게 아까운 듯 얼른 소주병을 잡으려고 몸을 반쯤 일으켰고 가족은 그때를 놓치지 않고 일제히 달려들었다.

"니놈이나 죽어라."

"뭐 이따위가 들어와 불난 집에 부채질이야."

다리를 꼬고 앉았던 40대는 날다람쥐처럼 잽싸게 달아났고 매부리코는 땅바닥에 처박히면서도 눈깔을 반쯤 뜬 채 우리를 째려보고 있었다. 누군가 놈의 면상에 흙먼지를 뿌리자, 놈은 두 손으로 얼굴을 감싸며 새우처럼 웅크리고 들었니. 그의 손에서 술낀 붙어 있넌 종이컵이 냉바닥으로 데굴데굴 굴러가고 있었으며 가족들이 무차별적으로 가격하려 들자, 놈은 후다닥 일어나 꽁지가 빠지라고 달아나고 말았다. 놈의 입놀림에 애간장을 태우던 가족은 저마다 그동안 쌓인 응어리를 쏟아내기 시작했다.

"별것도 아닌 기 이문품 축내며 사람 속을 뒤집었잖아."

"라면이니, 뜯어 먹으며 처박혀 있을 것이시. 속은 왜 뒤십어."

"너무 아는 체하다 제 눈 찌른 거지 뭐."

"다시 발만 들여놔 봐라. 다리 몽둥이를 분질러 버릴 테니."

사고가 꼬리를 물고 있는 탄광 지역은 한때 봉사단체의 위문품을 축내는 기생충이 사고 현장에 기대어 붙어먹고 산다는 소문이 돌고 있었다.

늦어도 다음 날 오전에는 채준 막장의 관통 작업이 매듭될 것이라던 발표는 또다시 빗나가고 말았다. 오전까지는 끝낼 거라던 예상은 오후가 되어도 감감무소식이었다. 구조 작업이 예상했던 것 보다 늦어질 때마다 피해 가족의 가슴은 폭우로 무너져 내리는 산사태처럼 뒤엉켜버리고 만다. 제발 구조일 수가 하루라도 단축되길 빌고 또 빌어도 구조 작업은 자꾸 늦어지고 있어 애를 태웠다. 남편의 손을 잡고 광업소 정문을 걸어 나갈 것으로 기대하고 있던 가족들의 표정은 실망스러움으로 넘쳐나고 있었다. 참다못한 가족은 분통 터트리는 목소리가 높았다.

소장이 뒤늦게 달려왔다. 가족의 항의는 빗발치고 있었다. 소장은 발파로 인한 생존자의 위험을 걱정해 더욱 작은 규모의 최소 발파를 시행하다 보니 진척이 예상보다 늦어지고 있다는 설명이었다. 최소한 하루 정도만 더 기다려주면 매몰 광원을 구조해 나오겠다고 거듭 강조하며 가족의 동의를 구하고 있었다. 생존자 안전이 최우선이라는 소장의 설명에 가족들도 더는 이의를 달 수 없었다. 가족은 소장의 입만 쳐다볼 뿐 뾰족한 묘안을 찾지 못해 애꿎은 하늘만 탓하고 있었다. 집으로 돌아갈 짐까지 싸놓고 기다리던 가족들은 실망스러움에 다들 정신 줄을 놓아야 했다. 다음날 아침이 되어도 이렇다 할 진전은 없는 상황이었다. 가족 일부는 매부리코의 주장이 아주 틀린 것만은 아니라는 말을 들먹이기도 했다.

"그이의 말은 아주 틀린 건 아닌 것도 같아."

"그러게, 그래도 그이의 말은 좀 과했어."

"빨리 결판나야지 이거 원. 산 사람이 먼저 숨넘어갈 것 같아 미치겠어."

그날 정오쯤. 광업소 측은 시체를 발굴했다고 발표했다. 매몰 갱도에서 2구의 시체가 발굴됐다는 것이었다. 이번 사고의 공식적 첫 사망자였다. 발파 작업장이 아닌 매몰 갱도 복구 작업 중 죽 탄에 묻혀있던 사망자를 발견한 것이라고 했다. 광업소 측은 사망자의 얼굴이 너무 상해 신원을 분간키 어렵다는 것이었다. 사망자에 대한 신원은 시신을 병원으로 이송한 다음 지문 검사를 통해 추후 발표할 것이라고 전하고 있었다. 사고 갱 입구에는 누 대의 구급차가 대기하고 있고 가족들은 갱 입구를 둘러싼 채 사망자의 신원부터 밝히라고 거칠게 다그치고 있었다. 광업소는 흥분된 가족을 달래느라 진땀을 빼고 있었지만, 소용이 없었다.

"신원을 밝히기 전에는 사망자를 절대 못내 보냅니다."

가족은 시신부터 공개하라며 아예 갱구를 가로막으며 광업소 측과 대치하고 있었다. 광업소도 뜻을 굽히지 않은 채 강경하게 대응하고 나섰다. 그러면서도 한편으로는 가족을 설득하는 양면작전을 늦추지 않고 있었다.

"지금으로선 시신의 훼손이 심해 신원을 파악할 수 없으니, 병원으로 이송할 수 있도록 길을 트세요. 계속 이러시면 신원 파악이 점점 늦어져 궁금증은 더욱 높아지게 될 뿐입니다."

가족의 요구는 집요했고 광업소 측도 절코 물러실 분위기가 아니었다. 상황은 일촉즉발의 사태로 치닫고 있었다. 경찰은 실서 유지에 병력을 추가 투입했고 119 구조대도 만일의 사태를 대비하고 있는 분위기였다. 핸드마이크를 들고 선두하는 광업소 직원의 목소리가 쉬이 디질 지경이었다.

"재치 말씀드리지만, 얼굴이 심하게 손상돼 외모로는 신원을 파악할 수 없습니다. 일단 병원으로 옮겨 지문을 조회해 봐야 알 수 있습니다. 사망자의 신원이 확인되는 대로 즉시 인적 사항을 발표할 것이니 빨리 길을 터 주세요."

가족들은 신원을 밝히라고 강경하게 요구하면서도 한편으로는 시신이 자신의, 남편일 수 있다는 불안감을 감추지 못하는 눈치들이었다. 그때 갱 속에서 광차가 덜커덩거리며 천천히 갱 밖으로 모습을 드러내고 있었다. 모두가 머뭇거리고 있었다. 그 틈을 타 기자들이 광차를 행해 우르르 몰려들었고 경찰은 갱 입구의 경계 태세를 강화하고 나섰다. 사복형사들까지 가족의 틈새로 끼어들어 광차 주변은 감당하기 어려울 정도로 어수선한 분위기였다. 광업소 직원들은 광차에 무리하게 접근하지 말라고 거듭 당부했지만, 갱 입구에 멈춰 선 광차엔 가족들까지 우르르 몰려들었다. 광차 주변은 사복경찰과 취재진이 둘러싸고 있었고 가족까지 뒤엉켜 갱 입구는 혼란의 도가니였다.

평소 시커먼 무연탄을 싣고 나오던 광차가 지금은 무연탄을 캐다 죽은 시신을 싣고 있었다. 광차는 일곱 량의 적재함을 매단 채 갱내에서 파낸 죽탄을 싣고 있었다. 앞의 1번과 2번 적재함에는 시신을 덮은 녹색 담요가 덮여 있었다. 가족의 눈길은 1번과 2번 적재함에 꽂혀있었다. 광차는 길이 2m 높이 1.5m 크기의 둔탁한 무쇠 적재함이었다. 광부는 죽어서도 무연탄을 실어 나르는 광차에 실려 나오는 운명이었다.

가족은 정작 시신이 실려있는 광차로 다가설 용기를 내지 못한 채 기웃거리며 주변을 맴돌 뿐이었다. 가족은 너나없이 광차에 실린 시신이 어쩜 자신의, 남편일 수 있다는 불안감에 엉거주춤 엉덩이를 빼는 모양새였다. 결국 시신을 덮은 담요는 취재기자들에 의해 벗겨지고 말았다. 기자들은 저마다 사진을 찍느라 법석을 떨었고 경찰은 안전 공간을 확보하느라 전력을 기울이고 있었다.

"기자 놈들이란!"

누군가 혀를 끌끌 차며 기자를 탓하고 있었다.

"탄을 캐 먹고 살다 탄에 치여 죽은 광부가 저희와 무슨 상관이라는 건지."

기자들은 1번 적재함에서 2번 적재함으로 옮겨가며 카메라 초점을 맞추기에 바빴고 그들 틈새로 시신의 모습이 아름아름 드러나고 있었다. 가족들의 눈길이 번득이고 있었다. 시신에는 회색 작업복을 입혀 놓았고 목 딜미는 흰색 수선이 둘려져 마지 멀쩡한 생전의 모습으로 퇴근하는 모양새였다.

시신 한 구는 실제로 얼굴이 심하게 훼손되어 신원을 구별하기 어려웠다. 그래도 나는 그 시신이 남편이 아님을 단박에 알아차릴 수 있었다. 시신은 머리가 길고 귓바퀴가 얇은 편이었다. 항상 단정한 남편의 머리 모양과는 확연히 달랐다. 안도의 숨을 몰아쉬며 양손으로 얼굴을 감싸 쥐었다. 취재기자들 틈으로 다시 살핀 두 번째 시신의 얼굴은 의외로 깨끗했다. 그 역시 남편이 아님을 즉각 알아챌 수 있었다. 시신의 사태를 판별하느라 얼마나 신경을 곤두세웠던지, 목구멍에서 신물이 올라오고 있었다. 바로 그때 명선 삼촌이 괴성을 지르며 광차를 향해 달려가고 있었다.

"이, 형님. 형님이!"

그는 두 번째 적재함으로 달려갔고 그 뒤로 명선 엄마와 딸이 허섭지겁 달려가고 있었다. 오열하는 명선 엄마의 발걸음은 휘청거렸고 그녀는 광차에 도달하기도 전에 자지러질 것 같은 모습이어서 보는 이들의 안타끼움을 자아내고 있었다. 그녀의 눈두덩은 이미 눈물이 범벅을 이루어 앞을 가리지 못하는 몸짓이 있었다. 기끼스로 광차에 다가가 매달린 명선 엄마는 "아-"하는 외마디 비명과 함께 그만 기절해 땅바닥에 쓰러져 버리고 만다. 비명은 짧았지만, 여운은 깊었다.

"기절했어. 어이. 들것. 들것."

대기하고 있던 응급 지원반이 명선네를 구급차로 옮기자, 명선은 엄마와 아빠 사이에서 어느 쪽을 쫓아야 할지 몰라 허둥대는 몸짓이 지켜보는 이의 눈물을 찍어내게 했다. 가족은 저마다 훌쩍거리며 고개를 숙였다. 허우적거리며 간신히 엄마에게 다가간 명선의 손은 사시나무 떨 듯했다.

"엄마까지 왜 이래?"

절규하던 명선은 엄마와 아버지 사이를 팽이 돌듯 허둥댔고 그사이 명선 엄마를 태운 응급차는 쏜살같이 광장을 빠져나가고 있었다. 명선 엄마는 결국 남편을 제대로 살펴보지도 못한 채 등골을 후비는 구급차의 사이렌에 묻혀 광업소 광장을 빠져나가고 말았다. 아빠가 누워 있는 광차에 매달려 울부짖는 딸의 어깨는 통째 들려 나갈 것처럼 요동치고 있었다. 명선은 운동화 한쪽이 벗겨진 것도 모른 채 마냥 오열하고 있었다. 흰 양말은 검은 탄가루로 범벅을 이루었고 그런 상황을 바라보고 있던 가족들도 명선을 따라 흐느끼는 모습에 가슴을 저미게 했다.

"아빠- 눈떠봐. 눈을."

" … "

딸은 울부짖고 있었지만, 아비는 침묵했다. 슬픔은 하늘을 찔렀고 명선 삼촌의 닭똥 같은 눈물은 광장을 적시고도 남았다. 엎드려 흐느끼는 그의 등을 저녁노을이 다독이듯 붉게 물들이고 있었다. 그들의 한과 설움은 탄광촌을 흠씬 적시고 들었다.

"형님. 이렇게 떠나시면 우린 어쩝니까. 저 어린 명선은 어쩌고 기절한 형수는 또 어떻게 살란 말입니까. "

명선의 통곡은 하늘을 찔렀고 아빠를 부르는 딸의 절규는 강물처럼 계곡으로 울려 퍼지고 있었다. 광업소 광장은 온통 슬픔으로 적셔진 분위기로 흠씬 물들어 가고 있었다.

"아빠. 대답해. 제발 말 좀 해봐."

이미 숨을 거둔 아비는 딸의 절규에도 대답할 수 없었다.

"…"

광차에 매달린 딸은 아비가 누워있는 적재함 속으로 기어들지 못해 안달이었고 광차는 생과 사의 간극(間隙)을 확연히 긋고 있었다. 시신을 수습해 나온 동료 광부들은 그의 죽음이 마치 자신들의 탓인 양 고개를 들지 못했고 따가운 눈총에 몸은 자라목처럼 움츠린 모습이었다.

"아빠. 제발 눈 좀 떠 보라구. 제발."

딸은 그때까지도 아비의 죽음을 받아들이지 못했고 아비의 얼굴은 딸의 눈물로 흥건히 적셔져 딸의 눈물이 아비의 눈물 되어 차가운 볼로 흘러내리며 젖은 눈 낮은 흐느낌은 저녁노을에 촉촉이 배어들고 있었다. 노을은 딸의 통곡을 머리에 인 채 산허리를 내려앉고 있었다. 막장 인생은 죽어서도 전신에 탄가루를 두른 채 저승길에 오르는 모습이었다. 가족들은 동료의 슬픔을 저마다 자신의 슬픔으로 새기는 분위기로 물들어 있었다.

만약 내 남편이 저렇게 된다면? 나의 눈물샘은 평생 마르지 않을 것만 같다. 그래도 나는 남들 모는 앞에서 땅바닥에 주저앉이 흐드러진 모습으로 통곡하지는 않으리라 마음먹었다. 아내의 흐트러진 모습으로 남편을 떠나보내고, 싶지 않아서다. 사랑하는 남편이 저세상에 가서라도 항상 아내의 다정한 모습을 기억하도록 해야 한다는 생각이다. 비록 기난했지만, 남편 덕분에 아들딸 낳아 잘 키우며 편안하게 살아온 삶이었다. 설사 혼자여도 아이들만은 대학까지는 못 보내도 반드시 고등학교는 졸업시키겠나는 각오를 다졌다. 남들처럼 아들을 광부로 딸은 공장으로 보낼 수는 없는 일이었다. 38호 사택 할머니가 막장에서 자식을 잃은 슬픔으로 땅을 치며 멍든 가슴을 쓸어내리던 모습이 눈앞에 어른거렸다.

그때 김인섭씨가 성진 광업소 노조위원장으로 당선만 되었어도 남편은 이번 사고에 휘말리지 않을 수 있었다. 어엿한 노조 간부로 사무실을 지킬 수 있었을 테니까. 그때 김인섭 후보의 연설은 정말 감동적이었다. 그는 광부는 이 나라의 심장이며 무연탄은 동맥이라고 인체에 빗대었다. 지하자원이 없는 나라에서 무연탄은 전신을 뜨겁게 달구는 피이며, 광부는 피를 생산하는 심장이라고 했다. 70년대 초반 세계적인 석유 파동으로 석윳값이 천정부지로 치솟을 때 이 나라의 유일한 동력원은 무연탄뿐이었으며 그 무연탄이 없었다면 화력발전소는 돌아갈 수 없었고 우리의 중화학공업은 뿌리째 흔들려 거덜 나고 말았을 것이라고 했다.

정부에서 석유를 사들여 올 형편이 못되었을 때 우리가 캐낸 석탄이 발전소를 돌렸고 그 동력으로 쓰러져가는 중화학공업을 떠받친 버팀목이었다고 강조했다. 온 나라가 땔감을 장작으로 사용하던 시절 헐벗은 이 나라 강토를, 장작을 대신해 석탄은 19공탄으로 산림을 푸르게 가꾼 주역이었으며 광부는 무너져 가는 이 나라 경제의 근간이었다고 주장했다.

자신이 노조위원장에 당선되면 광부를 진정한 근로자로 대접받을 수 있도록 온 몸을 던지겠다고 다짐했다. 그는 당락을 따지기에 앞서 근로의 소중함을 일깨웠고 막장 인생으로 취급받고 있던 광부에게 새로운 자존심을 일깨워준 메신저였다. 우리는 김인섭을 연호했지만, 자금도 조직도 부족했던 그의 인기는 투표 당일 낙엽처럼 곤두박질치고 말았다. 광업소가 밀던 이기창에게 매수된 광부들은 "그깟 광부는 광부일 뿐이지. 인섭이 된다고 두더지가 산양 되냐구!"라며 여론을 뒤집어 버렸다. 이기창의 밥을 먹고 이기창의 술에 취한 광부들은 서슴없이 이기창 후보의 이름에 도장을 눌렀다. 낙선한 김인섭씨는 광업소의 노동력 착취를 당국의 야합이라고 꼬집은 죄로, 철창신세를 면치 못했다.

기술 이사가 빠른 걸음으로 가족 대기실을 찾아 들었다. 그의 가벼운 걸음걸이에서 뭔가 기다리는 소식이 있을 것만 같아 얼른 뒤를 따랐다. 그는 대기실에 들어서기 무섭게 구조 진척 상황을 설명하기 시작했다.

"여러분! 우회 갱도 굴착 작업이 성공적으로 진척되고 있습니다. 이제 탐침만 남은 상황입니다. 매몰 광원의 생사는 곧이어 밝혀질 것으로 판단됩니다. 그들의 생사가 밝혀지는 대로 즉시 연락드릴 것입니다. 기대해 주십시오."

"탐침 시간은 얼마나 걸려요?"

"곧이어 전해드릴 수 있을 겁니다."

광업소 측은 우회 갱도 막장의 생존율이 훨씬 높다고 예측했었다. 가족 대기실이 크게 술렁거리고 있었다. 아낙들의 입가엔 저마다 알 수 없는 미소가 흘렀고 어느새 옷가지와 짐 꾸러미를 챙기는 손놀림이 가벼웠다. 이제 다시 살아나온 남편과 함께 집으로 돌아가는 발걸음만 남은 셈이다. 몸도 마음도 한결 서 있었다. 오랜만에 느껴보는 홀가분함이었다. 누군가 위문품 더미를 가리키며 소리쳤다.

"저 위문품은 다 우리 거 아이가."

"맞다 맞아. 우리 건데 우리가 갖고 가야제."

가족들은 위문품을 향해 우르르 달려들었고 서로 잡고 당기던 라면 상자가 찢겨 바닥으로 흩어지고 있었다. 쏟아진 라면 봉지를 치마폭에 수워

담는 손놀림이 번개처럼 빨랐다. 누구랄 것도 없었다. 가슴으로 끌어안은 과자봉지가 어깨 너머로 삐져나오고 바닥으로 흩어진 것들은 먼저 줍는 사람이 임자였다. 널브러진 초코파이가 깔아뭉개 지고 발에 밟혀 싸라기로 부서진 라면이 어지러웠다. 음료수병을 잡은 손길이 서로 겹쳤고 사과와 귤이 대기실 바닥에 뒹굴어 난장판을 이루었다.

"이 여편네가 손은 왜 밟고, 지랄이야."

"지랄이라니."

준석이와 인철네가 맞붙었고 승진이와 명환네도 욕지거리를 주고받으며 서로 째려 보고 있었다. 누가 옳고 누가 틀렸다고 말할 수 없었다. 남편이 살아 나온다는데 그깟 과자봉지가 뭐길래 그리 싸워댈까 싶었지만, 못 본 체했다. 소용돌이는 위문품이 각개의 몫으로 확실히 나누어진 후에야 멈췄다. 그렇게 임자가 확연히 정해진 위문품은 누구도 넘볼 수 없는 보루였다. 대기실은 지겨웠던 월세 집 박차고 떠난 뒷자리를 연상케 했다. 가족들은 그렇게 다들 집으로 돌아갈 채비를 마치고 광업소의 발표만을 기다리고 있었다. 하지만 곧 확인될 거라던 탐침 결과는 두 시간이 넘도록 전해지지 않고 있었다.

가족 대기실은 다시 초조한 긴장감으로 휩싸였다. 채준 막장의 매몰 광부들이 몇 명이 살아있고 갈증을 호소해 그들에게 충분한 물을 공급했다는 소식이 전해져야만 할 시간이었다. 그런데도 기다리는 전갈은 없었다. 초조함을 감출 수 없던 아낙들이 괜스레 들락거리며 어수선한 분위기를 더욱 산만하게 만들고 있었다. 가족 대기실은 초조와 어수선함으로 뒤엉켜 있었다.

"왜 아무 연락이 없지?"

"기자들도 안 보여."

"어떻게 된 거지 ? "

"글쎄"

이번 사고를 통해 가족들은 사건의 중심에 항상 취재진이 끼어든다는 사실을 알게 되었다. 매몰 광부의 생사가 확인되는 현장에 취재진이 없다는 건 사건이 빗나가고 있다는 증거이다. 불길한 예감에 가족의 가슴은 조마거렸다.

"자슥들 끝까지 속쎅이고 있다 아이가."

"어-어? 저기 봐. 간부들이 갱으로 들어가는데"

간부들을 태운 생 차가 생 안으로 이농하고 있었다. 광업소 간부들의 안전모는 흰색이고 일반 광부는 노란색이다. 흰색 안전모를 쓴 간부들이 광차를 타고 갱 속으로 들어가는 모습은 전에 볼 수 없는 일이어서 이례적이었다. 간부들이 한꺼번에 저렇게 많이 움직인다는 건 예삿일이 아니었다. 가족의 시선이 갱 입구로 쏠려 있었다.

그 시각. 기술 이사가 가족 대기실에 발을 들여놓았다. 그는 멍하니 눈길을 허공에 두고 있을 뿐 한참이나 말을 잇지 못하고 있었다. 그의 입술은 가늘게 떨리고 눈길은 겁먹은 표정이었다. 가족들은 그가 말을 꺼내지 못하는 이유를 짐작할 것 같았지만, 저마다 튀어나오려는 말을 꾹꾹 눌러 참고 있었다. 생존자가 한두 명 정도로 극히 적다던가 그것이 아니라면, 생각히기도 싫었다. 그이 입술이 열리기를 비랄 뿐 누구노 띠쳐 앝기를 수저하고 있었다. 그때 누곤기 침묵을 갈랐다.

"이 양반아. 뭐 이렇다 저렇다, 말을, 해야지."

기술 이사는 마지못해 입술을 떼고 있었다.

"저- 탐침까지 끝냈는데.."

"그런데?"

가족은 모두 그를 다그쳤다.

"저-"

기술 이사는 말을 잇지 못하고 있었다.

"저가 뭐라는 거야."

그래도 기술 이사는 쭈뼛거릴 뿐이었다.

"아이. 씨팔. 말을 해."

누군가의 욕지거리에 기술 이사의 얼굴은 하얗게 질려있었다.

"생존자를 발견하지 못했습니다."

대기실은 얼음장처럼 싸늘했다.

"그 속에 사람이 없다는 거야? 산 사람이 없다는 거야?"

"생존 광원이 없었습니다."

"그럼. 모두?"

"아니. 내 남편도. ."

머리가 핑- 하고 어지러웠다. 땅이 꺼지고 육신이 천 길 낭떠러지로 추락하는 느낌이었다. 머리가 돌고 하늘이 돌고 세상이 빙빙 돌고 있었다. 얼굴을 감싼 채 쓰러지듯 그 자리에 주저앉고 말았다. 하늘이 무너지는 것 같았고 눈앞이 캄캄했다. 다 함께 땅바닥에 주저앉아 버린 아낙들의 움직임은 백지장의 데생처럼 고정되어 있었다. 이런 상황에는 저마다 썩은 나무토막처럼 나동그라져 혼절해야만 옳다. 하지만 어쩐 일인지 그런 아낙이 없다. 하나같이 멍하니 앉아 있을 뿐 심지어 훌쩍이는 아낙도 없다. 땅을 치고 통곡해도 시원치 않을 판인데 왜들 그냥 멍하니 앉아 있는지 도무지 이해할 수 없다.

나 역시 그랬다. 그냥 허공만 응시할 뿐이었다. 혼이 나간 사람처럼. 그렇다. 정말 혼이 나갔었다. 아무것도 생각나는 게 없었다. 남편의 숨이 끊겼다는 사실도 다시는 내 곁으로 돌아올 수 없다는 것도 까마득히 잊고 말았다. 사실 저마다 마음 한구석으로 이런 사태를 준비하지 않은 것도, 아니었다. 하지만 이렇게 되리라곤 눈곱만큼도 생각지 않았었다. 아낙들은 하나같이 무거운 침묵에 짓눌린 돌부처로 박제되었다. 끝.

길에서 길을 묻는다

2026년 04월 01일 개정판
2026년 04월 08일 발행

지은이 　|　 정현교
발행인 　|　 김경수
펴낸곳 　|　 도서출판 노문사

주　소 　|　 서울 중구 마른내로 72(인현동)
등　록 　|　 2024년 9월 1일 제301-2024-000095
이메일 　|　 nomunsa@naver,com

전　화 　|　 (02)2264-3311, 3312
팩　스 　|　 (02)2264-3313

I S B N 　|　 979-11-989210-1-7

* 잘못된 책은 바꿔 드립니다.